INTERRO
SURPRISE

1re

SPÉCIALITÉ

HUMANITÉS, LITTÉRATURE ET PHILOSOPHIE

- POINTS CLÉS À MAÎTRISER
- EXERCICES CHRONOMÉTRÉS ET CORRIGÉS

NOUVEAUX PROGRAMMES

Vincent Dolisi
Claire Paul
Amélie Tissoires

ellipses

Retrouvez tous les titres de la collection
et des extraits sur www.editions-ellipses.fr

ISBN 9782340-031678

32, rue Bargue 75740 Paris cedex 15

www.editions-ellipses.fr

PREMIÈRE PARTIE

LES POUVOIRS DE LA PAROLE

Chapitre 1

L'art de la parole

1 ENJEUX ET DÉFINITIONS

Problématiques

Qu'est-ce que la parole ? Quels sont les enjeux philosophiques de son étude ?

La parole, propre de l'homme

Définition

La parole est le discours oral, l'expression verbale de la pensée. C'est un acte de langage, consistant à utiliser une **langue** (système de signes linguistiques) pour produire un énoncé particulier en un temps et un lieu déterminés.

Depuis l'origine, la tradition philosophique considère que le langage et la parole sont le propre de l'homme. Celui-ci serait le seul être vivant à utiliser des mots, c'est-à-dire des signes linguistiques permettant à la fois de construire la pensée et de la communiquer par des sons articulés. En effet, les mots sont d'abord les instruments que nous utilisons pour penser : ils nous permettent de former des concepts et de les relier entre eux, et ils sont donc essentiels à l'usage de la raison. Le même mot grec, *logos*, servait ainsi à désigner à la fois le langage et la raison, et le philosophe **Aristote** définissait l'homme comme un *zôon logikon*, expression qui signifie à la fois « animal rationnel » et « être de parole ». Les mots sont ensuite l'outil privilégié de *l'expression* de la pensée, c'est-à-dire de sa communication aux autres hommes. Un mot est en effet un signe conventionnel qui véhicule une signification connue de tous ; il permet ainsi de mettre en relation les consciences individuelles, qui sans cela resteraient closes sur elles-mêmes. La parole est en conséquence ce qui rend possible deux autres traits spécifiques de l'humanité. D'une part *la culture* par opposition à la nature, c'est-à-dire la transmission des inventions et des découvertes humaines de génération en génération au cours de l'Histoire, qui permet à la diversité des cultures de s'affirmer et à l'espèce humaine dans son ensemble de progresser par rapport à son état originel (ce que **Rousseau** appelait la *perfectibilité* humaine). D'autre part *l'existence politique*, c'est-à-dire la sociabilité propre à l'homme. L'homme n'est en effet pas le seul animal social : d'autres espèces que la nôtre vivent en groupe et forment parfois des sociétés dont la complexité n'a rien à envier à celle des sociétés humaines (les « insectes sociaux », notamment : abeilles, fourmis, termites…). Mais l'homme est le seul animal *politique*, comme le disait là encore **Aristote**, et cela grâce au langage : « l'homme est un animal politique, plus que n'importe quel autre animal grégaire car […] seul parmi les animaux, l'homme a un langage. » (*Politiques*, livre I). En

effet, alors que les sociétés animales sont fondées sur l'instinct, de telle sorte que leur structure est héréditaire et commune à toute l'espèce considérée, les sociétés humaines sont quant à elles fondées sur la parole, car chacune d'elles est organisée en fonction d'une conception particulière du juste et de l'injuste, établie à travers le langage. C'est ce qui fait d'elles des cités (*polis*, en grec), c'est-à-dire des sociétés organisées selon des conventions qui peuvent être discutées et qui varient d'un groupe humain à l'autre. L'homme est ainsi un « animal politique » (*zôon politikon*) dans la mesure même où il est un « vivant doué de parole » (*zôon logikon*). Mais cela signifie du même coup que l'usage de la parole est d'emblée lié à des enjeux de pouvoir et à la possibilité de la controverse, du dissensus, voire du conflit au sein de la cité humaine (voir les fiches n° 2 « Qu'est-ce que la rhétorique ? » et n° 8 « La parole politique »).

À retenir

La parole occupe une place centrale dans la définition de l'homme, car elle est indissociable de ce qui le distingue des autres animaux : la raison, la culture et l'existence politique.

La parole et l'écriture

La parole est la forme première du langage humain, l'écriture n'arrivant que tardivement dans l'Histoire humaine (vers 3 000 av. J.-C.). Celle-ci restera d'ailleurs longtemps la chasse gardée d'une toute petite élite de scribes et de lettrés, aussi bien en raison de son importance politique, comme outil de domination (voir la fiche n° 6, « L'autorité de la parole »), que des difficultés techniques de l'alphabétisation. Ce n'est qu'avec l'apparition de l'imprimerie, à la fin du XVe siècle, que son usage se diffusera à toute la société et que débutera le basculement progressif de la modernité vers une civilisation de l'écrit.

Or la différence entre langage oral et langage écrit est fondamentale. Elle ne se joue pas seulement au niveau de la forme extérieure du discours (forme sonore / forme graphique), mais affecte aussi son contenu et la façon dont le récepteur peut s'y rapporter. Ainsi, dans la communication orale, le contexte d'énonciation revêt une importance capitale, car la parole est un langage incarné et toujours pris dans une interaction concrète entre plusieurs individus ; les éléments du contexte vont donc fortement influer sur la teneur du message. Tout d'abord, le locuteur engage toute sa personne dans son discours : les informations non

verbales transmises à travers la voix (élocution, débit, timbre, intensité…) et le corps (gestes, postures, mimiques…) ont autant d'importance, sinon plus, que la signification des mots prononcés. Par ailleurs le contexte de l'échange verbal induit au niveau du contenu du discours des contraintes qui épargnent l'écrit, notamment lorsque le locuteur cherche à persuader ou à enseigner : la nécessité de faire des phrases assez courtes, d'avoir recours à des structures syntaxiques simples et si possibles répétitives, d'utiliser des images pour frapper l'esprit des auditeurs, etc. Toutes ces contraintes limitent donc la possibilité de construire un discours ample et complexe, et en même temps elles confèrent à l'oralité un potentiel de persuasion plus grand que l'écriture. En effet, correctement maîtrisées et conjuguées avec l'effet de la voix, de la gestuelle et des mimiques d'un orateur accompli, elles permettent de maximiser la « force perlocutoire » du discours, c'est-à-dire son impact sur les auditeurs (voir la fiche n° 8, « la parole politique »). *A contrario*, l'écriture, en enregistrant le discours sur un support matériel, permet de le décontextualiser et de le mettre à distance : le lecteur a ainsi tout loisir de revenir en arrière, d'examiner attentivement la cohérence des arguments, de recouper les informations, etc. L'écrit favorise ainsi l'exercice de la pensée critique et la construction d'un savoir complexe, quand la parole facilite les raccourcis trompeurs et la manipulation des passions… (voir la fiche n° 14 « Parole et mensonge »).

Tout cela permet donc de comprendre l'importance qui fut accordée dès l'Antiquité à l'art de la parole, et les enjeux qui sont les siens : il s'agit de maîtriser cette puissance ambiguë du verbe, en recensant ses techniques et en codifiant les règles de son usage. Mais pour quelles finalités ?

À retenir

Le discours oral et le discours écrit ne diffèrent pas seulement quant à la forme extérieure, mais aussi du point de vue des structures internes et des effets produits sur le récepteur.

L'art de la parole et ses enjeux philosophiques

Les enjeux philosophiques liés à la maîtrise de la parole découlent des deux grands pouvoirs de celle-ci. Ces pouvoirs sont les suivants :

- *Dire le monde* : grâce aux signes qui constituent le langage, la parole peut dire ce qui est, dévoiler le réel en le faisant exister à travers les mots. Comme tout

signe, le mot est en effet une réalité présente qui renvoie à une réalité absente, et celui qui l'entend peut à travers lui avoir accès à des pans du réel qui lui seraient autrement inaccessibles. La parole peut ainsi ressusciter le passé, rapprocher le lointain, anticiper l'avenir et ouvrir le champ des possibles ; en elle et par elle, c'est l'entièreté de l'être qui peut se déployer et être embrassée par l'esprit. Mais elle peut aussi dire ce qui n'est pas, créer un monde irréel et mensonger qui viendra masquer le réel ou le travestir. Lieu natif de la vérité, la parole peut donc tout aussi bien être une puissance d'obscurité et d'illusion. Comment, alors, s'assurer qu'elle soit au contraire au service de la connaissance et de la clarté ?

- *Agir* : la parole ne fait pas que dire ce qui est ou ce qui n'est pas, elle est toujours aussi un acte effectué dans une certaine intention et produisant des effets sur ceux qui l'entendent. Ces effets, qui correspondent à ce que les linguistes appellent la « force perlocutoire » d'un énoncé, sont nombreux et varient selon les contextes et les auditeurs. La parole peut ainsi persuader ou dissuader, émouvoir ou terrifier, exalter ou accabler, libérer ou asservir… Dans tous les cas, elle n'est jamais neutre, et se révèle ainsi un puissant outil pour diriger les hommes et transformer le monde. Mais c'est un pouvoir ambivalent là encore, car il peut être mis au service du mal comme du bien. D'autre part, la parole peut aussi manquer son but si elle est mal maîtrisée, et demeurer de ce fait inopérante : comme des coquilles vides, les mots s'évanouissent alors aussitôt proférés, sans laisser derrière eux aucune trace. Comment faire en sorte, par conséquent, que la parole soit efficace, et que son efficacité soit bénéfique ?

Parole de vérité ou parole mensongère, parole bénéfique ou parole néfaste, parole efficace ou parole inefficace : ces enjeux majeurs sont au cœur des problèmes que soulève l'art de la parole, et qui ont attiré l'attention des rhéteurs et des philosophes depuis l'Antiquité jusqu'à l'âge classique et même au-delà. Se dessinent ainsi les grandes interrogations suivantes :

- À quelles conditions la parole peut-elle être efficace ? Quelles sont les règles et les techniques de la parole persuasive et agissante ? Cette question constitue l'objet de la *rhétorique* (voir les fiches n° 2-4).
- À quelles conditions la parole peut-elle est un instrument de vérité ? Quels principes permettent d'en faire un outil de connaissance ? C'est la question dont s'occupe la *dialectique* (voir la fiche n° 5 « la dialectique »).
- L'idéal d'une parole vraie est-il toujours compatible avec le souci de l'efficacité ? D'ailleurs, y a-t-il toujours une vérité, ou bien faut-il parfois se contenter de la

multiplicité des opinions subjectives ? Et dans ce cas, ne vaut-il pas mieux faire primer la recherche de l'efficacité, plutôt que de courir après une impossible vérité ? À l'inverse, la parole peut-elle vraiment être efficace si elle n'est pas fondée sur la connaissance de ce qui est ? Et pour qu'un art véritable de la parole soit possible, ne faudrait-il pas toujours que la volonté de persuader soit subordonnée à l'exigence de vérité ? Ces problèmes ont été posés, dès l'aube de la philosophie, par Platon et Aristote (Voir les fiches n° 2, « Qu'est-ce que la rhétorique ? » et n° 5 « la dialectique »).

TOP CHRONO
C'est l'interro !

Exercice 1 (6 pts) ***8 min***

a. Pourquoi les mots sont-ils essentiels à la construction de la pensée ?

....

....

....

....

....

....

....

b. Expliquez cette citation de Platon : « la pensée est le dialogue intérieur de l'âme avec elle-même ».

....

....

....

....

....

....

....

Exercice 2 (3 pts) ***3 min***

En quoi la parole rend-elle possible l'existence de la culture ?

....

....

....

....

....

....

....

Exercice 3 (3 pts) *3 min*

Quelle est la différence entre sociétés animales et sociétés humaines, et en quoi est-elle liée à l'usage de la parole ?

....

....

....

....

....

....

Exercice 4 (4 pts) *5 min*

Pourquoi la parole a-t-elle un pouvoir de persuasion plus grand que l'écriture ?

....

....

....

....

....

....

Exercice 5 (4 pts) *5 min*

Quels sont les deux grands pouvoirs de la parole, et quels sont les enjeux qui leurs sont liés ?

....

....

....

....

....

SCORE

...... pts

2 QU'EST-CE QUE LA RHÉTORIQUE ?

Problématiques

D'où vient la rhétorique ? Que signifie-t-elle ? Comment évolue-t-elle ?

Définition et origine

Définition

Au sens large, un **art** est une discipline pratique fondée sur la connaissance théorique d'un domaine donné ; ex : la médecine, l'architecture, la stratégie militaire, la poterie... Le mot vient du latin *ars*, qui est lui-même l'équivalent du grec *tekhnè* (qui a aussi donné « technique »).

Dans l'Antiquité, savoir bien parler en public est une nécessité pour qui veut réussir dans le domaine politique ou faire une carrière dans le droit, ces deux domaines étant les voies royales pour s'assurer prestige, richesse et pouvoir. La maîtrise du langage parlé ne se conçoit donc pas sans un art de la parole, comprenant une partie théorique, où sont codifiées les règles et les techniques relatives à la composition des discours, et une partie pratique, portant sur les techniques de mémorisation et de prononciation des discours ; cet art, susceptible d'être enseigné à tout homme désirant maîtriser son discours et surtout persuader son auditoire, constitue ce que l'on appelle la rhétorique ou art oratoire. La rhétorique est donc l'art de bien parler en vue de persuader son auditoire : elle réunit les aspects théoriques et pratiques nécessaires à la maîtrise du discours oral, et met autant l'accent sur l'argumentation que sur la façon de s'exprimer (alors que le mot d'« éloquence » renvoie surtout à l'art de bien s'exprimer). Cette discipline revêt une importance majeure dans l'Antiquité où la culture orale est essentielle.

L'origine de la rhétorique remonterait au Ve siècle avant J.-C., en Sicile, lorsqu'un mouvement démocratique en chasse les deux tyrans. De nombreux procès voient alors le jour pour décider du sort des droits de propriété, ce qui donnera lieu à de grands discours politico-judiciaires pour persuader et convaincre l'auditoire et les juges. Corax et Teisias auraient alors eu l'idée de mettre par écrit les principes qui régissent ces discours prononcés au tribunal et les auraient ensuite enseignés. La naissance de la rhétorique rappelle donc que cette dernière a d'abord une visée pratique : elle est langage d'action, elle veut et doit avoir un effet sur l'auditoire, qui décide, ou pas, de se ranger à l'opinion de l'orateur.

Les rhéteurs attiques

Définition

À l'origine, le **rhéteur** est à Athènes un orateur public de l'*ekklésia*, c'est-à-dire de l'Assemblée du peuple ; par conséquent, il est d'abord un homme politique. Mais la définition s'élargit rapidement pour désigner à Athènes, puis à Rome, un professeur d'éloquence.

Les premiers rhéteurs connus viennent de l'Attique, cette région de la Grèce qui entoure Athènes. L'apogée de l'art oratoire attique se situe de 460 av. J.-C. jusqu'au moment où Athènes perd sa liberté politique à la fin du IVe siècle av. J.-C.

C'est Gorgias de Leontium (en Sicile) (v. 483-v. 385 av. J.-C.) qui introduit à Athènes une nouvelle manière de parler venue des procès de sa région natale. Ses discours prononcés à Athènes en 427 lorsqu'il vient comme ambassadeur de sa ville frappent les Athéniens par leur efficacité remarquable et leur nouveauté. Le style attique prend alors modèle sur son éloquence où brille une prose équilibrée, simple, aux propositions brèves et symétriques. Son influence est extrême puisque de nombreux orateurs attiques s'inspirent de son style, comme Antiphon (v. 480-411 av. J.-C.), considéré comme le plus ancien rhéteur grec et le seul appartenant vraiment au Ve siècle dont on ait conservé quelques discours. On peut noter aussi l'importance de la figure de Gorgias au fait qu'il apparaît dans un dialogue de Platon (*Gorgias*). D'autres orateurs du IVe siècle sont restés célèbres comme Lysias, Isocrate (qui fut l'élève de Gorgias), ou encore Démosthène.

La particularité de la rhétorique attique vient de ce que souvent les orateurs sont non seulement des praticiens mais aussi des théoriciens de leur art, ce qui constitue une différence majeure avec la rhétorique latine.

Aristote et *La Rhétorique*

Aristote (384-322 av. J.-C.), considéré comme le plus grand théoricien de la rhétorique, propose une étude poussée de cet art dans l'ouvrage qu'il lui consacre, *La Rhétorique* (-330 environ).

Définition

Au chapitre 2 du livre I, Aristote définit ainsi la rhétorique : « la rhétorique est la faculté de considérer dans chaque sujet ce qui s'y trouve de propre à persuader ».

Ainsi, selon lui, la rhétorique est une véritable technique pour découvrir les moyens de persuader, technique dont il développe avec précision les règles dans les chapitres suivants.

Utilité morale de la rhétorique

Au livre I chapitre 1, Aristote explique l'utilité morale de la rhétorique : si parfois le juste et le vrai ne triomphent pas dans les jugements rendus, la faute doit en être imputée aux piètres qualités de l'orateur qui n'aura pas su les imposer avec la vigueur nécessaire. Une technique est donc requise, la rhétorique, que l'orateur doit apprendre pour défendre le juste et le vrai. Aristote va plus loin : « l'orateur, ayant à parler d'une science devant certains hommes, ne pourrait pas facilement, par le seul moyen de la science, lors même qu'il la connaîtrait parfaitement, persuader ses auditeurs ». Autrement dit, le discours scientifique n'emporte pas par lui-même l'adhésion : la rhétorique doit venir à son secours pour l'imposer comme preuve dans l'esprit de l'auditeur. Aristote pose ainsi la nécessité d'apprendre les techniques rhétoriques, dont il souligne l'importance en les comparant à des techniques physiques de combat : « il serait étrange qu'il y eût de la honte à ne pas savoir se servir de son corps pour se défendre ; et qu'il n'y en eût pas à ne pas savoir se servir de la parole, dont l'usage, bien plus que celui du corps, est particulier à l'homme ».

À retenir

Pour Aristote, la rhétorique est nécessaire, elle est une technique de persuasion au service du vrai et du juste que tout orateur doit apprendre.

La rhétorique latine

Rome considère très tôt également l'importance de l'art oratoire, dès la fin du IVᵉ siècle avec, par exemple, Appius Claudius Caecus dont les discours sont restés célèbres et servaient encore de modèle au temps de Cicéron (106-43 av. J.-C.). Au cours du IIᵉ siècle av. J.-C., au fur et à mesure que la culture grecque se répand, la rhétorique acquiert une place de choix dans l'éducation des Romains et elle prend résolument modèle sur l'éloquence hellénistique. Les orateurs romains étant avant tout des praticiens, la théorie de la rhétorique ne subit pas de grands changements. Seule l'œuvre de Quintilien, *L'institution oratoire* (v. 95 ap. J.-C.) se veut une réflexion théorique sur l'art de l'éloquence, mais elle est avant tout un récapitulatif des connaissances rhétoriques de l'Antiquité. Toutefois, il faut

noter que Quintilien s'intéresse beaucoup plus que ses prédécesseurs grecs à la mise en pratique du discours et que sa réflexion ouvre des chemins nouveaux en réfléchissant aux visées oratoires et didactiques de l'éloquence.

Cicéron apparaît comme la grande figure latine de l'orateur que la tradition occidentale reconnaît comme modèle indépassable et parfait. Mais là encore, il s'agit d'abord d'un praticien dont les discours sont modelés par les institutions romaines que sont les tribunaux et le Sénat.

Sous l'Empire, la rhétorique comme art vivant décline puisque les décisions politiques sont prises par l'Empereur en dépit des débats qu'elles suscitent. Elle survit cependant de manière vivace dans l'éducation où elle est considérée comme la plus belle discipline littéraire et influence de fait toutes les formes de littérature.

La rhétorique au Moyen Âge

Le Moyen Âge est dominé par la tradition latine qui invoque souvent Cicéron comme modèle. Toutefois, la rhétorique devient plus restrictive et s'assimile à un ensemble de recettes et d'exercices. Les écoles de rhétorique fleurissent, qui visent à commenter et à enseigner les textes littéraires en étudiant leurs procédés afin d'alimenter les sermons des prêtres et les plaidoiries des avocats. La rhétorique devient ainsi une discipline qui croise la grammaire et la logique, et dont le but est essentiellement pédagogique.

À retenir

De l'Antiquité au Moyen Âge, la rhétorique délaisse la réflexion théorique pour devenir une pratique de plus en plus technique et scolaire. Aristote et Cicéron sont les grandes figures de la rhétorique antique.

Enjeux de la rhétorique

La naissance de la rhétorique s'avère ainsi étroitement liée à la démocratie : en témoignent ces procès des origines où l'auditoire est invité à décider librement et en toute conscience après avoir entendu des débats, des confrontations d'opinions. À l'inverse, la tyrannie se révèle le lieu d'une parole figée, unique, puisque dans un tel système, seul le tyran a raison : la rhétorique est de fait exclue. Les discours sont inutiles dans la mesure où le tyran ne cherche nullement à convaincre, au contraire de la démocratie où il faut emporter l'adhésion du citoyen par le discours pour qu'il agisse.

En même temps, la rhétorique fut très tôt la cible de critiques chez les philosophes, notamment chez Platon (428-348 av. J.-C.). Il lui reprochait en effet de faire un usage dévoyé du *logos*, incompatible avec la recherche de la vérité et de la vertu. Dans les dialogues de Platon où ils apparaissent, les rhéteurs et les sophistes comme Gorgias et Protagoras sont ainsi présentés comme des mercenaires du discours prétendant pouvoir enseigner l'art de faire triompher n'importe quelle opinion sans se soucier de sa vérité, voire en niant purement et simplement l'existence d'une vérité objective. Ainsi Protagoras prétendait-il que « l'homme est la mesure de toutes choses », signifiant par là que chaque cité, voire chaque individu, est libre de définir sa propre conception de ce qui est vrai ou faux, bien ou mal, juste ou injuste : il n'y aurait pas de vérité absolue, mais seulement des vérités relatives, des opinions subjectives impossibles à hiérarchiser objectivement, et la seule chose qui compterait serait de parvenir à imposer son point de vue pour prendre le commandement dans la cité (voir la fiche n° 14, « Parole et mensonge »). Platon voyait dans ce relativisme des sophistes, qui favorisait la démagogie et la manipulation des foules par des orateurs sans scrupules et avides de pouvoir, une des principales causes de la décadence de la cité athénienne. Sa critique de la rhétorique l'amena par conséquent à développer une critique de la démocratie en tant que régime donnant le pouvoir au plus grand nombre et instituant ainsi une véritable « tyrannie de l'ignorance », souvent prélude à la tyrannie tout court. Contre cela, il défendit un modèle politique élitiste fondé sur le règne des « philosophes rois », et une conception de la philosophie opposant la dialectique comme « art de la vérité » à la rhétorique comme art du mensonge et de l'illusion (voir la fiche n° 5, « La dialectique »).

Ainsi, la rhétorique fut très tôt l'enjeu d'un questionnement philosophique, portant à la fois sur la vérité et sur la politique : existe-t-il toujours une vérité objective ? Toutes les opinions se valent-elles ? Tous les citoyens doivent-ils avoir un droit égal à la parole ? etc. Ces questions, qui ont très tôt fait débat parmi les philosophes (cf. le point de vue d'Aristote, fort différent) sont toujours d'actualité...

Car aujourd'hui encore, la rhétorique entendue comme art de persuader au sens large est omniprésente dans nos sociétés : que l'on songe, par exemple, aux discours publicitaires dont le but est de pousser le citoyen à faire un achat qu'il n'envisageait pas jusque-là, ou encore aux discours politiques ou religieux qui cherchent à persuader leur interlocuteur du bien-fondé et de la vérité des arguments exposés. Même la vie privée n'échappe pas à la rhétorique et le discours de séduction amoureuse ne se lasse pas de l'utiliser abondamment.

TOP CHRONO
C'est l'interro !

Exercice 1 (4 pts) ***5 min***

Donnez la définition des mots suivants :

a. éloquence

b. rhétorique

c. rhéteur

d. style attique

Exercice 2 (3 pts) ***2 min***

Expliquez l'origine de la rhétorique dans l'Antiquité.

Exercice 3 (3 pts) ***3 min***

Quel rapport la rhétorique entretient-elle avec la démocratie ?

Exercice 4 (10 pts) ***15 min***

Quels arguments Aristote utilise-t-il dans cet extrait de *La Rhétorique* pour répondre à ceux qui prétendent que la rhétorique est dangereuse ?

« L'orateur doit être en état, comme le logicien, de prouver le pour et le contre, non pour faire lui-même l'un et l'autre, car il ne doit pas chercher à persuader de ce qui est mal, mais afin de ne pas ignorer comment cela se pratique, et de pouvoir déjouer les artifices de celui qui se servirait de l'éloquence pour l'injustice [...] Si on objecte que celui qui fait un mauvais usage de cette puissance de la parole peut faire beaucoup de mal, cette objection peut être également dirigée contre toutes les bonnes choses, excepté la vertu, et surtout contre ce qu'il y a de plus utile, comme la force, la santé, les richesses, l'art militaire. Toutes ces choses sont très utiles, si vous en faites un bon usage ; sinon, elles deviennent nuisibles ».

(trad. Norbert Bonafous, 1856)

SCORE

...... pts

3 LES RÈGLES DE LA RHÉTORIQUE

Problématiques

Comment pratiquer la rhétorique ? Quelles règles doit-on suivre pour rendre son discours persuasif et convaincant ?

Introduction

Les règles de la rhétorique sont énoncées par Aristote mais elles ont été reprises et enrichies au cours des siècles par les théoriciens de l'éloquence à partir de cette base fondamentale que constitue *La Rhétorique*.

Caractère de l'orateur et de l'auditoire

Le terme de « caractère » (*ethos*) est au cœur de la réflexion d'Aristote quant à l'efficacité de la rhétorique. Ce terme est à prendre au sens très général de « mœurs » : il s'agit d'un ensemble de dispositions morales, de passions, de comportements caractéristiques d'un groupe de personnes donné. Ainsi Aristote distingue-t-il le caractère de la jeunesse, de la vieillesse ou encore de la richesse. Or, la prise en compte des différents caractères s'avère une arme redoutable dans l'art de la persuasion.

En effet, pour que le discours soit le plus efficace possible, Aristote indique la nécessité qu'a l'orateur d'inspirer de la confiance à son auditoire par son caractère, ses mœurs honnêtes, ce qu'il nomme son « ethos » : ainsi, lorsque la vérité n'est pas facile à saisir, l'autorité intellectuelle et morale de l'orateur lui permet d'emporter plus facilement l'adhésion de son auditoire car « l'homme honnête nous persuade mieux et plus vite dans toutes les circonstances en général ».

Mais il faut surtout connaître les caractères de son auditoire pour pouvoir adapter au mieux son discours et créer un maximum d'effets. C'est ainsi que l'orateur devra prendre en compte, par exemple, la jeunesse du public auquel il s'adresse, et trouver des arguments susceptibles de répondre aux exigences de jeunes gens portés par des désirs violents et brefs tels qu'Aristote les considère.

Les trois genres de l'éloquence

L'éloquence désigne la mise en pratique des préceptes de la rhétorique dans un discours, en fonction d'une finalité déterminée. Aristote, le premier, a divisé l'éloquence en trois genres, associés à trois finalités particulières, mais dont les

spécificités n'empêchent pas certains points communs, chaque genre pouvant emprunter à un autre quelques-unes de ses caractéristiques. En outre, Aristote attribue à chaque genre un temps qui lui est propre.

Le genre démonstratif ou épidictique

Il porte sur la question du bien ou du mal, de la vertu ou du vice, du beau ou du laid. Un tel discours prend donc la forme de l'éloge ou du blâme puisqu'il s'agit d'apprécier la valeur morale d'un comportement. Le temps utilisé est le présent car l'orateur considère la situation actuelle de ceux qu'il loue ou qu'il blâme.

Le genre délibératif

Il s'interroge sur l'opportunité d'une décision à prendre, d'une conduite à tenir, il réfléchit à la pertinence d'une action future. Il « conseille ou dissuade » selon Aristote. On s'interroge sur l'utile ou le nuisible d'une prochaine décision : c'est l'équivalent du discours ou du débat politique. L'orateur utilise alors le futur puisqu'il ne traite que de l'avenir.

Le genre judiciaire

Il cherche à faire trancher une question en se posant la question du juste et de l'injuste. « Il accuse ou défend » en se référant au passé. Ce type de discours correspond aux réquisitoires ou aux plaidoiries.

À chacun de ces genres sont associées des techniques précises du discours : par exemple l'orateur aura recours pour chacun d'eux à des « lieux » spécifiques, c'est-à-dire des arguments-types ou des questions générales que l'on peut poser dans différents cas (cf. fiche n° 4, « Les figures de la rhétorique »).

➡ Les parties de la rhétorique

Les différentes étapes par lesquelles l'orateur doit passer, de la conception du discours à sa prononciation sont au nombre de cinq.

L'invention (*inventio*)

C'est la phase de conception du discours : l'orateur découvre et répertorie les éléments pertinents, les arguments pour alimenter son discours. Il utilise les « lieux » (cf. fiche n° 4) dans lesquels il pioche à loisir et qui lui serviront pour

d'autres discours. L'invention nécessite aussi que l'orateur s'intéresse aux caractères de son auditoire et qu'il étudie les sentiments (*pathos*) qu'il exploitera dans son discours.

La disposition (*dispositio*)

Il s'agit de l'organisation du discours : l'orateur dispose les éléments de l'invention de manière structurée, à partir de plans-types (cf. les parties du discours) selon les genres de l'éloquence.

L'élocution (*elocutio*)

C'est la mise en style du discours. L'orateur doit d'abord choisir le style approprié à l'occasion (style bas ou simple / style élevé / style moyen) puis agencer ses phrases et ses mots en vue d'être le plus clair possible. C'est lors de cette partie que l'orateur détermine avec soin les figures de rhétorique qu'il emploiera (cf. fiche n° 4, « Les figures de la rhétorique »).

L'action (*actio*)

L'orateur prononce son discours en employant une diction et un code gestuel précis. L'action fait la singularité de l'orateur qui s'exprime avec une voix qui lui est propre et elle rapproche l'art oratoire de celui du comédien.

La mémoire (*memoria*)

Cette dernière partie concerne la mémorisation du discours : tout bon orateur doit apprendre son discours par cœur pour donner l'impression qu'il l'improvise au fur et à mesure. C'est le seul moyen de rendre efficace la parole prononcée et de donner de l'assurance à l'orateur qui pourra alors s'affranchir de son texte et se concentrer sur son action.

Les parties du discours

Il s'agit de l'organisation du discours, de sa disposition. Par quoi commencer ? Comment terminer ? etc. Ce plan-type s'applique essentiellement au genre judiciaire, mais les autres genres de l'éloquence peuvent puiser dans cette organisation et assouplir le modèle.

L'exorde

C'est le début du discours qui a pour but de capter l'attention et la bienveillance des juges pour les rendre bien intentionnés à l'égard de l'orateur. On l'appelle aussi en rhétorique latine la *captatio benevolentiae*.

La narration

Il s'agit de l'exposé des faits, des explications concernant l'affaire à juger (les gens concernés, les actions...) ; il faut donner l'impression d'entrer en matière de manière objective, sans que l'argumentation se fasse sentir.

La confirmation

L'accusateur défend sa position, souvent en amplifiant ses arguments.

La réfutation

La réfutation consiste à répondre aux objections avancées par la partie adverse.

Réfutation et confirmation peuvent être inversées dans la disposition du discours.

La péroraison

La péroraison est l'ultime partie du discours, qu'il faut particulièrement soigner puisqu'elle doit emporter la conviction de l'auditoire.

Définitions

Persuader : c'est là le but de la rhétorique. L'orateur se sert des passions, des sentiments, des impressions que provoquera son discours pour rallier son auditoire à sa cause. Il joue donc sur la sensibilité et l'imagination de celui qui l'écoute.

Convaincre : La conviction de l'auditoire s'emporte au moyen d'un raisonnement argumenté justifié par des preuves. L'orateur s'adresse à la raison de celui qui l'écoute. Convaincre est un des moyens mis en œuvre par la rhétorique pour parvenir à son but.

TOP CHRONO
C'est l'interro !

Exercice 1 (5 pts)

5 min

Faites correspondre les bons éléments entre eux

GENRES DE L'ÉLOQUENCE	TYPES DE DISCOURS
• genre judiciaire	• éloge / blâme
• genre délibératif	• plaidoyer / réquisitoire
• genre épidictique	• discours politique
TEMPS	**EXEMPLES**
• présent	• discours qui s'interroge sur ce qu'il faut faire.
• passé	• discours qui accuse quelqu'un.
• futur	• discours qui fait le portrait d'un honnête homme.

Exercice 2 (15 pts)

15 min

Dans sa comédie *L'Assemblée des femmes* (vers -392) Aristophane imagine que les femmes d'Athènes se déguisent en hommes et s'introduisent à l'*ekklésia* pour prendre des lois en leur faveur. L'une d'entre elles compte prononcer le discours suivant :

« Je souhaite, à l'égal de vous-mêmes, l'intérêt de ce pays, mais je souffre et je m'indigne de tout ce qui se passe dans notre cité. Je la vois toujours dirigée par des pervers ; et si l'un d'eux est honnête homme une seule journée, il est pervers durant dix jours. Se tourne-t-on vers un autre, il fera encore plus de mal. [...] C'est vous, ô peuple, qui êtes la cause de ces maux. Trafiquant des affaires publiques, chacun considère le gain particulier qu'il en tirera [...] Pourtant, si vous m'en croyez, vous pouvez encore être sauvés. Je dis qu'il nous faut remettre le gouvernement aux mains des femmes. C'est à elles, en effet, que nous confions, dans nos maisons, la gestion et la dépense [...] Combien elles nous surpassent en qualités, je vais le faire voir. Et d'abord toutes, sans exception, lavent les laines dans l'eau chaude, à la façon antique, et tu n'en verras pas une faire de nouveaux essais. La ville d'Athènes, en agissant sagement, ne serait-elle pas sauvée, si elle ne s'ingéniait d'aucune innovation ? Elles s'assoient pour faire griller les morceaux, comme autrefois ; elles portent les fardeaux sur leur tête, comme autrefois ; elles célèbrent les Thesmophoria, comme autrefois ; elles pétrissent les gâteaux, comme autrefois ; elles maltraitent leurs maris, comme autrefois ; elles ont chez elles des amants, comme autrefois ; elles s'achètent des friandises, comme autrefois ; elles aiment le vin pur, comme autrefois ; elles se plaisent aux ébats amoureux, comme autrefois. Cela étant, citoyens, en leur confiant la cité, pas de bavardages inutiles, pas d'enquêtes sur ce qu'elles devront faire. Laissons-les gouverner tout simplement, ne considérant que ceci, c'est que, étant mères, leur premier souci sera de sauver nos soldats. Ensuite, qui assurera mieux les vivres qu'une mère de famille ? Pour fournir l'argent, rien de plus entendu qu'une femme. Jamais, dans sa gestion, elle ne sera trompée, vu qu'elles sont elles-mêmes habituées à tromper. J'omets le reste : suivez mes avis, et vous passerez la vie dans le bonheur. »

(*Théâtre complet d'Aristophane*, 1897, trad. Eugène Talbot)

a. Repérez les différentes parties de ce discours (exorde, narration, confirmation, péroraison).

....

....

....

....

....

....

....

....

b. Quel ethos de l'oratrice se dégage de son discours ?

....

....

....

....

....

....

....

....

SCORE

...... pts

4 LES FIGURES DE LA RHÉTORIQUE

Problématiques

Quelles sont les différentes figures de rhétorique ? À quoi servent-elles ? Comment les reconnaît-on ?

Les figures de rhétorique

Qu'est-ce qu'une figure de rhétorique ?

Dans les parties du discours inventoriées par la rhétorique (cf. fiche n° 3) se trouve l'*elocutio*, qui recouvre le choix et la disposition des mots dans la phrase, les effets de rythme mais aussi l'utilisation des figures. L'*elocutio* désigne donc ce que nous nommerions aujourd'hui le style d'un texte ou d'un discours. Elle a pour but de rendre vivante la parole de l'orateur. En parlant de manière imagée, en ne se contentant pas de délivrer une information mais en la mettant en forme, celui-ci suscite en effet un certain nombre d'impressions qui vont emporter l'adhésion des auditeurs.

Définition

La figure du discours par Pierre Fontanier, auteur de l'ouvrage de rhétorique *Les Figures du discours* : « Les figures du discours sont les traits, les formes ou les tours par lesquels le langage s'éloigne plus ou moins de ce qui en eût été l'expression simple et commune »

L'orateur a de nombreuses figures à sa disposition selon les effets qu'il cherche à produire. Plusieurs catégories de figures, appelées également *tropes*, lui permettent d'affiner son *elocutio*. Les rhétoriciens distinguent ainsi des figures d'expression, de diction, de construction, d'élocution, de style ou de pensée. L'Antiquité grecque et latine, puis les grammairiens du XIXe siècle comme César Dumarsais ou Pierre Fontainier, en ont répertoriés des dizaines. Il serait bien difficile de toutes les mémoriser ! Cependant, certaines connaissent un usage beaucoup plus systématique et méritent une attention plus soutenue. Nous les organiserons ici selon leur mécanisme de fonctionnement.

À retenir

Les figures de rhétorique, ou de discours, également appelées tropes, rendent le discours vivant et imagé dans le but de susciter l'intérêt de l'auditeur et de remporter son adhésion.

Tous les exemples suivants sont pris dans le *Premier discours contre Catilina* de Cicéron (traduction M. Nisard, 1848) ; ils permettent de montrer qu'un même discours emploie des figures de rhétorique variées.

***Contexte** : Cicéron, consul de Rome, s'adresse à Catilina en termes virulents pour lui reprocher ses crimes contre la République et demander son bannissement.*

Les figures d'analogie

Elles établissent un rapport de similitude entre deux éléments distincts.

- La **comparaison** met sur le même plan deux réalités différentes au moyen d'un outil de comparaison.

  Ex. Enfermé dans les archives publiques, comme une épée dans le fourreau, ce décret demeure inutile.

- La **métaphore** est une analogie sans outil de comparaison.

  Ex. Si j'ordonne ta mort, la lie impure de tes complices restera au sein de la république ; mais si tu pars, comme je ne cesse de t'y exhorter, avec toi s'écouleront hors des murs ces flots de conjurés.

- L'**allégorie** est une représentation concrète d'une abstraction.

  Ex. La patrie, qui est notre mère commune, te hait.

- La **personnification** prête à un être inanimé ou un animal des caractéristiques humaines.

  Ex. Si la république entière m'adressait la parole, « M. Tullius, pourrait-elle me dire, que fais-tu ? »

Les figures d'opposition

Elles rapprochent des termes de sens opposés afin de créer un contraste frappant.

- L'**antithèse** fait coexister au sein d'une même phrase deux termes de sens contraires.

  Ex. Tes juges, ce ne sont pas seulement ces sénateurs, dont sans doute tu respectes beaucoup l'autorité, quand tu comptes pour si peu leur vie.

- L'**oxymore** associe dans un même groupe de mots deux termes de sens contraires.

  Ex. Tu ne manquas jamais d'adresser ton hommage sacrilège [à ce dieu].

Les figures de substitution

Elles remplacent un terme par un autre pour créer un effet surprenant, un choc dans l'esprit de l'auditeur.

- La **métonymie** désigne un mot par un autre qui lui est associé logiquement (contenant / contenu, cause / conséquence, etc.) ; la **synecdoque** désigne un mot par un autre qui lui est associé par un rapport d'inclusion (la partie pour le tout, etc.).

  Ex. Ton bras, armé contre la république, sera contraint de rester immobile (synecdoque).

- La **périphrase** définit ou décrit une réalité au lieu de la désigner directement.

  Ex. Celui que tu as reconnu pour mon ennemi ; celui qui s'apprête à porter la guerre dans mon sein (il s'agit ici de Catilina que Cicéron ne nomme pas)

Les figures d'atténuation et d'amplification

Elles adoucissent ou au contraire accentuent une idée ou un sentiment afin d'en minimiser ou d'en accroître l'effet.

- L'**euphémisme** et la **litote** adoucissent une idée crue, expriment moins.

  Ex. Je ne l'ignore pas ; si la terreur de mes discours te force à l'exil, tous les orages de la haine [...] éclateront tôt ou tard sur ma tête.

- L'**hyperbole** emploie des mots plus forts pour renforcer l'effet produit.

  Ex. Mille fois menacé de tes coups, je m'en suis toujours garanti par moi-même.

- La **gradation** accumule des termes d'intensité croissante.

  Ex. Des traîtres conspirent ma perte, la vôtre, celle de Rome, celle du monde entier.

Les figures de construction

Elles mettent en valeur le propos au moyen d'un arrangement spécifique de la syntaxe.

- L'**énumération** énonce des termes successifs de même nature.

  Ex. Ni la garde qui veille la nuit sur le mont Palatin, ni les forces répandues dans toute la ville, ni la consternation du peuple, ni ce concours de tous les

bons citoyens, ni le lieu fortifié choisi pour cette assemblée, ni les regards indignés de tous les sénateurs, rien n'a pu t'ébranler !

- L'**anaphore** reprend en tête de phrase ou de vers un même mot, une même expression.

  Ex. Espérer que rien brise ton inflexible caractère ! Espérer que tu reviennes jamais de ta perversité ! Espérer que tu aies conçu l'idée de fuir !

- L'**asyndète** est l'absence de mot de liaison entre deux propositions.

  Ex. Catilina, achève tes desseins ; sors enfin de Rome ; les portes sont ouvertes, pars.

L'hypotypose

Elle n'appartient à aucune des catégories précédentes mais elle est néanmoins une figure souvent employée dans les discours antiques. Elle consiste à donner à voir, par la parole, un tableau vivant et animé qui laisse à l'auditeur une vive impression.

Ex. Quand l'Italie sera en proie aux horreurs de la guerre, quand les villes seront saccagées, les maisons livrées aux flammes, crois-tu échapper alors à l'incendie qu'allumera contre toi l'indignation publique ?

Les registres du discours

Le travail sur l'*elocutio* du discours vise à proposer une langue imagée. Les rhétoriciens considèrent en effet que l'idée qu'ils expriment est mieux transmise lorsqu'elle est véhiculée à la fois par des arguments précis et par des impressions ou des émotions suscitées chez le public. Les registres du discours catégorisent ainsi les différentes réactions que l'orateur peut chercher à créer chez celui qui l'écoute. En le faisant passer du rire à la colère, ou de l'admiration à l'ironie, il capte plus facilement son attention et l'entraîne à adhérer aux propos qui sont tenus.

REGISTRE	CARACTÉRISTIQUES
• registre polémique	• par une accusation sous-entendue, l'orateur provoque son adversaire
• registre satirique	• l'orateur ridiculise un individu ou un comportement social
• registre épidictique	• le discours cherche à susciter l'admiration ou le dégoût en prononçant un éloge ou un blâme
• registre ironique	• l'orateur sous-entend le contraire de ce qui est formulé

➠ Les *topoï* ou lieux communs

Enfin, la rhétorique étant un exercice oral, ceux qui la pratiquent mettent au point un certain nombre de techniques destinées à favoriser leur mémoire. Lorsqu'un long discours doit être prononcé, il faut se garantir d'éventuelles défaillances et oublis. Ils émaillent donc leur propos d'éléments récurrents, qui reviennent d'un discours à l'autre sans variation. On les nomme *topos* (*topoï* au pluriel) ou lieu commun. Ils se fondent sur des images ou des situations communes, des opinions consensuelles, des idées couramment admises, qui sont reprises d'un orateur à l'autre et qui appartiennent à la mémoire et à la culture collectives. Grâce à elles, l'orateur peut structurer son discours d'éléments appartenant à un fond commun à la disposition de tous. Ils lui permettent d'éviter les oublis. L'auditeur, quant à lui, apprécie de retrouver, au détour d'un discours, des images ou des idées qu'il connaît et qu'il attend.

Ex. Dans sa *Première Catilinaire*, Cicéron évoque ainsi l'image du « glaive de la justice », souvent employée par les hommes politiques pour signifier la force et le tranchant de la justice. Il parle aussi de « la patrie, notre mère commune », image topique fréquemment reprise.

TOP CHRONO
C'est l'interro !

Exercice 1 (5 pts) — ***5 min***

a. Quelles sont les différentes appellations de la figure de rhétorique ?

b. Qu'est-ce qu'une allégorie ? une asyndète ?

c. À quoi les figures de rhétorique servent-elles ?

d. Que signifie « épidictique » lorsque l'on parle d'un registre ?

e. Pourquoi les orateurs emploient-ils des lieux communs dans leurs discours ?

Exercice 2 (12 pts) — ***20 min***

Dans ce texte, Saint-Évremond souhaite montrer que les temps ont changé depuis l'Antiquité (que le XVIIe siècle admire beaucoup) et que l'évolution a été positive.

« La vérité n'était pas du goût des premiers siècles ; un mensonge utile, une fausseté heureuse, faisait l'intérêt des imposteurs et le plaisir des crédules. C'était le secret des grands et des sages, pour gouverner les peuples et les simples. Le vulgaire, qui respectait des erreurs mystérieuses, eût méprisé des vérités toutes nues et la sagesse était de l'abuser. [...]

Nous envisageons la nature autrement que les anciens ne l'ont regardée. Les cieux, cette demeure éternelle de tant de divinités, ne sont qu'un espace immense et fluide. Le même soleil nous luit encore, mais nous lui donnons un autre cours ; et au lieu de s'aller coucher dans la mer, il va éclairer un autre monde. La terre, immobile autrefois dans l'opinion des hommes, tourne aujourd'hui, et rien n'est égal à la rapidité de son mouvement.

Tout est changé : les dieux, la nature, la politique, les mœurs, les goûts, les manières. »

Saint-Évremond, *Sur les Anciens*, 1686

a. Montrez que le premier paragraphe repose sur de nombreuses figures de l'opposition en les soulignant et en les nommant.

b. Dans le deuxième paragraphe, relevez : une périphrase, une personnification, une hyperbole, une énumération. Dites pour chacune de ces figures quel est l'effet produit.

Exercice 3 3 pts

5 min

« Tout conspire à la fois à troubler mon repos.
Et je me plains ici du moindre de mes maux ;
Car à peine les coqs commençant leur ramage,
Auront de cris aigus frappés le voisinage,
Qu'un affreux serrurier, laborieux Vulcain,
Qu'éveillera bientôt l'ardente soif du gain,
Avec un fer maudit qu'à grand bruit il apprête,
De cent coups de marteaux me va fendre la tête. »

Boileau, « Les embarras de Paris », *Satires*, 1660

À quoi peut-on reconnaître ici le registre satirique ?

SCORE

...... pts

5 LA DIALECTIQUE

Problématiques

Qu'est-ce que la dialectique ou art philosophique de la parole ? Dans quelle mesure le dialogue est-il essentiel pour parvenir à la vérité ? Permet-il de s'élever à des connaissances supérieures, ou bien seulement d'établir des conclusions probables ?

La dialectique, une anti-rhétorique ?

Définition

Le mot « **dialectique** » vient du grec *dialegesthai*, qui signifie « converser, discuter ». Apparu chez les philosophes grecs, il désigne alors **l'art de dialoguer en vue de parvenir à une vérité commune**.

Dès l'origine, avec Socrate puis Platon, la dialectique ou art du dialogue fut pensée comme **une démarche de connaissance**, consistant à examiner des points de vue opposés afin d'atteindre une vérité supérieure. Elle fut ainsi définie d'emblée par opposition à la rhétorique, perçue comme une technique de mensonge et de manipulation des apparences (voir les fiches n° 2 « Qu'est-ce que la rhétorique ? » et n° 14 « Parole et mensonge »). Alors que les rhéteurs présentaient leur discipline comme un savoir-faire purement formel, un art du discours indifférent à son contenu et donc à la vérité, Socrate et Platon conçurent la dialectique comme une méthode destinée à saisir la nature de la réalité. Ils l'inscrivirent aussi dans une démarche philosophique globale qui visait non seulement la connaissance mais aussi une transformation de l'âme par la vertu, le Vrai étant pour eux indissociable du Bien. Là encore, l'opposition à la rhétorique était flagrante, celle-ci étant accusée par les philosophes d'enchaîner l'esprit des auditeurs à des opinions erronées sur la « vie bonne », ne les aidant pas à devenir libres et vertueux par l'usage de la raison, mais les maintenant au contraire dans l'esclavage des passions et la soumission aux démagogues.

Mais au-delà de cette opposition à la rhétorique des sophistes, la définition et le rôle de la dialectique ont évolué au cours du temps, et ne sont pas les mêmes d'un philosophe à l'autre.

Socrate : la dialectique, instrument de la maïeutique

C'est sans doute avec **Socrate** (440-399 av. J.-C.) que naît la dialectique, en même temps que la philosophie elle-même. Citoyen d'Athènes que la Pythie de Delphes avait présenté comme « le plus sage des hommes », Socrate donna l'exemple d'une vie consacrée à la recherche de la vérité par la réflexion et le dialogue. Il discutait avec tout le monde, concitoyens ou étrangers, humbles artisans ou sophistes renommés, à propos des questions qui lui tenaient à cœur, principalement dans le domaine éthique : Qu'est-ce que la vie bonne ? La vertu peut-elle s'enseigner ? Vaut-il mieux subir une injustice ou la commettre ? etc. Le dialogue était pour lui une manière d'amener ses interlocuteurs à examiner leurs certitudes pour qu'ils prennent conscience de leur ignorance et partent à la recherche des vérités fondamentales en se fiant à leur raison plutôt qu'aux opinions dominantes. Pour désigner sa pratique, il reprit le terme de **maïeutique** qui désignait l'art des sages-femmes, car de même que celles-ci aidaient à accoucher les corps, Socrate voulait accoucher l'esprit de ses interlocuteurs de la vérité dont il était porteur.

Ce projet l'amena donc à définir une pratique de la discussion fondée sur quelques règles simples mais rigoureuses. À partir de la position d'un problème donné, les interlocuteurs devaient se répartir les rôles de questionneur et de répondant afin d'examiner les opinions relatives à la question examinée. Le répondant avait à charge de défendre une thèse, le questionneur l'amenant par ses questions à argumenter cette thèse ou à en examiner les conséquences. Il devait en outre assumer les réponses qu'il donnait, s'efforcer d'être précis et cohérent, et reconnaître avoir été réfuté si le questionneur lui démontrait la faiblesse de ses arguments ou les incohérences de sa thèse. D'un commun accord, les rôles pouvaient d'ailleurs être inversés à tout moment. Tous deux devaient s'engager à faire preuve d'honnêteté intellectuelle, en étant de bonne foi et en respectant les règles de la logique dans leurs raisonnements.

Ces principes fondaient ainsi une véritable **éthique de la discussion**, orientée vers la construction d'une vérité pouvant faire l'objet d'un accord rationnel. Ainsi conçue, la dialectique s'opposait bien à la démarche des rhéteurs et des sophistes, et notamment aux deux grandes pratiques constitutives de leur art : la réalisation de longs discours pleins d'effets oratoires devant un auditoire passif et donc mis dans l'incapacité de répondre et d'exercer son esprit critique ; et la pratique de « l'éristique », c'est-à-dire d'une forme de dialogue conçue comme un combat où seule comptait la victoire et où tous les moyens pouvaient être employés pour

réduire l'adversaire au silence ou emporter l'adhésion des spectateurs, même les plus malhonnêtes sur le plan intellectuel.

Bien entendu, Socrate lui-même jouait la plupart du temps le rôle de questionneur, puisque son but était avant tout de détruire les opinions incertaines encombrant l'esprit de ses interlocuteurs. Il fit ainsi un usage essentiellement réfutatif de la dialectique et s'inscrivit délibérément à contre-courant des convictions communes à la plupart de ses contemporains. Comme on peut le voir dans les dialogues de jeunesse de Platon (*Lachès, Lysis, Charmide*...), de nombreuses discussions menées par Socrate se terminaient en outre par une **aporie**, c'est-à-dire une « impasse » : le problème initial était laissé sans solution, aucune des réponses envisagées n'ayant résisté à l'examen critique mené au cours du dialogue. Mais malgré cet échec – ou grâce à lui ! – l'essentiel était atteint : éveiller l'esprit de l'interlocuteur et susciter en lui le désir de la vérité...

À retenir

Chez Socrate, la dialectique est au service de la maïeutique, ou accouchement des esprit. Fondée sur une éthique de la discussion, elle est essentiellement réfutative, et aboutit souvent à des apories (problèmes non résolus).

Platon : la dialectique, forme suprême de connaissance

Alors que chez Socrate la dialectique était essentiellement un art de la discussion, elle devient avec **Platon** (428-348 av. J.-C.) **une méthode de pensée à part entière.** Son but n'est plus seulement de détruire les fausses certitudes mais de mettre au jour des vérités supérieures inaccessibles par d'autres moyens. Il s'agit en effet de s'élever à la contemplation de ce que Platon appelle les « Formes intelligibles » ou « Idées », c'est-à-dire les notions abstraites qui sont pour lui à l'origine de la réalité concrète que nous percevons à travers nos sens : l'Idée du Beau, de l'Homme, du Nombre, du Juste, etc. Dans sa fameuse « Allégorie de la caverne » (*République,* VI), Platon explique en effet que le monde sensible, constitué de choses particulières et toujours changeantes, ne serait en fait que le reflet déformé de ces Formes parfaites et immuables qui existeraient sur un autre plan de réalité, accessible seulement à la pure intelligence. C'est uniquement grâce à la dialectique que le philosophe pourrait se détacher du monde des sens pour accéder par la pensée à ce « monde intelligible », qui serait en fait la vraie réalité. Deux techniques de pensée seraient pour cela mises en œuvre : une technique

ascendante, dite « technique du rassemblement », pour monter du sensible vers l'intelligible ; et une technique descendante, dite « technique de la dichotomie », pour redescendre de l'intelligible vers le sensible, afin d'acquérir une véritable connaissance de ce dernier (*Phèdre*).

Cette conception de la dialectique revient à ériger celle-ci en **instrument suprême de la connaissance** : « Il n'y a pas d'autre recherche que la dialectique qui entreprenne de saisir méthodiquement, à propos de tout, l'essence de chaque chose » (*République*, VII, 533b). Dans la hiérarchie du savoir définie par Platon, elle est même placée au-dessus des mathématiques, car contrairement à ces dernières la dialectique ne fonde pas ses raisonnement sur de simples hypothèses (comme les axiomes et les postulats de la géométrie) mais permet une connaissance directe et absolument certaine des Formes intelligibles. C'est ce qui explique pourquoi Platon pensait que la dialectique n'était pas accessible à tout le monde, et nécessitait de longs et difficiles exercices avant de pouvoir être maîtrisée.

On voit donc que comme chez Socrate, la dialectique fut pensée par Platon comme opposée à la rhétorique de son temps. En même temps, il considérait qu'elle pourrait aussi servir à jeter les bases d'une « véritable rhétorique », c'est-à-dire d'un art du discours mis au service de la Vérité et du Bien. Il explique ainsi dans le *Phèdre* que la connaissance procurée par la dialectique permet, dans un second temps, de composer des discours adaptés à leurs auditeurs, en sélectionnant les techniques et les contenus les plus adaptés à leur type d'âme, afin de les faire progresser sur le chemin de la vertu et de la connaissance. Platon dit même que la dialectique permettrait au philosophe de battre le rhéteur sur son propre terrain, en le rendant plus éloquent que lui. Capable de composer ses discours comme de « véritables êtres vivants », il serait en effet en mesure de manipuler son auditoire bien plus efficacement si l'envie l'en prenait. Le *Phèdre* montre ainsi comment Socrate arrive à composer un discours mensonger sur l'amour beaucoup plus persuasif que celui du rhéteur Lysias, grâce à la connaissance approfondie de son sujet. Car seul celui qui connaît parfaitement la vérité a aussi le pouvoir de tromper efficacement… pouvoir que son amour de la vertu l'amènera cependant toujours à n'utiliser qu'à bon escient ! *A contrario*, la rhétorique des orateurs et des sophistes n'est qu'un ensemble de « recettes » jamais assurées d'atteindre leur objectif, et ne mérite donc pas véritablement son titre *d'art* au sens strict (voir la définition de la notion d'art donnée dans la fiche n° 2).

À retenir

La dialectique devient avec Platon une méthode de pensée à part entière, qui permet d'atteindre les vérités suprêmes. Elle sert aussi de base à une « véritable rhétorique », plus persuasive encore que la rhétorique des orateurs et des sophistes.

D'Aristote au Moyen Âge : la dialectique, art de la dispute et du raisonnement probable

Aristote (384-322 av. J.-C.), élève dissident de Platon, va revenir à une conception moins grandiose de la dialectique ; elle sera pour lui un art de discuter des problèmes qui ne peuvent pas faire l'objet d'un savoir scientifique. Car contrairement à Platon, il ne croyait pas en l'existence de Formes intelligibles situées au-delà du monde physique et pensait que sur certaines questions la réflexion humaine doit se contenter d'opinions probables.

Dans l'ouvrage qu'il lui consacre, Aristote définit ainsi la dialectique : « une méthode qui permettra de faire des syllogismes à partir d'opinions admises sur tout sujet proposé, et aussi de ne rien dire de contraire à une opinion que nous avons à défendre » (*Topiques*, I). Il s'agit donc d'abord d'un art de raisonner : un syllogisme est en effet un raisonnement qui, partant de propositions admises comme vraies (les prémisses), en tire une proposition nouvelle à son tour affirmée comme vraie (la conclusion). Le propre des raisonnements dialectiques est que, contrairement aux démonstrations scientifiques, ils sont forcés de s'appuyer sur des prémisses incertaines, et que leurs conclusions ne peuvent donc jamais être considérées comme des vérités démontrées, mais seulement comme des opinions probables. La dialectique devient ainsi un art d'examiner les arguments pour et contre une certaine proposition, afin de décider s'il convient de l'accepter ou non. Aristote lui-même en fait usage, notamment dans ses traités éthiques, lorsqu'il commence par examiner les différentes théories ayant cours sur la question qui l'intéresse (« Qu'est-ce que le bonheur ? », par exemple).

Cet art de raisonner se coule par ailleurs dans un art de dialoguer : Aristote reprend les règles de discussion définies par Socrate et les systématise. Il en fait ainsi la base d'une gymnastique intellectuelle pratiquée dans son école (le Lycée), où les apprentis philosophes s'entraînaient à discuter de sujet polémiques face à un auditoire, en prenant tour à tour les rôles de questionneur et de répondant. Cette pratique contribuait ainsi à forger chez eux une habileté réflexive qu'ils

pourraient ensuite réinvestir sur des sujets philosophiques plus difficiles ou utiliser à la manière de Socrate lors de leurs rencontres avec des hommes ordinaires, pour convaincre ceux-ci de renoncer à leurs fausses croyances. Enfin, comme Platon, Aristote considérait que la dialectique pouvait préparer à la rhétorique, en fournissant à l'orateur les techniques argumentatives qu'il pourrait utiliser dans ses discours.

C'est cette conception aristotélicienne de la dialectique dont héritera le Moyen Âge. Dès le VIIIe siècle, le moine Bède le Vénérable inclut la dialectique (avec la rhétorique) dans le *trivium*, c'est-à-dire le trio de base des « arts libéraux », qui regroupaient les disciplines intellectuelles, aussi bien scientifiques que littéraires, visant la connaissance désintéressée. Elle contribuera ainsi à former l'esprit des savants et des clercs du monde médiéval. À partir du XIIe siècle, elle sera aussi à la base de l'exercice de la *disputatio*, cette joute oratoire argumentée et en public qui avait lieu régulièrement dans les universités, et auxquelles participaient ensemble les maîtres et les étudiants.

À retenir

Avec Aristote, la dialectique redevient avant tout un art du dialogue, sans cesser pour autant d'être une méthode de raisonnement. Elle permet l'examen des arguments pour et contre une proposition donnée, et s'exerce avant tout dans le domaine des opinions probables.

TOP CHRONO
C'est l'interro !

Exercice 1 (4 pts) ***5 min***

Pour Socrate et Platon, en quoi la dialectique s'oppose-t-elle à la rhétorique des orateur et des sophistes ?

....

....

Exercice 2 (4 pts) ***5 min***

Qu'est-ce que la maïeutique socratique ? Qu'est-ce qu'une aporie ?

....

....

Exercice 3 (4 pts) ***5 min***

En quoi la dialectique est-elle pour Platon l'instrument suprême de la connaissance ?

....

....

Exercice 4 (4 pts) ***5 min***

Qu'est-ce que la « véritable rhétorique » que la dialectique doit rendre possible, d'après Platon ?

....

....

Exercice 5 (4 pts) ***5 min***

Comment Aristote redéfinit-il la dialectique après Platon ? Comment fut-elle pratiquée dans les écoles, à partir de lui ?

....

....

SCORE

...... pts

Chapitre 2

L'autorité de la parole

6 L'AUTORITÉ DE LA PAROLE

Problématiques

D'où vient le pouvoir de la parole ? De ses propriétés intrinsèques ou du statut social de celui qui parle ? Quels sont les différents types de parole « autorisée » ? Et l'écriture, qu'apporte-t-elle de nouveau dans le rapport entre parole et autorité ?

Pouvoir de la parole et parole du pouvoir

Dans toutes les traditions magiques et religieuses, on trouve l'idée que la parole serait en elle-même dotée d'une puissance insigne. Que ce soit dans la *Genèse*, où le Verbe divin est posé comme directement créateur de l'univers (voir fiche n° 9, « La parole sacrée »), dans les rituels de magie noire, où la connaissance du nom secret d'un démon permet au sorcier de contrôler celui-ci, ou encore dans le mythe d'Œdipe, où la solution de l'énigme du Sphinx permet à Œdipe d'accéder à la royauté de Thèbes, tout se passe comme si les mots possédaient en eux-mêmes un pouvoir intrinsèque de création ou de domination des choses. Et une idée similaire se retrouve dans les sciences du langage, depuis la rhétorique antique (voir la fiche n° 2, « Qu'est-ce que la rhétorique ») jusqu'à la pragmatique contemporaine (voir la fiche n° 8, « La parole politique ») : la parole serait par elle-même dotée d'une dimension opératoire ou « performative » permettant à celui qui sait la manier d'accomplir des actes efficaces.

Mais si cette idée n'était en fait qu'un mythe, ou plutôt une mystification ? Le prétendu « pouvoir des mots » ne serait-il pas plutôt la conséquence du statut social privilégié de celui qui les profère, et une fiction destinée à masquer le caractère arbitraire de sa domination ? C'est du moins la thèse défendue par le sociologue Pierre Bourdieu dans *Langage et pouvoir symbolique* (1992), qui renverse ainsi la conception traditionnelle. À l'en croire, ce ne serait pas la parole qui donne le pouvoir mais le pouvoir qui rend la parole puissante, et seuls les locuteurs disposant de la position sociale appropriée (rois, prêtres, élites sociales...) seraient à même d'agir par la parole, tout en donnant l'illusion de ne devoir leur autorité qu'à l'excellence de leur personne et de leur discours.

Malgré l'intérêt de cette perspective, on ne peut pourtant pas complètement évacuer l'idée d'un pouvoir propre à la parole en elle-même. Car la parole est toujours nécessaire pour fonder en légitimité la position de celui qui prétend exercer un ascendant ou qui revendique une supériorité dans un domaine. Ainsi, dans le champ politique, les gouvernants ne peuvent faire accepter leur domination que si celle-ci est justifiée par un discours, que ce soit le discours de la tradition

ou celui de la loi, qui les autorise à exercer le pouvoir et en précise les conditions d'exercice, ou bien leur discours propre, par lequel ils affirment leur charisme personnel et se posent ainsi en leaders incontestés (voir fiche n° 8, « La parole politique »). Et le même principe se retrouve dans les autres champs structurés par des relations hiérarchiques, comme le domaine religieux et le domaine intellectuel. C'est toujours une parole qui permet de **faire autorité**, c'est-à-dire d'imposer le respect de ses décisions et de ses jugements en suscitant l'adhésion volontaire de ceux à qui l'on s'adresse plutôt qu'en ayant recours à la contrainte.

Il y a donc une relation circulaire entre parole et pouvoir : dans tous les domaines de la société, la parole fonde la légitimité du pouvoir, lequel confère en retour à la parole une partie au moins de son efficacité. On peut alors parler d'une **autorité de la parole** pour exprimer ce cercle d'une parole qui tout à la fois *découle* et est *à l'origine* du pouvoir de celui qui l'énonce. Ainsi la parole de celui-ci « fait autorité » ou « est autorisée » : elle lui permet de se poser en *auteur* d'actes et de discours reconnus comme légitimes.

Les différents types de parole autorisée

Il y a fondamentalement trois grands types de « paroles autorisées » au sens défini plus haut. Ils correspondent aux trois principaux champs de la société et de la culture humaine où l'on peut trouver des relations hiérarchiques, avec des discours et des actes considérés comme légitimes (donc « dominants ») et d'autres qui ne le sont pas (donc « dominés ») :

- **La parole politique** : c'est d'abord la parole du dirigeant : chef, roi, tribun, ou représentant de l'État, qui dit la loi ou donne des ordres ; mais ce peut être aussi la parole du penseur ou de l'artiste qui justifie ou glorifie un ordre social et politique et fait ainsi œuvre idéologique (voir la fiche n° 8, « La parole politique »).
- **La parole sacrée ou religieuse** : c'est la parole du mythe, du prophète ou du prédicateur, qui exprime une vérité transcendante ou une volonté divine. Elle est souvent utilisée pour fonder la parole politique, en accordant l'onction du divin et la respectabilité de la tradition à ceux qui dirigent la société. À elle se rattache aussi *la parole poétique*, à l'origine du moins, dans la mesure où la parole du poète fut longtemps pensée comme une parole inspirée ou prophétique (voir la fiche n° 9, « La parole sacrée »).

- **La parole savante** : c'est la parole de l'homme de connaissance, qui établit ou qui transmet un savoir fondé sur l'autorité de la raison et de l'expérience, dans le domaine des sciences et de la philosophie.

Toutes ces paroles autorisées font référence à certains **principes** et **valeurs** spécifiques pour justifier leurs discours, comme la loi ou la tradition pour la parole politique, le divin ou l'ordre cosmique pour la parole sacrée, et la raison ou l'expérience pour la parole savante. Ces valeurs et principes sont les fondements (ou les prétextes, selon le point de vue…) de leur autorité, et sont donc essentiels pour garantir leur efficacité. Par ailleurs, elles doivent aussi mobiliser certaines **techniques et stratégies** de discours pour se déployer et exercer leur action, comme le mythe et l'invocation (parole sacrée), la menace et la promesse (parole politique), la citation et l'argumentation (parole savante), etc. Ces techniques et stratégies constituent ainsi leurs outils privilégiés (voir les fiches correspondantes).

Enfin, bien que ce ne soit pas une parole autorisée à proprement parler, on peut mentionner aussi **la parole théâtrale** dans la mesure où, dès l'Antiquité, celle-ci a assumé une multiplicité de fonctions qui recoupent le champ des paroles autorisées : fonction civique, politique, religieuse, philosophique, etc. (voir fiche n° 10, « La parole publique au théâtre »). Par ailleurs, en donnant à voir et à entendre la vie et les discours de ceux qui, multitude ou individus, n'occupent pas de position dominante dans la société, elle a pu bien souvent offrir un contrepoint salutaire aux paroles autorisées, toujours tentées de rendre inaudibles les voix dissidentes.

L'écriture, instrument de culture et de domination

Si la parole a toujours été intimement liée à l'exercice d'une autorité politique, religieuse ou intellectuelle, ce lien n'a fait que se renforcer avec l'apparition de l'écriture, aux alentours de 3 000 av. J.-C., puis avec sa généralisation permise par l'invention de l'imprimerie et les progrès de l'alphabétisation à l'époque moderne. Très tôt, le discours écrit à servi de relais de transmission au discours oral, et a rapidement tendu à le supplanter dans certains domaines comme la poésie, les sciences et la philosophie, tout en gardant cependant des liens étroits avec la parole vivante et incarnée.

En permettant l'enregistrement, la conservation et la diffusion de la pensée et de la parole, l'écriture a bien entendu été un facteur majeur de civilisation et de progrès du savoir. Dans tous les domaines, elle a permis la constitution progressive d'un corpus de textes considérés comme des instruments indispensables pour

former l'esprit et guider l'action humaine : textes juridiques et livres sacrés, grandes œuvres littéraires et traités scientifiques, recueil de maximes et de pensées philosophiques, etc. Ce corpus de textes autorisés a ainsi fourni l'armature des civilisations de l'écrit ayant remplacé les anciennes civilisations de l'oralité, et constitué la base de ce que l'on a appelé *la culture*, considérée par les humanistes de la Renaissance comme essentielle au développement de notre humanité (**Érasme** de Rotterdam : « On ne naît pas homme, on le devient »). Autrement dit, l'apparition de l'écriture a démultiplié la fécondité et le pouvoir formateur de la parole dans les domaines intellectuel, politique et religieux.

Mais, en renforçant et en diffusant l'autorité de certaines paroles privilégiées, l'écriture a aussi, et peut-être surtout, été un formidable facteur de domination et d'asservissement. Cette thèse, déjà esquissée par le grand **Rousseau** dans son *Essai sur l'origine des langues* (chapitre 20), fut notamment développée par l'anthropologue Claude **Lévi-Strauss** dans son ouvrage *Tristes tropiques* (1955) :

« Le seul phénomène qui ait fidèlement accompagnée [l'écriture] est la formation des cités et des empires, c'est-à-dire l'intégration dans un système politique d'un nombre considérable d'individus et leur hiérarchisation en castes et en classes. Telle est, en tout cas, l'évolution typique à laquelle on assiste, depuis l'Égypte jusqu'à la Chine, au moment où l'écriture fait son début : elle paraît favoriser l'exploitation des hommes avant leur illumination. [...] Si [cette] hypothèse est exacte, il faut admettre que la fonction primaire de la communication écrite est de faciliter l'asservissement. L'emploi de l'écriture à des fins désintéressées, en vue de tirer des satisfactions intellectuelles et esthétiques, est un résultat secondaire, si même il ne se réduit pas le plus souvent à un moyen pour renforcer, justifier ou dissimuler l'autre. » (*Tristes tropiques*).

À ce constat paradoxal et désenchanté, qui va jusqu'à souligner que la parole écrite apprend à « penser en formules modifiables à volonté » et rend ainsi plus facile à manipuler, et qu'« en accédant au savoir entassé dans les bibliothèques, les peuples se rendent vulnérables aux mensonges que les documents imprimés propagent en proportion encore plus grande », on pourra cependant objecter la vertu formatrice de la culture écrite pour l'esprit critique, et la dimension souvent subversive de la littérature et de la philosophie à l'époque moderne.

TOP CHRONO
C'est l'interro !

Exercice 1 (5 pts) ***10 min***

Expliquez ce qu'est une « parole autorisée », et en quoi elle repose sur une relation circulaire entre parole et pouvoir.

....

....

....

Exercice 2 (5 pts) ***10 min***

Indiquez les trois principaux types de parole autorisée, ainsi que quelques-uns des principes et valeurs qu'elles invoquent pour fonder l'autorité qu'elles revendiquent.

....

....

....

Exercice 3 (5 pts) ***10 min***

Expliquez en quoi la notion de « parole autorisée » est au cœur de l'idée de *culture*, et pourquoi l'écriture est la condition de cette dernière.

....

....

....

Exercice 4 (5 pts) ***10 min***

Expliquez pourquoi, au plan anthropologique, l'écriture est avant tout un facteur d'asservissement, selon Claude Lévi-Strauss.

....

....

....

SCORE

...... pts

7 LES LIEUX DE LA PAROLE PUBLIQUE DANS L'ANTIQUITÉ

Problématiques

Quels sont les différents lieux de la parole publique ? Comment le débat public s'organise-t-il sous l'Antiquité ?

Dans la Grèce antique, il n'existe pas de cité sans lieu public de réunion et d'échanges : sous l'Antiquité en effet, la parole publique est un acte social constitutif de la vie du citoyen. L'*agora* est le nom donné au vaste quartier d'Athènes où se retrouvent les citoyens grecs pour régir leur cité. C'est un lieu multiple qui comprend les bâtiments des institutions politiques, mais aussi des bâtiments religieux, des lieux de commerce ainsi que certaines écoles philosophiques. L'agora réunit donc les différentes manifestations de la parole publique. À Rome, l'équivalent de l'agora est nommé le *forum*.

Les lieux de la parole politique

Dans la répartition géographique de l'*agora*, les bâtiments répondant à une fonction politique tiennent une place importante et centrale. Ils sont au nombre de quatre :

- Le siège de la Boulè. La Boulè est une assemblée de cinq cents citoyens tirés au sort et chargés de fonctions législatives. Ils s'assurent également du bon fonctionnement de la démocratie en surveillant les comptes et les budgets.
- Le conseil des Stratèges. Les Stratèges, élus pour un an mais rééligibles, sont au nombre de dix. Leurs charges sont importantes : ils commandent les opérations militaires et détiennent le pouvoir exécutif en étant chargés de faire appliquer les lois.
- L'Héliée. Composé de six mille citoyens tirés au sort, l'Héliée constitue le plus grand tribunal populaire. Il juge les affaires courantes.
- Les tribunaux ont pour charge de juger. Les plus importants se trouvent sur l'agora. Ici comme dans l'Héliée, la parole repose sur une éloquence judiciaire (cf. fiche n° 4).

À noter

On trouve un exemple célèbre d'éloquence judiciaire dans l'*Apologie de Socrate*, écrite par Platon et relatant le procès de Socrate accusé d'introduire de nouvelles divinités et de corrompre la jeunesse. S'adressant aux Athéniens, Socrate commence ainsi son plaidoyer : « Sachez-le, c'est aujourd'hui la première fois que je comparais devant un tribunal, et j'ai plus de soixante-dix ans ».

Certaines instances de la vie publique s'érigent ailleurs que sur l'*agora*. L'*ecclesia* se réunit ainsi sur la Pnyx, une colline à l'Ouest de la ville qui surplombe l'*agora*. L'*ecclesia* est une assemblée dotée du pouvoir législatif. Entre ses murs, c'est essentiellement l'éloquence délibérative (cf. fiche n° 4) qui est à l'œuvre puisque les citoyens qui la composent doivent prendre des décisions concernant l'entrée en guerre de la cité, l'exil des citoyens indésirables ou les dépenses publiques.

À Rome, on retrouve des instances similaires se partageant la parole politique publique :

- La Curie, assemblée de dignitaires municipaux, vote les décrets proposés par les magistrats ainsi que les mesures d'intérêt général. Cette assemblée délibérative siège sur le forum.
- Le Sénat est un organe de direction politique en charge essentiellement des affaires extérieures et de la conduite des guerres. Le Sénat a également pour rôle de contrôler les autres instances politiques.

Il arrive parfois, à Athènes comme à Rome, que l'éloquence politique s'exprime dans un lieu privé. C'est le cas des concours d'éloquence, organisés dans les demeures des plus riches citoyens, et qui ont souvent pour thème une question politique. À l'évidence, même si elle emprunte les mêmes procédés rhétoriques que le discours politique, la parole ici n'a plus la même fonction et elle se propose la visée d'abord esthétique de réussir un beau discours.

Les lieux de la parole philosophique

Au nord et au sud de l'*agora* se tiennent les portiques : lieux de déambulation et de commerce, ces galeries à colonnade sont aussi réputées pour servir de cadre à la parole de certaines écoles philosophiques. La plus réputée d'entre elle est le stoïcisme, aussi appelée « École du Portique ». Elle repose sur l'idée qu'il faut accepter ce que nous n'avons pas le pouvoir de changer tout en s'efforçant de concentrer nos efforts sur ce qui dépend de nous. La déambulation rendue possible par l'étendue de ces portiques ombragés suscite et favorise la réflexion. C'est ce que constate également Aristote qui fonde l'école péripatéticienne (du grec *peripatetikos*, qui aime marcher) au Lycée d'Athènes.

La parole philosophique retentit également dans les gymnases et les jardins, qui se trouvent quant à eux en périphérie d'Athènes. Les gymnases de l'Académie, du Lycée et du Cynosarges sont des lieux réservés à la jeunesse. Les jeunes citoyens

y reçoivent tout à la fois une préparation militaire et un enseignement physique et intellectuel. Les écoles philosophiques y élisent domicile notamment pour l'agrément des sites. Les bois et les jardins qui les entourent favorisent en effet la retraite studieuse et la déambulation philosophique. Platon et ses disciplines s'installent ainsi à l'Académie dont le parc, si l'on en croit Aristophane, est ombragé d'oliviers, de platanes, d'ormeaux et de peupliers. (*Nuées*, v. 1005-1007). De la même façon, Épicure est réputé pour avoir dispensé ses enseignements dans un jardin.

GYMNASES OU LYCÉES	PRINCIPAUX REPRÉSENTANTS
• L'Académie	• Platon
• Le Lycée	• Aristote
• Cynosarges	• Anthistène et les cyniques

La parole est, sous l'Antiquité, le fondement de la réflexion. Toute pensée, toute philosophie se construit par la parole, sous la forme du dialogue ou du discours. La forme normale de l'élaboration puis de la transmission de la pensée est orale. Les textes écrits ne sont alors considérés que comme des aide-mémoire : ils ne sont pas fondamentaux dans l'édification des doctrines philosophiques.

À retenir

À l'époque antique, la parole orale est le moyen de l'élaboration de la pensée. Les écoles philosophiques accordent donc une attention toute particulière aux lieux dans lesquels elles enseignent, privilégiant l'extérieur avec les portiques et les jardins.

Les lieux de la parole dramatique

Le théâtre est aussi un des lieux fondamentaux de la parole publique (cf. fiche n° 10). La parole y est dispensée selon une organisation spatiale très précise qui ordonne les rapports des acteurs et la construction des pièces elles-mêmes. L'architecture des théâtres grecs permet ainsi de comprendre un grand nombre des termes qui composent la tragédie (une partie de la pièce étant souvent nommée d'après l'endroit où elle est dite) – et un certain nombre des termes de notre théâtre. Le lieu de la parole est ainsi directement lié à la parole elle-même.

- Le *theatron* : c'est l'endroit réservé au public. Il se compose de gradins en demi-cercle et peut accueillir de trente mille à quatre-vingt mille spectateurs, c'est-à-dire l'ensemble de la cité.
- La *parodos* (pl. *parodoi*) : ce sont deux larges allées qui séparent le *theatron* de la scène : elles permettent l'entrée et la sortie du chœur
- L'*orchestra* : c'est l'emplacement réservé au chœur. Il est circulaire en Grèce, en demi-cercle à Rome.
- Le *proskénion* (l'équivalent de la scène aujourd'hui) : il s'agit d'une bande de cinquante mètre sur trois sur laquelle jouent les acteurs. Trois portes régissent l'entrée des acteurs : la porte centrale pour acteurs principaux (elle figure la porte du palais), la porte de gauche pour les personnages plus éloignés, la porte de droite pour les voisins.
- La *skénè* est un bâtiment étroit avec une façade et des colonnes. Elle est le lieu d'entrée et de sortie des personnages sur le *proskénion* et elle sert de coulisses.

À chaque lieu du théâtre est ainsi associée une parole spécifique : celle des personnages, celle du chœur, celle du coryphée et même celle des spectateurs.

TOP CHRONO
C'est l'interro !

Exercice 1 (5 pts) ***5 min***

Sur le schéma suivant, représentant un théâtre antique, placez les différents lieux de la parole dramatique.

1. ....
2. ....
3. ....
4. ....
5. ....

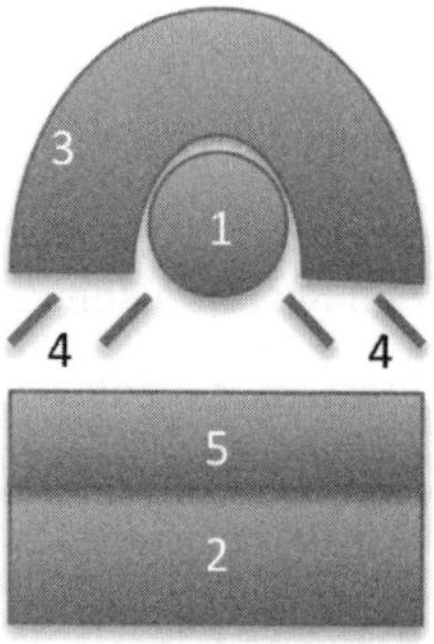

Théâtre antique

Exercice 2 (4 pts) ***5 min***

« Et maintenant Athéniens, il est juste que je commence par répondre aux anciennes calomnies répandues contre moi et à mes premiers accusateurs »

Platon, *Apologie de Socrate*, I, 2

Dans quel lieu de la parole publique cette phrase peut-elle être prononcée ?

Quel type de discours laisse-t-elle attendre ?

Justifiez vos réponses.

....

....

....

....

....

....

....

....

Exercice 3 (2 pts) 2 min

Quels sont les différents lieux de la parole politique sur l'agora ?

....

....

....

Exercice 4 (9 pts) 15 min

En un paragraphe et en tenant compte des informations fournies dans la fiche n° 7, décrivez ce qui pourrait être selon vous le lieu idéal à la réflexion philosophique.

....

....

....

....

....

....

....

....

....

....

....

....

SCORE

...... pts

8 LA PAROLE POLITIQUE

Problématiques

Comment se définit la parole politique ? Quels sont ses buts ? Quelles sont ses limites ?

Introduction

Réfléchir à la parole politique en tant que discours produit dans la cité et pour la cité (*polis* en grec) conduit à envisager la parole dans ce que les linguistes appellent sa fonction pragmatique (du grec *pragma* : action, affaires). En effet, toute activité langagière, et plus encore lorsqu'il s'agit d'une parole politique, s'envisage comme une pratique qui met en lien des sujets au sein d'une situation communicationnelle donnée : aussi la pragmatique du langage prend-elle en compte des éléments concrets comme la personne qui parle, le contexte, les sous-entendus, les effets produits, etc. La composante pragmatique s'avère essentielle quand il est question de la parole politique dans la mesure où il s'agit d'une parole qui cherche en priorité à agir et à être moteur d'une action.

Pouvoir politique de la parole

Parole et domination

La réflexion sur la parole nécessite de s'interroger sur les pouvoirs qui sont les siens, notamment dans le domaine politique. De fait, la parole y est centrale : elle assure la prise de pouvoir à celui qui maîtrise les mots et peut ainsi convaincre les citoyens de voter pour lui ; en retour, le pouvoir politique donne encore plus de crédit à celui qui parle. L'anthropologue Pierre Clastres résume de manière radicale cette idée : « l'homme de pouvoir est toujours non seulement l'homme qui parle, mais la seule source de parole légitime. Toute prise de pouvoir est aussi un gain de parole » (*La Société contre l'État*). L'idée est ancienne et Platon, déjà, fait dire à Gorgias que « le pouvoir de persuader par ses discours les juges au tribunal, les sénateurs dans le Conseil, les citoyens dans l'Assemblée du peuple » confère aux rhéteurs une autorité sans égale sur autrui en leur permettant de « command[er] aux autres dans leurs cités respectives » (*Gorgias* 451d-452).

Un exemple célèbre : l'allocution de Germanicus

Les récits de l'Antiquité font de la parole l'arme essentielle en temps de guerre pour exhorter les soldats. Un des exemples les plus célèbres est le discours que Germanicus prononce devant les légions rebelles du Rhin en l'an 14, après avoir fait

fuir sa femme et son fils pour les soustraire à la colère des séditieux. Ce discours rapporté par Tacite dans ses *Annales* (Livre 1, 42) est remarquable par l'habileté dont il fait preuve en mêlant plusieurs stratégies oratoires.

Pour reconquérir son autorité face à la sédition de ses soldats, le général en chef Germanicus use d'abord du genre de l'objurgation, c'est-à-dire d'un discours de reproche, qui rappelle les fautes de l'auditoire. C'est donc en ces termes que Germanicus réprimande ses soldats : « qu'y a-t-il eu pendant ces derniers jours que n'ait violé votre audace ? Quel nom donnerai-je à cette foule qui m'entoure ? Vous appellerai-je soldats ? vous avez assiégé comme un ennemi le fils de votre empereur ; citoyens ? vous foulez aux pieds l'autorité du sénat : les lois même de la guerre, le caractère sacré d'ambassadeur, le droit des gens, vous avez tout méconnu » (Tacite, *Annales*, livre 1, 42, trad. J.-L. Burnouf, 1859). Les questions rhétoriques qui mettent en scène un orateur en train de chercher le nom adéquat pour désigner ses troupes est une habile façon de rappeler aux auditeurs que leur identité de citoyen romain est compromise : leur rébellion fait le déshonneur des citoyens et des soldats dont ils ne méritent plus le nom.

S'ensuit alors un discours comminatoire, c'est-à-dire un discours de menace, très efficace pour impressionner les soldats : « c'est vous, soldats de la vingtième, compagnons de ses victoires, riches de ses bienfaits, qui payez votre général d'une telle reconnaissance ! Voilà donc ce que j'annoncerai à mon père, qui de toutes les autres provinces ne reçoit que des nouvelles heureuses ! Je lui dirai que ses jeunes soldats, que ses vétérans, ne se rassasient ni de congés, ni d'argent ; qu'ici seulement les centurions sont tués, les tribuns chassés, les députés prisonniers ; qu'ici le sang inonde les camps, rougit les fleuves ; qu'ici enfin ma vie est à la merci d'une multitude furieuse ». La stratégie est double : non seulement Germanicus rappelle les bienfaits que les soldats ont reçus de l'Empereur, mais en plus il les menace de rendre compte à l'Empereur de leur ingratitude impardonnable.

Enfin, vient l'apaisement dans les dernières phrases où Germanicus rappelle les qualités morales des soldats et dit sa confiance en l'avenir : « Âme du divin Auguste, reçue au séjour des immortels, image de mon père Drusus, mémoire sacrée d'un grand homme, venez, avec ces mêmes soldats, sur qui la gloire et la vertu reprennent leurs droits, venez effacer une tache humiliante, et tournez à la ruine de l'ennemi ces fureurs domestiques. Et vous, dont je vois les visages, dont je vois les cœurs heureusement changés, si vous rendez au sénat ses députés, à l'empereur votre obéissance, à moi ma femme et mon fils, rompez avec la sédition,

séparez de vous les artisans de trouble. Ce sera la marque d'un repentir durable, et le gage de votre fidélité ».

L'effet du discours ne se fait pas attendre : « touchés par ce discours, ils lui demandent grâce, et, reconnaissant la vérité de ses reproches, ils le conjurent de punir le crime, de pardonner à l'erreur, et de les mener à l'ennemi ». L'ordre est rétabli, la sédition n'est plus.

Parce qu'elle crée une réaction immédiate sur l'auditoire, l'allocution de Germanicus illustre remarquablement la fonction perlocutoire (Austin) du langage c'est-à-dire la prise en compte des effets de la parole sur l'allocutaire, les réactions de ce dernier.

Caractéristiques d'un acte de langage

John L. Austin a montré que la langue ne se résume pas à la simple transmission d'une information, mais qu'elle est un moyen d'agir sur autrui et qu'elle cherche à modifier un état existant : c'est ce qu'il appelle un « acte de langage ». Celui-ci se décompose en trois sortes d'actes :

- Un acte locutoire : ce qui est dit, la phrase qui résulte de cet acte.
- Un acte illocutoire : ce que le locuteur fait en parlant (poser une question, donner un ordre, faire une promesse...).
- Un acte perlocutoire : l'effet produit sur l'allocutaire (celui-ci peut obéir ou refuser de le faire, rire, ignorer le locuteur, le contredire...).

Violence de la parole politique

Si Germanicus rassemble ses troupes autour de lui grâce à la force de persuasion d'un discours s'appuyant sur les sentiments des soldats rebelles, l'efficacité de la parole politique ne dépend pas toujours de son contenu. Le statut de l'orateur peut parfois être la seule raison du crédit accordé à son discours. Germanicus évoque cet aspect en rappelant ses illustres prédécesseurs : « Jules César apaisa d'un mot une sédition de son armée, en appelant Quirites des hommes qui trahissaient leurs serments. Auguste, d'un seul de ses regards, fit trembler les légions d'Actium ». Peu importe alors ce qui est dit, seul compte l'homme qui parle. Dans « Les animaux malades de la peste », Jean de La Fontaine illustre cette distorsion entre le contenu du discours et le statut de l'orateur, puisque le lion prononce un long repentir dans lequel il s'accuse d'avoir dévoré force animaux (et même un berger), mais sa position royale le disculpe d'emblée de tous les crimes. Les courtisans l'ont bien compris qui, dans la fable, minimisent les crimes du roi pour

s'en prendre à l'âne dont la parole n'a aucune valeur parce que précisément l'herbivore occupe le rang le plus bas de la hiérarchie sociale. Pierre Clastres aboutit à la même conclusion que La Fontaine : « l'exercice du pouvoir assure la domination de la parole : seuls les maîtres peuvent parler. Quant aux sujets : commis au silence du respect, de la vénération ou de la terreur » (*La Société contre l'État*). Prendre la parole quand on détient le pouvoir se solde le plus souvent par un triomphe et l'on conçoit aisément la violence coercitive que peut receler ce type de parole politique : il n'est que de penser aux discours de Hitler ou de Mussolini.

La parole démagogique

Sans aller jusqu'à la violence constitutive des discours de propagande dont l'histoire s'est souvent fait l'écho, le discours politique peut emprunter une voie plus insidieuse pour dominer le peuple : la parole devient alors démagogique. L'origine du mot est significative : l'adjectif est construit à partir de deux mots grecs : *agein* (conduire) et *demos* (le peuple). La démagogie signifie donc l'art de conduire le peuple, d'amener le peuple à soi en le flattant (cf. fiche n° 14 « Parole et Mensonge »). Pour ce faire, rien ne vaut la parole qui dit à l'auditoire ce qu'il souhaite entendre. Agamemnon dans l'*Iliade* n'en use pas autrement lorsque, par ruse, il prononce au chant II un long discours aux Achéens en leur intimant l'ordre de rentrer au pays alors même que le découragement règne dans le camp grec : « Voici déjà passées neuf années du grand Zeus ; le bois de nos nefs est pourri ; leurs préceintes sont détendues, et, tandis que chez nous, femmes, jeunes enfants en nos manoirs attendent, la tâche reste inachevée, pour laquelle justement nous sommes arrivés ici. Eh bien allons ! suivons tous l'avis que je donne : fuyons avec nos nefs vers les rives de la patrie » (*Iliade*, trad. Paul Mazon, 1937-1938). En exprimant les pensées secrètes des de ses alliés, Agamemnon passe maître dans l'art de la manipulation car il a compris que pour redonner aux Achéens l'envie de combattre, il faut d'abord leur permettre d'extérioriser leur colère et leur désir de retour avant de les ramener à des sentiments plus belliqueux (ce sera le cas après l'intervention d'Ulysse qui rétablira l'ordre dans le camp).

Aujourd'hui la parole démagogique se caractérise également par une volonté affichée de lutter contre la « langue de bois », c'est-à-dire cette hypocrisie du discours politique qui empêche celui qui parle de dire ce qu'il pense vraiment en usant notamment « d'éléments de langage » (ces expressions toutes faites utilisées par les formations politiques pour répondre de façon uniforme à un sujet polémique). Mais l'effet est pernicieux puisque sous couvert de « parler vrai »

et d'employer un discours compréhensible, la parole démagogique simplifie à l'extrême l'argumentation, se passe des nuances forcément complexes et utilise un vocabulaire familier voire trivial.

Rétablir l'unité, exalter des valeurs

Le discours aux citoyens n'est pas le seul exemple de la parole politique. Celle-ci peut prendre la forme de la chanson de geste (du latin *gesta* : hauts faits, exploits), long poème épique du Moyen Âge chanté par les jongleurs devant un public populaire ou à la cour d'un seigneur. Le plus célèbre d'entre eux est la *Chanson de Roland* écrit vers 1100 dans un contexte de croisade, afin de susciter l'enthousiasme du public pour la guerre sainte, rappeler la menace sarrasine et entériner l'antagonisme de deux mondes : celui de l'Occident chrétien et d'un monde musulman caricaturé et méconnu. Le point de départ de la chanson est la défaite historique de Charlemagne battu par les Vascons aux alentours de Roncevaux le 15 août 778, après avoir abandonné le siège de Saragosse.

À partir de ce fait historique, le poète réécrit les événements en faisant s'opposer les Chrétiens de l'armée carolingienne aux Sarrasins menés par Marsile et en imaginant la prise de Saragosse par Charlemagne, rendu fou de douleur par la perte de son neveu Roland à Roncevaux lors d'une embuscade. De même, la débâcle de Roncevaux au cours de laquelle Roland perd la vie se transforme sous la plume du poète en épisode héroïque grandiose à la gloire des chevaliers chrétiens morts au combat. La *Chanson de Roland* écrite trois siècles après la campagne de Charlemagne, célèbre ainsi les valeurs chrétiennes en s'appuyant sur la peur de l'invasion musulmane qui obsède les hommes de l'époque et en les confortant dans leur vision caricaturale de l'Islam : les Sarrasins incarnent le Mal absolu (physiquement et moralement) face au camp du Bien représenté par les chevaliers de Charlemagne.

La *Chanson* cherche aussi à consolider la société féodale autour de valeurs chevaleresques telles que la fidélité du vassal au suzerain, la défense de la foi et la glorification du combat. Les chevaliers français de la *Chanson* brillent tous par leur courage, leur force extraordinaire et leur foi inébranlable en Dieu : le poème se fait épopée. L'histoire de la *Chanson* est aussi le récit d'une trahison, celle de Ganelon qui manque à la parole donnée à Charlemagne et provoque ainsi la mort de Roland. La traîtrise et la punition terrible de ce seigneur de haut lignage (il meurt écartelé à la fin du texte) font écho à un important problème du temps des

croisades, à savoir la révolte des vassaux contre la royauté. Miroir déformant et transfiguré de l'époque carolingienne, la *Chanson de Roland* véhicule des valeurs héroïques auxquelles les vassaux doivent idéalement se conformer.

Définition

L'épopée : selon Marcel Paquette, elle est « le récit d'une action héroïco-guerrière se déroulant sur le double plan de l'histoire et de la fiction ».

TOP CHRONO
C'est l'interro !

Exercice 1 (15 pts) — ***15 min***

Regardez l'extrait du discours de Hynkel dans *Le Dictateur* de C. Chaplin.

https://www.youtube.com/watch?v=ixVdFMpq27Q

Montrez comment cet extrait constitue une satire du discours politique.

Exercice 2 (15 pts) — ***15 min***

Ce passage de la *Chanson de Roland* raconte l'affrontement entre Falsaron (un Sarrasin) et Olivier, le meilleur ami de Roland. De quelle manière Olivier est-il mis en valeur ? Vous analyserez précisément les procédés.

Il y a là un duc qui a pour nom Falsaron :
C'était le frère du roi Marsile ;
Il possédait la terre de Dathan et d'Abiron.
Sous le ciel il n'y a pas de félon plus endurci.
Entre les deux yeux il avait un si large front
Qu'on pouvait y mesurer un bon demi-pied.
La douleur l'accable à voir son neveu mort.

Il sort de la foule, s'expose aux coups
Et pousse le cri de guerre des païens.
Envers les Français il est extrêmement insolent :
« Aujourd'hui la douce France se déshonorera. »
Lorsqu'Olivier l'entend, il devient furieux.
Il pique son cheval de ses éperons dorés
Et va le frapper en vrai baron.
Il brise son bouclier et fend son haubert ;
Dans le corps il lui enfonce les pans de son gonfanon
De toute la longueur de sa lance il l'abat des arçons, mort.
Il regarde à terre, voit étendu le misérable,
Et l'a vivement apostrophé :
« De vos menaces, canaille, je n'ai cure.
Frappez Français, car nous les vaincrons complètement ! »
« Montjoie », crie-t-il : c'est le cri de guerre de Charles.

(translation en français moderne réalisée par nos soins)

SCORE

...... pts

9 LA PAROLE PUBLIQUE AU THÉÂTRE

Problématiques

Quelles sont les différentes fonctions de la parole dramatique ? Existe-t-il des personnages porteurs d'une parole publique ? Quelle est la place des citoyens dans le spectacle tragique ?

Le rôle social du théâtre

Sous l'Antiquité, le théâtre a pour fonction première de rassembler les citoyens dans un lieu destiné à une parole publique. Les théâtres, conçus pour accueillir l'ensemble de la cité, délivrent d'abord une parole de cohésion sociale. La fiction dramatique se charge en effet systématiquement de valeurs symboliques cimentant la vie collective.

Un spectacle destiné à tous

En Grèce, trois grandes fêtes sont données en l'honneur de Dionysos, au cours desquelles sont représentées des pièces de théâtre. Le théâtre est lié alors à un concours que la cité organise. C'est elle en effet qui désigne les participants au spectacle :

- Le chorège : riche citoyen chargé de recruter le chœur et de le faire répéter à ses frais. La réussite du chœur assure le prestige du chorège et entraîne des répercussions dans la vie sociale et politique.
- Les trois auteurs qui vont s'affronter lors du concours : chacun doit écrire une tétralogie, c'est-à-dire trois tragédies illustrant une même légende attachée au passé de la ville et un drame satirique détournant par la dérision de la gravité des tragédies.

Le théâtre est alors un moyen de communication de masse qui engage toute la cité. Le prix de la place est très faible (une place coûte deux oboles, c'est-à-dire quelques centimes) afin que tous les citoyens puissent y participer. Le but de la parole dramatique est alors de rassembler l'ensemble des classes sociales autour d'un passé partagé et de problématiques communes. C'est un moyen d'enseignement de la cité qui permet à la fois de fédérer et d'instruire.

Aux XVIe et au XVIIe siècles, le théâtre reste un France un lieu social fédérateur. Des pièces comme les mystères (représentation théâtrale d'un épisode de la Bible) rassemblent parfois des quartiers ou des villages entiers : des centaines d'acteurs ou de figurants prennent part à la représentation, et d'autres participent

en s'occupant d'un élément de costume, de décor, etc. Au siècle classique, les théâtres ambulants allant de village en village rassemblent de vastes publics tandis qu'à Paris, le peuple comme l'aristocratie assistent aux pièces de Molière ou de Corneille.

À retenir

La tragédie grecque a connu son apogée au Ve siècle avant Jésus Christ. Elle a trois grands représentants : Eschyle, Sophocle et Euripide. Elle joue avant tout un rôle social puisque tous les citoyens sans exception y assistent. La fonction de rassembleur social du théâtre perdure jusqu'au XVIIe siècle.

Le rôle de la tragédie dans l'organisation de la cité

La tragédie joue un rôle social prépondérant. Elle met en scène les violences dont l'homme peut se rendre coupable : la passion, la colère, la vengeance, etc. En les faisant incarner par des acteurs, la cité et ses responsables pensent que les citoyens en seront purifiés, c'est-à-dire qu'ils n'auront plus le besoin instinctif de les éprouver ou de les mettre en œuvre : il leur suffira de les avoir vues et d'en avoir constaté la violence pour s'en débarrasser. C'est la catharsis. La parole tragique suffit à enrayer les conflits sociaux. Souvent, au sein de la pièce elle-même, un personnage particulier est accusé de ces passions. Il s'agit du *pharmakos* (celui qui soigne, qui purifie) : bouc émissaire accusé de tous les maux de la cité, il est chassé hors de la ville qu'il purifie par son exil. Ainsi, toute passion néfaste est désamorcée et la cité peut vivre en paix.

Pour approfondir

L'idée du bouc émissaire chargé d'apaiser les tensions de la cité a été développée par le philosophe et anthropologue René Girard dans *La Violence et le sacré*. René Girard explique en effet que la nature humaine est naturellement appelée à la violence et que pour pouvoir organiser le fonctionnement social, il importe de décharger cette violence sur des boucs émissaires. La société et la religion s'organisent d'après lui selon ces rites de sacrifice qui permettent de désamorcer les tensions.

Le rôle anthropologique et politique de la tragédie

La poésie lyrique et l'épopée puisent dans les légendes de la cité pour la glorifier ; elles ont une fonction de valorisation, voire d'idéalisation. La tragédie, en revanche, va mettre les légendes et leurs héros en question, que ce soit dans l'Antiquité, à la Renaissance ou au XVIIe siècle. Elle exprime des interrogations et des problématiques humaines et politiques : les questionnements liés au pouvoir (*Les Sept contre Thèbes* d'Eschyle ou *Les Suppliantes* de Sophocle ; *Cinna* de Corneille), le rapport entre l'humain et le divin (*L'Orestie* d'Eschyle, *Le Véritable saint Genest* de Rotrou), les passions humaines comme la jalousie (*Les Trachiniennes* de Sophocle, *Andromaque* de Racine).

La tragédie met en scène le rapport de l'homme à la loi. Elle apparaît en effet au moment où le droit commence à élaborer la notion de responsabilité de l'homme dans ses actes. L'homme devient citoyen, c'est-à-dire acteur de la cité. Se pose alors la question du jugement de ses actions. Ainsi, dans *Oreste* d'Euripide, Oreste tue sa mère Clytemnestre et engage la question de sa responsabilité. Son action est-elle la juste vengeance d'un esprit sain ? Est-elle l'œuvre de la folie qui menace Oreste ? Ou est-ce l'expression de la fatalité divine qui soumet Oreste et ne lui laisse pas le choix de ses actes ?

Dès lors, l'homme, incarné par le personnage, est montré sur la scène sous un jour ambivalent. Il peut être coupable ou innocent, lucide ou aveugle, avisé ou influençable, etc. Dans la tragédie, le personnage n'est plus un héros. En outre, soumis à la responsabilité de ses actes, le protagoniste se doit de réfléchir, d'engager des débats intérieurs débouchant sur des décisions. La tragédie révèle une part de la faiblesse de l'homme et de sa fragilité : c'est sa fonction anthropologique.

Pour approfondir

« Dans le cadre nouveau du jeu tragique, le héros a donc cessé d'être un modèle ; il est devenu, pour lui-même et pour les autres, un problème » (Jean-Pierre Vernant, Pierre Vidal-Naquet, *Mythe et tragédie en Grèce ancienne*, p. 14).

De même, en reprenant les légendes connues et les mythes, la tragédie donne à voir le passé commun de toute la cité. Ce passé forme contraste avec le présent des spectateurs et avec l'organisation contemporaine de la ville et des institutions. L'effet de recul et de comparaison permet de questionner le fonctionnement politique et d'en dénoncer d'éventuels dysfonctionnements. La tragédie est

souvent un discours politique. Dans *Œdipe Roi*, de Sophocle, le protagoniste incarne les différents aspects du pouvoir royal : d'abord image du bon roi, dévoué à sa cité et soucieux d'aider ses sujets, Œdipe est peu à peu gagné par la colère et l'aveuglement et représente un pouvoir tyrannique et violent.

➡ Le chœur, représentant de la cité

Le Chœur joue un rôle essentiel dans la tragédie. Doté d'un rôle dans l'intrigue et joué par plusieurs choreutes sous la conduite d'un coryphée (chef de chœur), il incarne l'ensemble de la cité dont il porte la voix. Dans *Œdipe Roi* de Sophocle, le chœur est composé de quinze vieillards thébains qui expriment la vérité collective et s'investissent d'une portée politique qui dépasse les simples fonctions dramaturgiques et poétiques. En commentant l'action, en rappelant les valeurs de la cité, le chœur guide le spectateur dans sa compréhension politique de la pièce. Dans ce cas précis, il fustige la démesure et la violence du tyran qu'est devenu Œdipe, il s'affirme comme le dépositaire de l'ordre et de la loi tout en se déclarant soumis aux lois divines. Il incarne ainsi une parole servant de modèle aux citoyens.

TOP CHRONO
C'est l'interro !

Exercice 1 (4 pts) ***3 min***

a. Donnez la définition du chorège.

b. Qui sont les trois grands auteurs tragiques de l'Antiquité ?

c. Pourquoi le protagoniste de la tragédie n'est-il pas un héros ?

Exercice 2 (4 pts) ***5 min***

Extrait 1. *Œdipe, victime d'un oracle, a tué son père et épousé sa mère. Pour s'en punir, à la fin de la pièce de Sophocle, il se crève les yeux.*

« Si j'y voyais, de quels yeux regarder mon père à mon arrivée dans l'Hadès, ou une malheureuse mère quand sur tous deux j'ai fait pis que de quoi se pendre. Et mes enfants, nés comme ils sont nés, aurai-je envie de voir leur visage ? Je ne verrai plus jamais de mes yeux cette cité. [...] Allons, daignez toucher à un malheureux. Croyez-m'en, ne craignez rien, car mes malheurs, il n'est que moi qui puisse les porter. »

Sophocle, *Œdipe Roi*, exodos (trad. Jean Grosjean)

Extrait 2. *À la fin de la pièce, Oreste, qui a tué par amour pour Hermione, s'en voit abandonné. Il sombre dans la folie et souffre d'hallucinations, imaginant qu'il la voit avec son rival Pyrrhus qu'elle aime.*

« Mais que vois-je ? À mes yeux Hermione l'embrasse !
Elle vient l'arracher au coup qui le menace ?
Dieux, quels affreux regards elle jette sur moi !
Quels démons, quels serpents traîne-t-elle après soi ?
Eh bien, filles d'enfer, vos mains sont-elles prêtes ?
À qui sont ces serpents qui sifflent sur vos têtes ? »

Racine, *Andromaque*, V, 5

Quelle émotion l'extrait n° 1 suscite-t-il chez le spectateur ? l'extrait n° 2 ? Dans quel but ?

Exercice 3 (8 pts)

7 min

Un mal qui répand la terreur,
Mal que le Ciel en sa fureur
Inventa pour punir les crimes de la terre,
La Peste (puisqu'il faut l'appeler par son nom)
Capable d'enrichir en un jour l'Achéron[1],
Faisait aux animaux la guerre.
Ils ne mouraient pas tous, mais tous étaient frappés :
On n'en voyait point d'occupés
À chercher le soutien d'une mourante vie ;
Nul mets n'excitait leur envie ;
Ni Loups ni Renards n'épiaient
La douce et l'innocente proie.
Les Tourterelles se fuyaient :
Plus d'amour, partant[2] plus de joie.
Le Lion tint conseil, et dit : Mes chers amis,
Je crois que le Ciel a permis
Pour nos péchés cette infortune ;
Que le plus coupable de nous
Se sacrifie aux traits du céleste courroux,
Peut-être il obtiendra la guérison commune.
L'histoire nous apprend qu'en de tels accidents
On fait de pareils dévouements :
Ne nous flattons[3] donc point ; voyons sans indulgence
L'état de notre conscience.
Pour moi, satisfaisant mes appétits gloutons
J'ai dévoré force moutons.
Que m'avaient-ils fait ? Nulle offense :
Même il m'est arrivé quelquefois de manger
Le Berger.
Je me dévouerai donc, s'il le faut ; mais je pense
Qu'il est bon que chacun s'accuse ainsi que moi :
Car on doit souhaiter selon toute justice
Que le plus coupable périsse.
– Sire, dit le Renard, vous êtes trop bon Roi ;
Vos scrupules font voir trop de délicatesse ;

1. Fleuve des Enfers de la mythologie antique. Le verbe enrichir fait allusion au fait que les morts, pour franchir l'Achéron, devaient payer une obole à Charon.
2. Par conséquent.
3. Ne nous cherchons pas d'excuses.

Eh bien, manger moutons, canaille, sotte espèce,
Est-ce un péché ? Non, non. Vous leur fîtes Seigneur
En les croquant beaucoup d'honneur.
Et quant au Berger l'on peut dire
Qu'il était digne de tous maux,
Étant de ces gens-là qui sur les animaux
Se font un chimérique[1] empire.
Ainsi dit le Renard, et flatteurs d'applaudir.
On n'osa trop approfondir
Du Tigre, ni de l'Ours, ni des autres puissances,
Les moins pardonnables offenses.
Tous les gens querelleurs, jusqu'aux simples mâtins[2],
Au dire de chacun, étaient de petits saints.
L'Âne vint à son tour et dit : J'ai souvenance[3]
Qu'en un pré de Moines passant,
La faim, l'occasion, l'herbe tendre, et je pense
Quelque diable aussi me poussant,
Je tondis de ce pré la largeur de ma langue.
Je n'en avais nul droit, puisqu'il faut parler net.
À ces mots on cria haro[4] sur le baudet.
Un Loup quelque peu clerc prouva par sa harangue[5]
Qu'il fallait dévouer ce maudit animal,
Ce pelé, ce galeux, d'où venait tout leur mal.
Sa peccadille[6] fut jugée un cas pendable.
Manger l'herbe d'autrui ! quel crime abominable !
Rien que la mort n'était capable
D'expier son forfait : on le lui fit bien voir.
Selon que vous serez puissant ou misérable,
Les jugements de cour vous rendront blanc ou noir.

La Fontaine, « Les Animaux malades de la peste », *Fables*, VII, 1

1. Imaginaire.
2. Chiens de garde.
3. Archaïsme.
4. Ce que l'on crie lorsque l'on veut faire condamner quelqu'un, le conduire en justice.
5. Discours.
6. Faute légère.

Expliquez en quoi La Fontaine reprend dans cette fable la notion antique du *pharmakos*. Pour cela, répondez aux questions suivantes :

a. Montrez que la Peste est considérée comme un châtiment divin.

...

...

...

b. Quel personnage suggère que chacun révèle ses fautes ? Dans quel but ? (citez le texte à l'appui de votre réponse).

...

...

...

c. Qui est désigné comme le bouc émissaire ? Pourquoi ?

...

...

...

d. La fable a-t-elle une portée sociale comme le théâtre antique ?

...

...

...

Exercice 4 (4 pts) ***5 min***

Quels différents éléments expliquent que la tragédie puisse avoir en Grèce une fonction sociale ?

...

...

...

...

SCORE

...... pts

10 LA PAROLE SACRÉE

Problématiques

Quelles formes la parole sacrée prend-elle ? Quelle autorité donne-t-elle à celui qui la reçoit ? Quels liens entretient-elle avec la poésie ?

Le Verbe

La fonction sacrée de la parole est présente dès l'origine du mot « parole » qui vient, rappelons-le, du latin chrétien *parabola*, servant à désigner un « récit allégorique des livres saints sous lequel se cache un enseignement » (*Le Robert, Dictionnaire historique de la langue française*). Dès l'Ancien Testament et la *Genèse* en particulier, la parole de Dieu serait créatrice du monde puisque chaque élément qui le compose est produit par son Verbe : « Dieu dit "Que la lumière soit" et la lumière fut », « Dieu dit : "Qu'il y ait un firmament au milieu des eaux et qu'il sépare les eaux d'avec les eaux" et il en fut ainsi ». Ces exemples illustrent la fonction **performative** du langage, c'est-à-dire le fait d'accomplir une action par le simple fait de l'énoncer : la seule phrase « Que la lumière soit » suffit ainsi à créer la lumière. Le prologue de l'Évangile de Jean identifie lui aussi Dieu et la parole :

> « Au commencement était le Verbe
> Et le Verbe était avec Dieu
> Et le Verbe était Dieu ».

La Bible n'est pas le seul texte sacré à affirmer le pouvoir divin de la parole. Le Coran (qui signifie littéralement « récitation ») consignerait la Parole de Dieu révélée au prophète Mahomet entre 610 et 632 : il serait donc la transcription mot pour mot de la parole de Dieu. Aucun autre texte religieux ne prétend à un tel statut.

Les manifestations de la parole divine

Les oracles

En Grèce antique, la parole des dieux se manifeste à travers les oracles qui sont des réponses divines aux questions que les mortels posent aux dieux. La forme de l'oracle est celle d'un ordre, d'une prédiction ou d'un constat (*Dictionnaire de l'Antiquité*, dir. M.-C. Howatson). On donne aussi le nom d'oracles aux sanctuaires où l'on consultait les dieux. Le plus célèbre d'entre eux est l'oracle de Delphes, où une Pythie (c'est le nom donné à cette prêtresse d'Apollon) assise sur un trépied transmettait à celui qui l'interrogeait la réponse qu'Apollon lui inspirait. Le rituel

était très codifié (avant d'être admis dans le sanctuaire où se trouvait la Pythie, il fallait se purifier dans les eaux de Castalie, offrir un gâteau consacré, sacrifier des chèvres ou des moutons). L'autorité de cette parole sacrée dura des siècles entiers et influença grandement la législation de la Grèce antique. En effet, une des plus anciennes fonctions d'Apollon était la fonction législative. On raconte donc que Lycurgue consulta l'oracle de Delphes pour savoir quelles seraient les futures lois qu'il devait donner à Sparte (Plutarque, *Vie des hommes illustres*, « Lycurgue »). L'oracle de Delphes a ainsi rythmé la vie politique de la Grèce antique.

Le charisme

La parole divine se manifeste de façons diverses. La Pentecôte, par exemple, en est un exemple célèbre. Cet épisode du Nouveau Testament inaugure le ministère des apôtres chargés de communiquer efficacement l'enseignement du Christ : sous la forme d'un feu irradiant, le Saint-Esprit aurait donné aux apôtres le don des langues afin qu'ils soient compris de toutes les nations et qu'ils puissent enseigner efficacement la parole du Christ (*Acte des apôtres* 2:1-13). Cet épisode célèbre est une illustration d'un don particulier dont il est fait mention dès l'Ancien Testament : le charisme. Le charisme est un don divin accordé à un individu ou à un groupe. Par ce don il s'agit de « faire connaître la parole ou la volonté de Dieu, souvent communiquée par songes ou visions » (André-Marie Gérard, *Dictionnaire de la Bible*). Par exemple, dans un passage du livre de Joël, Yahvé dit :

> « Après cela
> je répandrai mon Esprit sur toute chair.
> Vos fils et vos filles prophétiseront,
> vos anciens auront des songes, vos jeunes gens des visions »
>
> (Joël, 3:1)

Paul dans ses *Épîtres aux Corinthiens* énumère plusieurs de ces charismes : la capacité à proférer un discours de sagesse et à communiquer sa foi, le don de guérir, le don de prophétie... et il voit dans tous ces dons la même manifestation de l'Esprit œuvrant pour le bien commun. Le lien entre la parole sacrée et le charisme est évident : L'Esprit saint rayonne ainsi dans les paroles ou les actes de celui qui reçoit un tel don. Mais le terme est d'autant plus intéressant pour la problématique qui nous occupe. En effet, le mot « charisme » a vu son sens se modifier pour désigner cette « autorité, fascination irrésistible qu'exerce un homme sur un groupe humain » (*Le Robert, Dictionnaire historique de la langue française*).

L'orateur charismatique sera donc celui dont la parole ne peut qu'être écoutée, parce qu'elle n'est pas sans rappeler une parole à l'autorité bien supérieure : celle de Dieu lui-même.

La conversion

Lorsque la parole divine se révèle à l'élu, elle s'impose avec une telle force que ce dernier ne peut que suivre le chemin qu'elle lui propose. Un des exemples les plus célèbres est celui de saint Augustin (354-430) qui raconte sa conversion au livre VIII de ses *Confessions*. Partagé entre le désir d'une vie charnelle et celui d'une vie spirituelle, le dilemme d'Augustin ne trouve pas de solution et le laisse en proie à d'insurmontables tourments. C'est alors qu'il entend une voix d'enfant qui chante « Prends ! Lis ! » (traduction du texte latin « *Tolle, lege* »). Refoulant ses larmes Augustin prend le livre qu'il venait de poser et lit la première phrase qui lui tombe sous les yeux. Il s'agit des épîtres de Paul : « Non, pas de ripailles et de soûleries [...] mais revêtez-vous du Seigneur Jésus-Christ et gardez-vous de satisfaire les plaisirs déréglés de la chair ». L'instant de cette lecture dissipe toute hésitation chez Augustin et le fait renoncer à une vie séculière : en fait de comptine enfantine, le *tolle, lege* s'avère, selon Augustin, un ordre divin qui le conduit à la lumière de la vérité et transforme définitivement sa vie.

➠ L'enthousiasme poétique

Parce qu'elle est d'abord une « création », (ce que signifie son origine grecque *poiesis*) la poésie souligne les liens de parenté qu'elle entretient avec la parole de Dieu. L'aède grec est ainsi considéré dans l'Antiquité comme le créateur, l'artiste ultime puisqu'il invente un nouveau langage pour exprimer son propos (cf. la fiche n° 12 « Plaire à son public »). En ce sens, l'acte créateur est au cœur du langage poétique et permet l'assimilation avec la parole divine. Mais l'analogie ne s'arrête pas là. En effet, le moment même de la création poétique est considéré par les hommes de l'Antiquité comme la manifestation de la présence divine. L'idée est présente chez Platon, qui fait du poète un être inspiré des dieux dans *Ion* 534a-c : « le poète est chose ailée, légère, et sainte, et il est incapable de créer avant d'être inspiré et transporté et avant que son esprit ait cessé de lui appartenir ; tant qu'il ne possède pas cette inspiration, tout homme est incapable d'être poète et de chanter ». La parole poétique se caractérise par une emprise et un délire divins qui assimilent le poète à un prophète : sa parole enthousiaste (étymologiquement « qui est habitée par dieu ») fonde son autorité. Le lien entre

parole poétique et parole divine est d'autant plus important dans l'Antiquité que le dieu de l'inspiration poétique est Apollon, lui dont la parole se manifeste aux hommes à travers les oracles de la Pythie.

Ce n'est donc pas un hasard si les hommes de l'Antiquité se placent sous l'égide des dieux et des muses pour légitimer leur parole. C'est le cas célèbre d'Homère (cf. la fiche n° 12) au début de l'*Odyssée*, mais bien d'autres poètes de l'Antiquité ont invoqué la Muse au début de leur œuvre. Hésiode, par exemple, (VIIIe siècle av. J.-C.) raconte au début de sa *Théogonie* l'appel divin qu'il entendit tandis qu'il était occupé à garder des moutons sur le mont Hélicon. Les muses l'invitent alors à chanter les dieux : « "Vils pasteurs, opprobre des campagnes, vous qui ne vivez que pour l'intempérance, nous savons inventer beaucoup de mensonges semblables à la vérité ; mais nous savons aussi dire ce qui est vrai, quand tel est notre désir." Ainsi parlèrent les éloquentes filles du grand Zeus, et elles me remirent pour sceptre un rameau de vert laurier superbe à cueillir ; puis, m'inspirant un divin langage pour me faire chanter le passé et l'avenir, elles m'ordonnèrent de célébrer l'origine des bienheureux Immortels et de les choisir toujours elles-mêmes pour objet de mes premiers et de mes derniers chants ».

Pour approfondir

Dans l'Antiquité, les **Muses** sont le relais entre les dieux et les poètes. Elles sont au nombre de neuf et sont nées de neuf nuits d'amour de Zeus et de Mnémosyne (la Mémoire). Elles chantent d'abord des chants divins pour le plaisir des dieux, sous la conduite d'Apollon Musagète. Puis elles sont connues pour inspirer le poète ou confondre leur voix à la sienne. À l'époque romaine, chaque muse possède un art particulier : par exemple Calliope est la muse de la poésie épique, Clio la muse de l'histoire et Melpomène la muse de la tragédie…

La parole « enthousiaste » confère également une autorité sans pareille à la réflexion philosophique. En effet, un des premiers philosophe grec, Parménide (v. 515-450 av. J.-C.) expose sa pensée dans un long poème qui s'ouvre sur une rencontre avec la déesse : emporté par des cavales, le poète s'élance de la Nuit au Jour et rencontre une déesse (l'épisode étant analysé par les commentateurs comme un voyage mystique qui fait passer le penseur du raisonnement faux au raisonnement vrai). Cette déesse guide Parménide vers le chemin de la vérité en ces termes :

« Enfant, qu'accompagnent d'immortelles conductrices,
que tes cavales ont amené dans ma demeure,
sois le bienvenu ; ce n'est pas une mauvaise destinée qui t'a conduit
sur cette route éloignée du sentier des hommes ;
c'est la loi et la justice. Il faut que tu apprennes toutes choses,
et le cœur fidèle de la vérité qui s'impose
et les opinions humaines qui sont en dehors de la vraie certitude. »

(trad. Paul Tannery, 1887)

La déesse fait prendre conscience au philosophe que pour s'éloigner des faux raisonnements, il faut se défaire des opinions. Elle lui enseigne ensuite plusieurs méthodes pour connaître la vérité des choses. La parole philosophique est donc exprimée sous la forme d'une poésie « enthousiaste » qui montre à quel point poésie et philosophie sont étroitement liées dans l'Antiquité et se réfèrent toutes deux à une inspiration divine.

L'autorité sacrée de la parole n'est pas le seul apanage de l'Antiquité. Le Romantisme et Victor Hugo en particulier n'ont eu de cesse de réactiver l'image du poète-prophète. Rappelons à cet égard cette célèbre strophe du poème intitulé « Fonctions du poète » (*Les Rayons et les ombres*) :

« Peuples ! écoutez le poète !
Écoutez le rêveur sacré !
Dans votre nuit, sans lui complète,
Lui seul a le front éclairé.
Des temps futurs perçants les ombres,
Lui seul distingue en leurs flancs sombres
Le germe qui n'est pas éclos.
Homme, il est doux comme une femme.
Dieu parle à voix basse à son âme
Comme aux forêts et comme aux flots. »

Le poète est celui qui voit l'avenir des « temps futurs » et que les peuples doivent écouter attentivement parce qu'il est le confident privilégié de Dieu.

TOP CHRONO
C'est l'interro !

Exercice 1 (4 pts) ***5 min***

Donnez la définition des mots suivants (certains mots ont plusieurs sens) :

- enthousiaste

....

....

- performatif

....

....

- le charisme

....

....

- un oracle

....

....

Exercice 2 (6 pts) ***5 min***

Pour chaque auteur, rappelez en une phrase dans quel contexte se manifeste la parole divine et quelles en sont les conséquences pour sa vie :

- Hésiode

....

....

- saint Augustin

....

....

- Parménide

....

....

Exercice 3 (20 pts)

45 min

Lisez ce poème de Joachim Du Belley (*Les Regrets*, 1558)

Las, où est maintenant ce mépris de Fortune ?
Où est ce cœur vainqueur de toute adversité,
Cet honnête désir de l'immortalité,
Et cette honnête flamme au peuple non commune ?

Où sont ces doux plaisirs, qu'au soir sous la nuit brune
Les Muses me donnaient, alors qu'en liberté
Dessus le vert tapis d'un rivage écarté
Je les menais danser aux rayons de la Lune ?

Maintenant la fortune est maîtresse de moi,
Et mon cœur qui soulait[1] être maître de soi,
Est serf de mille maux et regrets qui m'ennuient.

De la postérité je n'ai plus de souci,
Cette divine ardeur, je ne l'ai plus aussi,
Et les Muses de moi, comme étranges, s'enfuient.

(orthographe modernisée par nos soins)

a. Quelles images Du Bellay donne-t-il du poète dans ce texte ? Vous justifierez votre réponse en analysant précisément quelques citations du texte.

....

....

....

b. Quelles relations passées et présentes le poète entretient-il avec les Muses ? Vous justifierez votre réponse en analysant précisément quelques citations du texte.

....

....

....

SCORE

...... *pts*

1. soulait : avait l'habitude.

Chapitre 3

Les séductions de la parole

11 LES CHARMES DE LA PAROLE

Problématiques

Comment la parole parvient-elle à envoûter celui qui l'écoute ? Dans quels buts ?

Introduction

S'interroger sur les séductions de la parole, c'est se placer du côté de la réception pour réfléchir aux effets que la parole produit sur celui qui l'écoute et à son efficacité sur l'auditoire. Le verbe « séduire » souligne par son origine même le pouvoir qui émane de la parole séductrice puisque le mot vient du latin *se-ducere* qui signifie « emmener à l'écart, emmener à part » voire « corrompre ». La séduction de la parole doit donc s'envisager selon une double perspective : elle permet à l'orateur de conduire, d'« emmener » son auditoire où il le souhaite et elle s'avère ainsi une arme essentielle pour plaire (cf. la fiche n° 12, « Plaire à son public ») ou susciter l'approbation (cf. la fiche n° 8, « La parole politique ») ; mais elle a son revers : sa force de persuasion est telle qu'elle est éminemment dangereuse au point de pouvoir « corrompre » l'auditoire (cf. la fiche n° 14, « Parole et mensonge »). Nous restreindrons ici notre étude à la force de séduction de la parole qui lui confère un caractère presque magique. C'est ce que l'expression « charmes de la parole » tend à suggérer. En effet, le terme « charmes » vient d'un mot latin *carmen* qui signifie « formule magique, incantation ». La parole révèle alors une force telle qu'elle ensorcelle celui qui l'écoute. Dans ce cas, elle peut aller jusqu'à explorer ses propres limites en devenant chant ou musique.

Le chant d'Orphée

La parole envoûtante trouve sa parfaite illustration en Orphée, poète mythologique qui, par la seule force de son chant parvient à pénétrer dans un monde interdit, celui des morts, et à en revenir. La légende d'Orphée est célèbre et elle dit à elle seule le pouvoir magique de la parole chantée. Orphée est le fils du roi Œagre et le plus grand musicien qui existe selon les Grecs. Sa mère lui enseigne le chant et son frère, Linos, l'usage de la lyre (qui est l'attribut d'Apollon). À cette lyre à sept cordes, Orphée ajoute deux autres cordes, en hommage, dit-on, aux neufs muses. Il épouse Eurydice qui se fait mordre un jour par un serpent après avoir voulu échapper au berger Aristée. Rendu fou de douleur par la mort de sa femme, Orphée parvient jusqu'aux enfers et réussit à persuader le dieu Hadès et sa femme Perséphone de bien vouloir lui rendre Eurydice. Ovide raconte ainsi les effets du chant d'Orphée dans les *Métamorphoses* (livre X, fable I) : « Aux tristes accents

de sa voix, accompagnés des sons plaintifs de sa lyre, les ombres et les mânes pleurent attendris. Tantale cesse de poursuivre l'onde qui le fuit. Ixion s'arrête sur sa roue. Les vautours ne rongent plus les entrailles de Tityos. L'urne échappe aux mains des filles de Bélus, et toi, Sisyphe, tu t'assieds sur ta roche fatale. On dit même que, vaincues par le charme des vers, les inflexibles Euménides s'étonnèrent de pleurer pour la première fois. Ni le dieu de l'empire des morts, ni son épouse, ne peuvent résister aux accords puissants du chantre de la Thrace. Ils appellent Eurydice ». La force magique de la parole chantée permet ici la suspension des décrets du destin et ressuscite au sens propre l'être aimé. Perséphone et Hadès permettent donc à Eurydice de rejoindre son époux à la condition que celui-ci ne la regardera pas lors du trajet du retour. Malheureusement, oubliant sa promesse lorsqu'il s'approche du monde des vivants, Orphée se retourne et perd Eurydice à jamais. Le mythe d'Orphée ne s'arrête pas là. Plus tard, le poète est déchiré et sa tête coupée soit par des Thraces qui auraient été jalouses de l'amour qu'il portait à son épouse, soit par des Ménades. Sa tête coupée descend l'Hèbre en flottant et trouve refuge sur l'île de Lesbos où elle dit des oracles.

Le mythe d'Orphée est intéressant à plus d'un titre. Tout d'abord, le personnage mythologique est considéré par le monde occidental comme l'inventeur de la poésie lyrique : la beauté douloureuse de son chant accompagné des notes de la lyre en fait le modèle absolu des poètes de tous les siècles. En outre, sa mort réitère le lien entre poésie et parole sacrée (cf. la fiche n° 10, « La parole sacrée ») : en devenant oracle, Orphée rappelle la puissance magique de son chant et son pouvoir divin.

Définition

Lyrique : Le mot vient de la « lyre ». La poésie lyrique, à l'origine, désigne une poésie chantée, accompagnée par la lyre puis par tout autre instrument (ce qui sera le cas de toute la poésie française jusqu'au XVe siècle environ). À la fin du XVIIIe siècle, le mot prend un autre sens et désigne l'expression des sentiments personnels (sentiments amoureux, religieux, nostalgiques… ; admiration devant le spectacle de la nature).

Le chant des sirènes

L'autre exemple mythologique célèbre pour dire la puissance magique des mots est le chant des Sirènes, ces créatures féminines qui attirent les marins par leurs chants et les guident vers des écueils pour qu'ils meurent noyés. D'ailleurs, lors de l'expédition des Argonautes, Orphée parvient à sauver ses compagnons de la mort en opposant aux chants séducteurs de ces êtres maléfiques la force de son chant et de sa lyre : il détourne ainsi leur attention des Sirènes grâce à sa musique plus belle encore. On peut analyser l'épisode mythologique comme un affrontement entre deux enchantements de nature très différente : d'un côté le pouvoir magique du chant d'Orphée qui confine au divin, symbole de l'ordre, de la civilisation (les Argonautes à l'écoute des rythmes d'Orphée regonflent les voiles et actionnent les rames en cadence) ; de l'autre les paroles envoûtantes et mortifères des Sirènes, symboles du monstrueux, du sauvage et du désordonné (Pascal Quignard, *Boutès*).

Au chant XII de l'*Odyssée*, Homère raconte comment Ulysse parvient à les écouter à l'aide d'une ruse célèbre : après avoir bouché de cire les oreilles de ses compagnons, il leur demande de l'attacher solidement au mât du bateau de sorte qu'il ne puisse pas rejoindre les Sirènes. Ces dernières tentent alors vainement d'attirer Ulysse : « Viens ici ! viens à nous ! Ulysse tant vanté ! l'honneur de l'Achaïe ! Arrête ton croiseur : viens écouter nos voix ! Jamais un noir vaisseau n'a doublé notre cap sans ouïr les doux airs qui sortent de nos lèvres ; puis on s'en va content et plus riche en savoir, car nous savons les maux, tous les maux que les dieux dans les champs de Troade, ont infligés aux gens d'Argos et de Troie, et nous savons aussi tout ce que voit passer la terre nourricière » (trad. Victor Bérard). La séduction du chant repose d'abord sur la flatterie dont font preuve les Sirènes en s'adressant au « tant vanté » fils de Laërte, puis sur le désir de savoir, sur le rêve d'une omniscience passée (les désastres de la guerre de Troie) et présente (ce que voit passer la terre). Les Sirènes savent que cette envie de connaissance est une des faiblesses des hommes, que par là elles peuvent les attirer. La *Genèse*, par exemple, reprend ce même motif puisque la chute d'Adam et Ève est une conséquence de la tentation du serpent qui invite Ève à goûter le fruit de l'arbre de la connaissance : « Mais Dieu sait, dit-il, que le jour où vous en mangerez, vos yeux s'ouvriront et vous serez comme des dieux, qui connaissent le bien et le mal ». Le désir de connaître ce qui ne lui est pas destiné (ce que saint Augustin appelle la *libido sciendi* = désir de savoir) conduit l'homme à sa perte.

Parler pour survivre

Il n'est pas toujours nécessaire que la parole se transforme en chant ou en musique pour révéler le pouvoir magique qui est le sien. C'est le cas des *Mille et une nuits*, livre traduit du persan au VIIIe ou IXe siècle et inspiré d'éléments indiens, qui raconte comment Shéhérazade (Chahrazad) parvient à repousser sa mort imminente grâce à ses talents de conteuse. En effet, l'œuvre s'ouvre sur la vengeance du roi Sharyar qui, ayant découvert que sa femme l'avait trompé avec un esclave noir, décide de se venger des femmes en mettant à mort chaque matin la jeune vierge qu'il a épousée la veille. Shéhérazade devient sa femme mais elle parvient à échapper au châtiment qui la guette en tenant en haleine Sharyar à l'aide des histoires qu'elle lui raconte tous les soirs : le roi finit par la gracier au bout de mille et une nuits. Ce récit-cadre est le prétexte au développement de nombreuses histoires très diverses (récits de voyage, fables, romans d'amour...) aux origines variées (indiennes, égyptiennes, arabes, persanes). La parole de Shéhérazade envoûte son mari au point qu'il oublie sa vengeance ; son art de conter à l'infini des histoires captivantes souligne le pouvoir ensorcelant de sa parole qui parvient à suspendre le temps et à lui sauver la vie.

L'œuvre connaît maintes variations et ajouts au fil des siècles. Au XVIIIe siècle Antoine Galland la traduit en Français et lui assure une grande postérité avec un succès immense et immédiat. Galland ne se contente pas de traduire le matériau initial puisqu'il ajoute deux contes légendaires qui ne faisaient par partie de l'œuvre et qu'il réécrit à la manière des conteurs arabes : il s'agit de l'*Histoire d'Ali-Baba* et de *l'Histoire d'Aladdin*.

Charmer pour instruire

La parole peut aussi révéler ses charmes dans un but didactique. La Fontaine dans une fable intitulée « Le pouvoir des fables » s'interroge sur la meilleure façon de capter l'attention d'un auditoire : un orateur athénien, désespéré de voir que la foule ne prête pas l'oreille à son discours sévère change de stratégie et se met à raconter l'histoire de l'anguille et de l'hirondelle. L'assemblée est fascinée par le conte et écoute avidement les paroles du tribun qui peut enfin délivrer son message : « l'assemblée / Par l'apologue réveillée / Se donne entière à l'Orateur / Un trait de fable en eut l'honneur ». La fable de La Fontaine illustre la devise du classicisme qui est de plaire (*placere*) et d'instruire (*docere*). Mais elle montre

également comment la parole peut se faire séduisante pour captiver un public rétif et le conduire où on le souhaite.

Pour approfondir

Plaire et instruire (en latin *placere et docere)* **:** L'expression est empruntée au poète latin Horace dans son *Art poétique* : « Il obtient tous les suffrages celui qui unit l'utile à l'agréable, et plaît et instruit en même temps ». Il s'agit d'une règle essentielle du Classicisme : la littérature et les arts ne s'envisagent pas sans une portée morale qui permet au lecteur ou au spectateur d'être édifié ou de devenir plus vertueux au contact des œuvres.

TOP CHRONO
C'est l'interro !

Exercice 1 (10 pts) ***15 min***

Observez la toile de Rubens intitulée *Orphée et Eurydice*, huile sur toile, (194 × 245 cm), 1636-1638 (disponible sur google images).

Retrouvez et commentez les différents éléments du mythe d'Orphée.

Exercice 2 (10 pts) ***10 min***

Expliquez et illustrez la morale de ce conte de Perrault à la lumière de vos connaissances :

Les diamants et les pistoles
Peuvent beaucoup sur les Esprits ;
Cependant les douces paroles
Ont encor plus de force, et sont d'un plus grand prix.

Exercice 3 (20 pts) ***30 min***

Dans Les Aventures de Télémaque *(1699), Fénelon imagine que le fils d'Ulysse, Télémaque, part à la recherche de son père. Il est aidé dans sa quête par Mentor, qui lui sert de guide. Arrivé sur l'île de Calypso où son père a séjourné, Télémaque est mis en garde par Mentor :*

– Craignez – repartit Mentor – qu'elle [Calypso] ne vous accable de maux ; craignez ses trompeuses douceurs plus que les écueils qui ont brisé votre navire : le naufrage et la mort sont moins affreux que les plaisirs qui attaquent la vertu. Gardez-vous bien de croire ce qu'elle vous racontera. La jeunesse est présomptueuse, elle se promet tout d'elle-même : quoique fragile, elle croit pouvoir tout et n'avoir jamais rien à craindre ; elle se confie légèrement et sans précaution. Gardez-vous d'écouter les paroles douces et flatteuses de Calypso, qui se glisseront comme un serpent sous les fleurs ; craignez le poison caché ; défiez-vous de vous-même, et attendez toujours mes conseils.

a. Analysez la façon dont Mentor considère les paroles de Calypso.

b. Comment voit-on que ce texte a un but moral ? relevez et commentez les citations qui s'imposent.

Exercice 4 (10 pts)

15 min

Lisez ce poème de Louise Labé (1555) :

Je vis, je meurs, je me brûle et me noie,
J'ai chaud extrême en endurant froidure,
La vie m'est trop molle et trop dure.
J'ai grands ennuis entremêlés de joie.

Tout à un coup je ris et je larmoie,
Et en plaisir maint grief[1] tourment j'endure ;
Mon bien s'en va et à jamais il dure ;
Tout en un coup je sèche et je verdoie.

Ainsi Amour inconstamment me mène
Et quand je pense avoir plus de douleur,
Sans y penser je me trouve hors de peine.

Puis, quand je crois ma joie être certaine
Et être au haut de mon désiré heur[2],
Il me remet en mon premier malheur.

(orthographe modernisée par nos soins)

a. Rappelez la définition du lyrisme. (2 pts)

....

....

....

....

....

b. Montrez que ce poème est lyrique en faisant les relevés appropriés. (8 pts)

....

....

....

....

....

SCORE

...... *pts*

1. grief : lourd.
2. heur : moment.

12 PLAIRE À SON PUBLIC

Problématiques

Comment écrit-on pour plaire au public ? Dans quel but le fait-on ? Quels sont les effets sur le public ? Quels types de texte servent la parole qui séduit ?

Les effets de la parole indirecte

Plaire est la forme modernisée de l'ancien verbe à l'infinitif *plaisir*. Ce verbe vient lui-même du latin *placere* signifiant « apaiser », puis « être agréable ».

Lorsqu'elle exprime une autorité, la parole emprunte une forme directe et explicite. Dans le discours politique par exemple, les arguments sont donnés avec clarté, en respectant les lois de la rhétorique et selon un agencement très rigoureux.

Cependant, la parole peut aussi se donner pour fonction de séduire son auditoire. Il ne s'agit plus de le convaincre du bien-fondé d'un propos, mais de lui faire éprouver à l'écoute du discours des sentiments de plaisir, de beauté, de bien-être. Ce type de parole active dès lors d'autres procédés que ceux que nous avons évoqués dans les parties précédentes. Délaissant la raison des interlocuteurs – c'est en effet à la réflexion et aux convictions du public que le discours d'autorité s'adresse – la parole qui plaît s'intéresse à la sensibilité de son auditoire et s'efforce de le toucher de manière plus indirecte. Pour faire naître des émotions, le locuteur joue sur le style employé mais passe également par le récit fictif. La mise en scène de personnages et de situations imaginaires constitue de fait un moyen très usuel pour conquérir son public.

Au XVIIe siècle, dans ses *Pensées*, le philosophe Pascal développe la célèbre théorie du divertissement. Il déplore que les hommes, incapables de se concentrer sur leur rapport à Dieu et sur leur salut religieux, inventent sans cesse des divertissements, c'est-à-dire des occupations sérieuses (la politique, la guerre, etc.) ou des loisirs capables de les détourner de leur droit chemin (en latin *di-vertere*, se détourner, se séparer de) : « J'ai dit souvent que tout le malheur des hommes vient d'une seule chose, qui est de ne savoir pas demeurer en repos dans une chambre. [...] Et on ne recherche les conversations et les divertissements des jeux que parce qu'on ne peut demeurer chez soi avec plaisir » (Pascal, *Pensées*, 168 éd. Sellier).

La littérature fait partie de ces loisirs qui, selon Pascal, détournent de l'essentiel. Sans adopter les conceptions de ce philosophe chrétien, nous pouvons par son entremise reconnaître à la littérature sa puissance d'enchantement et sa capacité à nous détourner du quotidien et à nous séduire par ses textes.

À retenir

La parole qui séduit est associée à certains genres littéraires spécifiques. Ceux-ci s'apparentent à de la fiction. Il s'agit de la poésie, de l'épopée, du roman, du théâtre, des fables ou des contes pour les plus fréquemment utilisés.

La puissance divine de la parole poétique

Sous l'Antiquité, la parole des poètes est considérée comme une parole émanant d'une divinité. Inspirée par les dieux, elle choisit le poète comme porte-parole. Ce que chante celui-ci relève donc de quelque chose de sur-humain qui l'apparente au divin. Ainsi, *L'Odyssée* d'Homère commence par une invocation à la muse à qui le poète demande de conter l'histoire d'Ulysse :

> « O Muse, conte-moi l'aventure de l'Inventif :
> [...] À nous aussi, Fille de Zeus, conte un peu ces exploits ! »

(v. 1 et v. 10)

La source de la parole n'est pas le poète directement, mais la Muse – divinité liée à l'art et à la beauté.

L'exemple de *L'Odyssée*

Homère et les aèdes (nom donné aux poètes dans la Grèce antique) sont les premiers hérauts de la parole poétique. Ils répandent par leur parole des récits d'aventure, de bataille mais aussi de magie. Le personnage de l'aède Démodocos, dans *L'Odyssée*, en est la preuve. Présent à la cour d'Alcinoos, roi des Phéaciens, Démodocos est présenté comme un « divin aède, auquel un dieu donna de nous charmer / de son chant » (VIII, v. 44-45). Le chant de l'aède est un peu plus loin commenté par Ulysse qui déclare que « la Muse, enfant de Zeus, a dû [l']instruire, ou Apollon » (VIII, v. 488). C'est reconnaître clairement l'inspiration sacrée du poète. D'ailleurs, l'inspiration divine dont émane la parole de l'aède dote ce dernier d'un savoir absolu et universel : il est ainsi capable de raconter avec détails et justesse des épisodes de la guerre de Troie qu'il n'a pas connus.

Le champ lexical du plaisir est développé autour de la parole poétique produite par Démodocos. Les effets de son chant témoignent de la séduction de ses vers : Homère évoque ainsi le « charme » du chant de l'aède (VIII, v. 44) qui se caractérise par sa « douceur » (VIII, v. 64). Ulysse prend du plaisir à l'entendre chanter :

> « Il n'y a rien de plus beau que d'ouïr un chanteur
> comme Démodocos, que sa parole égale aux dieux »
>
> (IX, v. 3-4)

En l'écoutant, Ulysse pleure : c'est l'expression de son émotion et la preuve de la puissance enchanteresse de la parole poétique.

Comment plaire ?

Tout comme pour le discours politique, la parole qui cherche à charmer doit tenir compte de son public et adapter ses effets aux attentes des auditeurs. Elles peuvent être de différentes natures, ce qui explique que le locuteur peut choisir entre l'expression d'émotions variées et de situations diverses.

Le roman

En choisissant le roman, le poète met l'accent sur l'intrigue et sur les personnages. Les chevaliers, héros des romans de chevalerie, plaisent en ce qu'ils sont les incarnations des valeurs constitutives de la société aristocratique : le courage, la vaillance, la générosité mais aussi la foi – les chevaliers sont au service de leur seigneur et de Dieu. C'est le cas des héros de Chrétien de Troyes, comme Yvain dans *Le Chevalier au lion*, Lancelot dans *Le Chevalier de la Charrette* ou Perceval dans *Le Conte du Graal*. Le récit des batailles plaît aux seigneurs qui engagent leur vie à la défense de leurs terres ou de leurs proches.

Ex. Chrétien de Troyes, *Le Conte du Graal*, fin XIIe siècle

Perceval défend une jeune fille qu'il a embrassée et que son ami, l'Orgueilleux de la Lande, veut punir :

> «La bataille fut sévère et rude. Je n'ai pas l'intention d'entrer dans plus de détails : ce serait, me semble-t-il, peine perdue. Toujours est-il qu'ils s'affrontent tous deux jusqu'au moment où l'Orgueilleux de la Lande se reconnaît vaincu et demande grâce à son adversaire. Celui-ci, qui n'a pas oublié la recommandation du noble seigneur de ne jamais tuer un chevalier dès lors qu'il implore sa grâce, déclare alors :
> "Par ma foi, chevalier, je ne te ferai pas grâce si tu ne fais d'abord grâce à ton amie : elle n'avait absolument pas mérité – j'en peux faire serment – tout le mal que tu lui a fait endurer". »
>
> (v. 3909-3924, trad. Jacques Ribard)

De leur côté, les femmes apprécient davantage les aventures amoureuses. Versées dans l'amour courtois, elles s'émeuvent des histoires sentimentales qui séparent puis réunissent les héros amoureux. Parmi les plus célèbres, on trouve *Tristan et Iseult*, légende fixée par écrit par Béroul et Thomas au XIIe siècle, ou *Aucassin et Nicolette*.

Ex. *Aucassin et Nicolette*, texte anonyme du XIIIe siècle
Cette « chantefable », alternance de prose et de parties chantées, raconte l'histoire d'amour des deux héros. Aucassin, fils de comte, aime Nicolette, captive sarrasine baptisée. Le père d'Aucassin se refuse à cette mésalliance. Il fait enfermer la jeune fille. Aucassin accepte de guerroyer pour la mériter ; mais son père ne tient pas sa promesse et finit par faire également enfermer son fils. Nicolette parvient à s'échapper. Puisqu'elle a disparu et que le danger est éloigné, son père relâche Aucassin qui s'enfuit et retrouve son aimée. Ils s'embarquent. En leur absence, le père d'Aucassin meurt : le jeune homme rentre et devient donc le seigneur du pays et son propre maître. Nicolette, elle, est reconnue pour être la fille du roi de Carthage mais elle refuse le mari que veut lui imposer son père. Elle s'échappe à nouveau, retrouve enfin Aucassin et les deux jeunes gens se marient.

Le monde surnaturel que le roman ne se prive pas d'exploiter plaît aussi à l'auditoire en ce qu'il permet, pour un temps, de quitter le quotidien pour se transporter dans une forme d'irréel, souvent très imaginaire et non dénué d'humour et de fantaisie. Ce genre de textes connaît souvent un plus vaste public, puisqu'il s'adresse aussi bien aux aristocrates qu'à un auditoire plus populaire.

Ex. *Le roman de Renart*, œuvre anonyme du XIIe siècle
Renart a toujours faim, mais il est rusé. Un jour surviennent des marchands d'anguilles. Renart fait le mort : les marchands se réjouissent du prix qu'ils vont tirer de lui et le jette dans leur charrette pleine de poissons :

« Grande est leur joie à tous deux ; ils se disent : "Voilà pour le moment, mais cette nuit, quand nous serons chez nous, nous lui retournerons la casaque !" Ils se satisfont, pour le moment, de cette fanfaronnade, mais Renart se contente d'en sourire, car il y a un fossé entre les paroles et les actes. Il était couché sur les paniers, le nez dessus : d'un coup de dents, il en a ouvert un dont il a tiré, croyez-m'en, plus de trente harengs. »

(traduction en français moderne d'Armand Strubel, édition Gallimard, 1998)

La comédie et la farce

Le genre de la comédie s'appuie sur le rire pour séduire son public. Avec la farce, genre comique plus populaire, elles exploitent les ressorts de la gestuelle (grimaces, coups, mimiques, etc.), de la situation (quiproquo, situation absurde) ou du caractère (personnages caricaturaux, défauts outrés, moqueries, ridicules) pour amuser l'auditoire. Les personnages ont des occupations très proches du quotidien des spectateurs du peuple (gagner de l'argent, trouver de quoi se nourrir, s'assurer de la fidélité de sa femme ou de son mari) ce qui leur permet de se reconnaître et suscite un rire de connivence. *La Farce du cuvier*, texte anonyme du Moyen Âge, propose ainsi une réflexion amusante sur le rôle du mari et de la femme au sein du ménage. Autre exemple célèbre, *La Farce de maître Pathelin* a conservé sa notoriété jusqu'à aujourd'hui.

Ex. *La Farce de maître Pathelin*, œuvre anonyme, vers 1460
Pathelin est un avocat rusé qui, grâce à ses belles paroles, réussit à tromper son monde. La farce raconte l'histoire d'un procès loufoque où un marchand réclame réparation pour s'être fait volé des pièces de draps et n'obtient pas gain de cause tant Pathelin multiplie les fourberies et les ruses.

Le fabliau

Le fabliau est une petite histoire simple et comique, qui se donne aussi pour but de faire rire son lecteur tout en lui glissant une petite leçon de morale pratique. Les fabliaux datent du XIIIe et XIVe siècles. Ils mettent en scène, comme les fables, de petits récits aux personnages simples et peu nombreux : « Le prud'homme qui sauva son compère de la noyade », « Estula » ou « Le dit des perdrix » en sont des exemples célèbres.

TOP CHRONO
C'est l'interro !

Exercice 1 (3 pts) ***2 min***

Pour chaque titre ou personnage, associez le genre littéraire correspondant :

TITRE	GENRE
• Nicolette	•
• *La Farce du cuvier*	•
• Lancelot	•
• Renart	•
• Démodocos	•
• Iseult	•

Exercice 2 (8 pts) ***12 min***

Lisez ce texte :

Je vais vous raconter l'histoire d'un vilain et de sa femme.

Pour la fête de Notre-Dame, ils allèrent prier à l'église. Avant l'office, le curé vint faire son sermon. Il dit qu'il était bon de donner à Dieu et que celui-ci rendait au double à qui donnait de bon cœur.

« Entends-tu, ma mie, ce qu'a dit le curé ? fait le vilain à sa femme. Qui pour Dieu donne de bon cœur recevra de Lui deux fois plus. Nous ne pourrions pas mieux employer notre vache, si bon te semble, que de la donner au curé. Elle produit d'ailleurs bien peu de lait.

— Oui, à cette condition, je veux bien qu'il l'ait, dit-elle. »

Ils regagnent donc leur maison, sans plus de discours. Le vilain va dans son étable, et prend la vache par la corde et la ramène à son curé. Celui-ci était fin et madré :

« Mon cher père, dit l'autre les mains jointes, pour l'amour de Dieu, je vous donne Blérain. »

Il lui a mis la corde au poing, et jure qu'il n'a plus rien.

« Ami, tu viens d'agir sagement, répond le curé dom Constant qui toujours est d'humeur à prendre. Retourne en paix, tu as bien fait ton devoir. Si tous mes paroissiens étaient aussi sages que toi, j'aurais du bétail en abondance. »

Le vilain quitte le prêtre qui veut, pour qu'elles s'apprivoisent, lier Blérain avec Brunain, sa propre vache. Il la mène en son jardin, trouve sa vache, puis les attache l'une à l'autre. La vache du prêtre se baisse, car elle voulait paître. Mais Blérain ne le veut pas, et tire la corde si fort qu'elle entraîne l'autre dehors, et la mène à travers maisons, champs et prés si bien qu'elle revient enfin chez elle, avec la vache du curé qu'elle avait bien de la peine à tirer.

Le vilain regarde, la voit, et en éprouve grande joie au cœur.

« Ah ! dit-il alors, ma chère, il est vrai que Dieu donne au double. Blérain revient avec une autre. C'est une belle vache brune. Nous en avons donc deux au lieu d'une. Notre étable sera petite ! »

(Jean Bodel, « Brunain et Blérain »,
traduction en français moderne réalisée par nos soins)

a. Quel(s) sentiment(s) le locuteur cherche-t-il à susciter chez son auditoire ? Justifiez votre réponse.

b. Ce texte a-t-il d'autres intentions ?

Exercice 3 (9 pts) — *15 min*

Dans *L'Apologie de Socrate*, Socrate déclare être allé trouver les poètes pour apprendre d'eux ce que leurs ouvrages veulent dire. Voici le compte-rendu qu'il fait de sa visite :

« Or j'ai honte, Athéniens, de vous dire la vérité. Il le faut pourtant. Eh bien, tous ceux qui étaient là présents, ou peu s'en faut, auraient mieux parlé de leurs poèmes qu'eux-mêmes qui les avaient faits. Je reconnus donc bien vite que les poètes aussi ne sont point guidés dans leurs créations par la science, mais par une sorte d'instinct et par une inspiration divine, de même que les devins et les prophètes, qui, eux aussi, disent beaucoup de belles choses mais sans se rendre compte de ce qu'ils disent. Les poètes me parurent être à peu près dans le même cas. Et je m'aperçus en même temps qu'à cause de leur talent poétique, ils se croyaient sur tout le reste les plus sages des hommes, ce qu'ils n'étaient pas du tout ».

(Platon, *Apologie de Socrate*, VII, traduction d'Émile Chambry)

Répondez-lui par une réponse organisée en défendant les poètes d'après plusieurs arguments.

....

....

....

....

....

....

....

....

....

....

....

....

....

....

SCORE

...... pts

13 LA PAROLE POÉTIQUE AMOUREUSE

Problématiques

Comment la parole se fait-elle arme de séduction ? Quelles sont les formes spécifiques qu'elle emprunte pour y parvenir ? Quels sont les grands *topoï* de la rhétorique amoureuse ?

Introduction

Genre bien à part de la rhétorique et de ses procédés, la parole amoureuse a également pour but de séduire celui ou celle à qui elle est adressée. Se comprenant dans un rapport direct et d'abord restreint du seul locuteur à un destinataire unique, elle vise à charmer et à envoûter (cf. fiche n° 11), mais dans le but avoué de conquérir le cœur de l'auditeur ou de l'auditrice. Née pendant l'Antiquité, sous la plume de poètes tels Ovide ou Catulle, la tradition de la parole amoureuse perdure tout au long des siècles, prenant des formes différentes et s'appuyant sur des procédés caractéristiques de leur visée première : se faire aimer de celle ou celui à qui l'on s'adresse. Même si tous les genres de la littérature sont aujourd'hui susceptibles de véhiculer le discours amoureux, c'est d'abord par la parole poétique que l'entreprise de séduction cherche à se réaliser.

Raconter l'amour au Moyen Âge

La parole amoureuse, de l'Antiquité au Moyen Âge, n'est pas encore une parole de séduction. Dans la plupart des textes qui abordent cette thématique, l'amour est raconté, mis en scène ou donne parfois lieu à la déploration du poète qui souffre d'un amour non réciproque. Mais les poèmes ne se définissent pas encore comme lieux littéraires de la séduction. Dans leurs différentes formes, ils racontent et analysent sans mettre en place l'interlocution nécessaire à la séduction amoureuse.

Néanmoins, il convient d'évoquer brièvement ces textes qui, s'ils ne cherchent pas à faire naître l'amour chez un destinataire, contribuent à l'élaboration d'une conception de l'amour et d'une rêverie amoureuse chez le lecteur. À lire ces superbes poèmes amoureux, celui-ci développe en effet sa propre sensibilité et peut-être son désir de lire ou d'écrire lui-même à propos de l'amour.

La thématique amoureuse tient une grande place dans la poésie du Moyen Âge. La courtoisie, qui place l'amour au cœur de toute activité humaine, codifie les règles du « service d'amour » qui élève l'amour entre un homme et une femme au niveau d'un amour divin. Ainsi, pour plaire à sa dame à laquelle il est parfaitement

soumis, le chevalier recherche la perfection dans son comportement, dans sa personne comme dans ses propos. Des formes poétiques variées sont alors utilisées pour raconter l'amour.

Le lai

Signifiant « chanson », le lai désigne d'abord une œuvre musicale narrant une histoire légendaire ou amoureuse. Marie de France compose des lais mêlant le merveilleux de la légende et la peinture délicate de sentiments tendres et souvent mélancoliques. Ex. : « Le Lai du Laostic ».

La ballade

Il s'agit d'un poème à forme fixe (trois couplets et une demi-strophe appelée envoi, chaque strophe étant terminée par un vers identique, le refrain) qui adopte souvent une tonalité lyrique et une thématique amoureuse. C'est le cas de la célèbre « Ballade des dames du temps jadis » (1489) dans laquelle François Villon rappelle avec mélancolie la fin de ses amours passées. Ce poème a été mis en musique et chanté par Georges Brassens en 1953, preuve de l'atemporalité de sa thématique et de sa forme.

Le sonnet

L'italien Pétrarque (1304-1374) est un poète ayant consacré la majeure partie de son œuvre à célébrer Laure, la femme qu'il aime. Son recueil *Canzoniere* (*Chansons* en italien) introduit dans la poésie la forme du sonnet. Souffrant d'un amour non partagé, le poète exprime dans ses textes à la fois son amour pour Laure et sa souffrance.

Définition

Le sonnet est une forme fixe de la poésie, très utilisée depuis le XVIe siècle en France. Il obéit aux règles suivantes :

- il se compose de deux quatrains et de deux sonnets ;
- un effet de rupture a lieu à la fin des deux quatrains et permet d'opposer les quatrains et les sonnets ;
- les rimes sont codifiées selon le système : *ABBA ABBA CCD EDE* (sonnet français) ou *ABBA ABBA CCD EED* (sonnet italien) ;
- le dernier vers doit donner un effet de chute.

La rhétorique amoureuse

À partir du XVIe siècle néanmoins, la poésie amoureuse devient plus systématiquement le lieu de la séduction. Le poète ne se contente plus de raconter une histoire d'amour ou d'analyser sa souffrance. Il cherche aussi à convaincre sa lectrice – c'est la plupart du temps un poète qui s'adresse à une femme – de partager ses sentiments et de goûter ensemble les bonheurs de l'amour de l'âme et du corps.

Les poètes mettent alors en œuvre différents procédés pour persuader la femme aimée de les combler d'un amour réciproque.

L'éloge de l'être aimé

Afin de convaincre quelqu'un de l'aimer en retour, le ou la poète use souvent du registre encomiastique de l'éloge. Dire la beauté, la grandeur, voire le caractère sacré de son interlocuteur(trice) est un habile moyen de capter son attention et de le rendre favorable au discours amoureux : qui, en effet, peut rester insensible à des compliments, surtout lorsqu'ils sont exprimés avec tant de beauté et de force ?

En effet, le poète n'hésite pas alors à recourir à l'hyperbole qui magnifie sa description ou à la métaphore qui transpose le portrait dans un domaine valorisant. C'est le cas du sonnet de Ronsard, « Je ne suis point, ma guerrière Cassandre », qui file pendant tout le poème la métaphore entre Cassandre, la femme aimée, et Cassandre la fille du roi de Troie Priam. L'origine mythologique et royale de la métaphore met en valeur la jeune femme à séduire. C'est le cas également du poème de Du Bellay commençant par une métaphore à valeur hyperbolique : « Ces cheveux d'or sont les liens, Madame, Dont fut premier ma liberté surprise » (v. 1-2).

Le genre poétique du blason pousse à son extrême l'éloge amoureux par la célébration de la beauté de la femme aimée. Le blason est une forme poétique attachée à décrire et à magnifier une partie précise du corps. Ainsi, lorsque Maurice Scève entreprend de donner à voir le front de Délie, la femme qu'il aime, il met en valeur sa beauté (« Front large et haut » v. 1), son intelligence (« Par son mouvement / Est gouverné le demeurant du corps » v. 4-5) mais aussi sa grandeur au moyen d'une métaphore (« Front qui est clair et serein firmament » v. 3). Le front est ici la synecdoque de l'être aimé et le moyen de dire son amour : « Front apparent, afin qu'on pût mieux lire / Les lois qu'amour voulut en lui écrire » (v. 15-16).

PROCÉDÉS	DÉFINITIONS
• synecdoque	• figure de style qui consiste à désigner un objet ou une idée par un autre terme que celui qui convient, en amoindrissant ou en élargissant le sens.
• métaphore	• procédé qui établit de manière implicite une analogie entre deux éléments
• hyperbole	• procédé qui consiste à dire avec excès, à exagérer

Apitoyer par sa souffrance

La tonalité pathétique, associée à l'expression amoureuse, peut également se révéler un procédé efficace pour obtenir les bonnes grâces d'une amoureuse réticente. En se plaignant de sa douleur et en en montrant la violence, le poète peut obtenir que la dame aimée désire y mettre fin en cédant aux instances de celui qui écrit. Le premier quatrain des « Stances » du poète précieux Vincent Voiture n'hésite pas à recourir à l'hyperbole pour accentuer la douleur et inviter implicitement à la soulager :

> « Beauté, mon beau souci, de qui l'âme incertaine,
> A, comme l'Océan, son flux et son reflux,
> Pensez de vous résoudre à soulager ma peine,
> Ou je me vais résoudre à ne le souffrir plus. »

Ce procédé sera largement utilisé, plus tard, par les romantiques qui font aussi de leur extrême souffrance l'une des preuves du caractère absolu de leur amour.

Les stéréotypes amoureux

La poésie amoureuse recourt également à différents motifs archétypaux. Ce sont des lieux communs, c'est-à-dire des thèmes ou des images souvent utilisés et reconnus par les lecteurs comme appartenant au discours amoureux. Les poètes de la Pléiade au XVIe siècle et les poètes précieux de la première moitié du XVIIe siècle en mettent en œuvre un certain nombre. Ils appartiennent à la rhétorique amoureuse en ce qu'ils inscrivent l'évocation de la femme aimée et des sentiments qu'elle inspire dans une tradition littéraire et permettent d'établir un jeu de reconnaissance et de connivence culturelles entre le poète et sa destinataire.

- La « belle matineuse » permet de comparer, au lever du jour, la femme et le soleil, comparaison qui se révèle toujours à l'avantage de la femme. C'est le cas dans le poème de Vincent Voiture intitulé « La Belle matineuse » (1645) et s'achevant par le vers « Et l'on crut que Philis était l'astre du jour ».

  D'autres poètes, comme Du Bellay (« Déjà la nuit en son parc amassait », *L'Olive*, 1549), J.-A. de Baïf (« Quand je te vis entre un millier de Dames », *Les Amours de Méline*, 1552) ou encore Claude de Malleville (« La belle matineuse », *Œuvres poétiques*, 1645) utilisent ce motif archétypal d'une rivalité en termes de beauté entre la femme et la nature, rivalité s'achevant systématiquement par la victoire de la femme aimée, plus belle et plus admirable que toutes les splendeurs créées dans le monde.

- Le « carpe diem » est une invite à « profiter du jour présent ». En termes amoureux, il exprime le refus de l'atermoiement devant la proposition amoureuse et engage à aimer en retour sans attendre. Ronsard en offre plusieurs exemples célèbres dans sa poésie. C'est le cas de « Mignonne, allons voir si la rose » (*Odes*, I, 17), où la rose, métaphorique de la femme, symbolise les méfaits des temps sur la beauté et suggère d'en profiter avant qu'elle ne flétrisse. La même idée est à l'œuvre dans « Quand vous serez bien vieille » (*Sonnets pour Hélène*, II, 43) où Ronsard, parodiant lui-même le motif de la célébration de la femme aimée, dépeint son amie sous les traits d'une vieille femme regrettant de n'avoir pas saisi le moment de l'amour.

- Autre stéréotype amoureux, la femme est dépeinte dans la poésie sous les traits de la Muse du poète, celle qui inspire son art et son écriture. Célébrant la femme par un rapprochement avec une créature divine, ce motif suggère également à la destinataire des poèmes d'aimer leur auteur afin que puisse perdurer son activité poétique.

- La femme monde désigne enfin un stéréotype amoureux ayant cours jusque dans la poésie des surréalistes. Il invite à décrire l'aimée comme réunissant en elle-même, telle un microcosme, tous les éléments du monde réel. Il fait d'elle un Tout et lui donne une importance à la mesure de l'amour qui lui est porté. On trouve ce motif dans le blason « Le Sourcil » de Maurice Scève : « Sourcil, non pas sourcil, mais un sous-ciel / Qui est le dixième et superficiel / Où l'on peut voir deux étoiles ardentes » (Maurice Scève, *Délie*).

À retenir

Pour convaincre la femme aimée de partager l'amour du poète, celui utilise différentes méthodes :

- la célébration de sa beauté ;
- la tonalité pathétique engendrée par sa souffrance ;
- des stéréotypes amoureux comme « la belle matineuse », le « carpe diem » ou la « femme-monde ».

Tous ces éléments constituent une rhétorique amoureuse.

TOP CHRONO
C'est l'interro !

5 min

Exercice 1 (3 pts)

Questions de cours

a. Expliquez la différence entre la poésie amoureuse du Moyen Âge et celle de la Renaissance et du XVIIe siècle.

....

....

b. Qu'est-ce qu'une hyperbole ? Donnez un exemple.

....

....

c. Que désigne-t-on par le terme « stéréotype » ?

....

....

20 min

Exercice 2 (15 pts)

Comme on voit sur la branche au mois de mai la rose,
En sa belle jeunesse, en sa première fleur,
Rendre le ciel jaloux de sa vive couleur,
Quand l'Aube de ses pleurs au point du jour l'arrose ;

La grâce dans sa feuille, et l'amour se repose,
Embaumant les jardins et les arbres d'odeur ;
Mais battue, ou de pluie, ou d'excessive ardeur,
Languissante elle meurt, feuille à feuille déclose.

Ainsi en ta première et jeune nouveauté,
Quand la terre et le ciel honoraient ta beauté,
La Parque t'a tuée, et cendres tu reposes.

Pour obsèques reçois mes larmes et mes pleurs,
Ce vase plein de lait, ce panier plein de fleurs,
Afin que vif et mort, ton corps ne soit que roses.

Pierre de Ronsard, *Amours* (orthographe modernisée par nos soins)

a. Quelle est la forme de ce poème ?

....

....

b. Pourquoi le poète utilise-t-il la rose comme métaphore de la femme (v. 1 à 8) ?

....

....

....

....

c. Quels différents éléments permettent d'établir une rupture entre les quatrains et les tercets ?

....

....

....

....

d. Quels sont les deux stéréotypes de la rhétorique amoureuse utilisés ici ? Lequel est implicite ? Lequel est explicite ?

....

....

....

....

Exercice 3 (2 pts) ***2 min***

Recherche : Trouvez sur internet le nom des femmes qui ont été les muses des poètes suivants :

a. Dante ....

b. Alphonse de Lamartine ....

c. Paul Éluard ....

d. Louis Aragon ....

SCORE

...... pts

14 PAROLE ET MENSONGE

Problématiques

Quels liens tisse la parole avec le mensonge ? Quels sont les buts de la parole fallacieuse et quelles formes prend-elle ? Quels sont ses dangers ?

Introduction

La parole doit se concevoir à travers les relations qu'elle entretient avec la vérité et le mensonge. De fait, la parole est ambivalente car elle est à la fois une voie d'accès privilégiée à la vérité (ce que traduisent nombre de ses fonctions : cf. les fiches n° 5, « La dialectique », et n° 10, « La parole sacrée »), mais elle peut aussi devenir un outil de séduction et de manipulation qui cache des intentions plus ou moins mauvaises.

Les dangers de la parole poétique

La parole poétique, parce qu'elle est considérée d'essence divine et supérieure à la parole commune des hommes, est objet de polémique dès l'Antiquité. Platon conteste d'abord le pouvoir des poètes en ce qu'il attribue leur capacité poétique à leur seul instinct : tout leur mérite leur vient d'une inspiration extérieure et ils ne sont pas capables de rendre compte des chefs-d'œuvre qu'ils écrivent (cf. *Apologie de Socrate*, VII, dans exercices fiche n° 12). Lorsque l'inspiration les quitte, ils ne sont plus rien.

De même, on craint que ce discours envoûtant qu'est la poésie n'endorme la vigilance et l'esprit critique de ceux qui l'écoutent. Est-ce qu'à travers la fiction de l'épopée ou la beauté des odes, le poète ne développe pas le pouvoir d'orienter les esprits et de les manipuler ? En effet, le poète, par le procédé de la *mimesis* (imitation du réel), donne à voir une illusion de réalité. Il est une sorte de magicien qui nous fait croire à ce qu'il nous montre, exploitant nos incertitudes et notre crédulité. « Tous les poètes, à commencer par Homère, sont de simples imitateurs des apparences de la vertu et des autres sujets qu'ils traitent, mais, pour la vérité, ils n'y atteignent pas » (Platon, *La République*, 601). Nous proposant des images fausses et trompeuses, le poète se rend coupable de former obstacle à notre accès à la vérité. C'est la raison pour laquelle, d'après Platon, les poètes qui ne servent ni le Juste, ni le Bien doivent être exclus de sa cité idéale.

Les sophistes

La réflexion de Platon ne s'arrête pas à une condamnation en règle des poètes. Un grand nombre de ses dialogues prend pour cible les sophistes qui sévissent en Grèce antique. Ces derniers donnent des conférences publiques au cours desquelles ils font montre de leur savoir en matière de rhétorique et plaisent ainsi aux ambitieux qui désirent faire une carrière politique. Si Socrate, et Platon, les combattent, c'est parce que les sophistes dissocient la rhétorique de la vérité et de la justice : autrement dit, ils se font fort de remporter des causes injustes ou déshonorables par la seule habileté de leur éloquence (cf. la fiche n° 2, « Qu'est-ce que la rhétorique ? »).

Définition

Le sophiste : le mot « sophiste » vient du grec *sophia* qui signifie « sagesse ». À l'origine, le sophiste sert donc à désigner un homme qui possède une compétence particulière et peut ainsi prétendre à la sagesse. Au Ve siècle av. J.-C., les sophistes sont des enseignants qui vont de cité en cité pour dispenser leur savoir (sciences, géographie, mathématiques, etc.) en échange d'un salaire. Tous les sophistes incluent dans leur enseignement la rhétorique, puisque cet art est le moyen le plus sûr de faire carrière et d'obtenir le pouvoir. Certains sophistes vont même se spécialiser dans ce domaine, comme Gorgias. Le terme finit donc par désigner les professeurs de rhétorique dont les plus célèbres sont Gorgias, Protagoras, Hippias et Thrasymaque. À l'époque de Socrate, les sophistes ont un succès énorme et ne manquent pas de clientèle, ce qui assure leur fortune.

C'est toute l'entreprise du *Phèdre* que de dénoncer les dangers de la rhétorique en la démystifiant : l'ambition de Socrate, dans ce dialogue, consiste à faire prendre conscience à un jeune homme nommé Phèdre de la vanité et de la supercherie qui constitue l'essentiel de l'art oratoire. La démonstration de Socrate tient en plusieurs points.

Le premier danger de la rhétorique, selon Socrate, est que son domaine est le vraisemblable et non le vrai : la rhétorique ne cherche pas le vrai mais ce qui fait vrai, ce qui *semble* vrai. Socrate révèle ainsi la supercherie qui fonde l'art oratoire : « il n'est pas nécessaire que celui qui va devenir orateur apprenne ce qui est réellement juste, mais ce qui semble tel à la foule qui juge, ni qu'il apprenne ce qui est réellement bon ou beau, mais ce qui paraît tel. Car c'est cela qui produit la persuasion, et non pas la vérité » (*Phèdre*, 260a).

Ce premier danger de la rhétorique en entraîne un autre, dont les conséquences sont terribles. En effet, la rhétorique, d'après Socrate, est fondamentalement immorale puisqu'elle joue sur l'ignorance de l'auditeur en étant capable de le persuader « de faire le mal au lieu du bien » (*Phèdre* 260d) ou de faire « paraître aux mêmes personnes la même chose d'abord juste, puis injuste » (261d). Cela étant, Socrate envisage l'art oratoire comme un art de la manipulation : « l'art de la rhétorique n'est-il pas l'"art d'avoir de l'influence sur les âmes" par le moyen de discours prononcés non seulement dans les tribunaux et dans toutes les assemblées publiques, mais aussi dans les réunions privées [...] ? » (261b). Fort de cette définition, le philosophe montre l'ampleur du danger puisqu'« un homme qui connaît le vrai peut, en faisant de la parole un jeu, égarer ses auditeurs » (262d). Les sophistes transforment donc l'art de parler en « jeu » dont le but n'est assurément pas d'atteindre la vérité mais de manipuler ceux qui les écoutent. La puissance malfaisante de la rhétorique s'insinue partout, selon Socrate, et pas seulement dans le domaine politique ou judiciaire : elle contamine tous les rapports humains dès lors qu'il y a discours ou parole. Exercé par un homme qui connaît le vrai, mais dont le but est de maintenir l'auditeur dans l'erreur, l'art oratoire s'avère redoutable puisqu'il brouille la distinction entre le bien et le mal en même temps qu'il manipule l'auditeur.

Dans sa comédie satirique *Les Nuées*, Aristophane vilipende l'immoralité des sophistes qui mettent toute leur habileté à remporter le débat quand bien même la cause défendue est injuste. Le dramaturge imagine ainsi une controverse entre le Juste et l'Injuste au terme duquel l'Injuste l'emporte en glorifiant le cocufiage. L'Injuste donne alors cette astuce pour échapper à la punition qui guette l'amant insatiable : « si par hasard le cocu te surprend, voici ta réplique "Je ne suis pas coupable" ; et là-dessus fais rebondir le débat jusque sur Zeus : lui aussi il fléchit devant l'amour et les femmes ! Et toi, simple mortel, comment pourrais-tu donc être plus fort qu'un dieu ? ».

Le paradoxe est que pour Aristophane, le sophiste le plus dangereux est Socrate lui-même qui parvient à faire passer pour bonne la pire des causes. Un des personnages principaux de la pièce, Tourneboule, parvient même à flouer ses créanciers, alors que ses dettes sont immenses, à l'aide d'une parodie de dialogue socratique :

« Amynias (l'un des prêteur de Tourneboule). – M'est avis que tu vas écoper d'une bonne plainte de ma part si tu ne me rembourses pas !

Tourneboule. – Dis-moi, à ton sens, est-ce que Zeus, quand il pleut, fait tomber de l'eau neuve à chaque fois, ou bien si c'est toujours la même, que le soleil a repompée à chaque fois de bas en haut ?

AMYNIAS. – Ci ou ça, je n'en sais rien et je m'en fiche.

TOURNEBOULE. – Pas possible ? Et tu serais en droit de rentrer dans ton argent quand tu es si ignare ès affaires célestes ? »

(trad. Victor-Henry Debidour)

En rangeant Socrate parmi les sophistes, Aristophane se fait l'écho des Athéniens qui ont du mal à percevoir la différence entre l'habileté intellectuelle dont usent les sophistes et la démarche réflexive de Socrate qui en est pourtant l'exact opposé.

Flatteries et belles paroles

La remise en cause de la parole ne tient pas seulement à l'usage que les sophistes en font. Dans l'Antiquité, et jusqu'à aujourd'hui, la réflexion sur la vanité des paroles prononcées parcourt l'ensemble de la littérature. Dès l'*Iliade*, les paroles d'Ulysse font l'objet d'une méfiance affichée de la part d'Achille. Ulysse est envoyé par Agamemnon en ambassade auprès d'Achille afin de calmer son courroux (Agamemnon lui a ravi Briséis, sa favorite), or Achille ne se laisse pas prendre aux paroles et aux promesses séduisantes d'Ulysse ; sa réponse est ferme et sans détour : « Divin fils de Laërte, industrieux Ulysse, je dois vous signifier brutalement la chose, comme j'entends la faire, comme elle se fera. De la sorte, vous n'aurez pas à roucouler l'un après l'autre, assis là, à mes côtés. Celui-là m'est en horreur à l'égal des portes d'Hadès, qui dans son cœur cache une chose et sur ses lèvres en a une autre. Je dirai, moi, ce qu'il me semble qu'il faut dire » (chant IX). Achille oppose sa parole franche et authentique à la parole séduisante et mensongère d'Ulysse et de ceux qui l'accompagnent.

À l'époque classique, la méfiance à l'égard de la parole trompeuse se manifeste chez un grand nombre d'auteurs. L'exemple le plus célèbre est sans doute la fable du « Corbeau et le renard » de La Fontaine où la morale affirme sans ambages la puissance de la parole flatteuse : parce que le renard utilise des paroles mielleuses qui ravissent le corbeau (« Que vous êtes joli ! que vous me semblez beau ! / Sans mentir, si votre ramage / Se rapporte à votre plumage / Vous êtes le Phénix des hôtes de ces bois »), celui-ci laisse tomber son fromage. La Fontaine s'inspire ici d'une fable d'Ésope dont les premiers vers annoncent le pouvoir de la parole flatteuse : « Celui qui est bien aise d'être loué par des paroles trompeuses en est souvent puni par un repentir honteux ».

Enfin, la parole n'utilise pas nécessairement la flatterie pour parvenir à ses fins, son pouvoir de séduction et de tromperie peut aussi résider dans sa vanité. Autrement dit, l'efficacité du discours ne dépend pas nécessairement du sens des paroles prononcées : parfois, de « belles paroles » dites avec un air d'autorité peuvent subjuguer l'auditeur, alors même que le sens est absent du discours. Molière a illustré cette idée dans *Les Précieuses ridicules* où Mascarille, un valet déguisé en marquis, berne deux bourgeoises qui se piquent d'être précieuses en usant d'un langage fleuri et amphigourique. Le langage de Mascarille exploite tous les codes de la préciosité mais sa parole est totalement vide de sens, comme l'illustre parfaitement l'impromptu qu'il a composé et qu'il commente devant Magdelon et Cathos (les mots en italique reprennent les fameux vers de l'impromptu) :

> MASCARILLE. – Avez-vous remarqué ce commencement : *Oh, oh* ? Voilà qui est extraordinaire : *Oh, oh*. Comme un homme qui s'avise tout d'un coup : *Oh, oh*. La surprise : *Oh, oh*.
>
> MAGDELON. – Oui je trouve ce *Oh, oh* admirable. [...]
>
> MASCARILLE. – Mais n'admirez-vous pas aussi *je n'y prenais pas garde ? Je n'y prenais pas garde*, je ne m'apercevais pas de cela, façon de parler naturelle, *je n'y prenais pas garde. Tandis que, sans songer à mal*, tandis qu'innocemment, sans malice, comme un pauvre mouton, *je vous regarde*, je vous observe, je vous contemple. *Votre œil en tapinois*... Que vous semble ce mot, *tapinois* ? n'est-il pas bien choisi ?
>
> CATHOS. – Tout à fait bien.

Cathos et Magdelon sont fascinées par des vers des plus communs, et par le commentaire de Mascarille dont l'essentiel consiste à paraphraser son propre impromptu. Les répliques de Mascarille mettent en évidence une parole vide de sens et satisfaite d'elle-même. Outre la dénonciation du langage précieux, dont le raffinement excessif fait l'objet des moqueries de Molière dans la pièce, on peut voir dans cet extrait la critique de toute parole qui s'auto-alimente, qui étourdit l'auditeur par l'aisance et le brio qui la caractérisent mais dont le sens est inepte.

Définition

La préciosité : Mouvement littéraire et culturel de la première moitié du XVIIe siècle, la préciosité regroupe un certain nombre de femmes aristocrates qui revendiquent une forme de liberté et d'indépendance dans un monde où la femme est soumise à l'autorité de son père puis de son mari. Les précieuses mettent l'amour et la psychologie des sentiments au centre de leur conversation et de leurs ouvrages, ce qui influencera énormément les dramaturges et les romanciers après elles. Enfin, le langage précieux se caractérise par un excès de raffinement, une volonté de rompre avec

la vulgarité et la trivialité du langage, un besoin de s'écarter du réel pour lui donner une image plus conforme aux attentes des précieuses : en ce sens, celles-ci recréent un monde où elles peuvent affirmer leur puissance et soumettre l'homme à une galanterie dont elles tiennent les rênes.

La ruse

Toutefois, la parole menteuse et trompeuse peut dévoiler un aspect inattendu qui renforce encore l'ambivalence de la parole. En effet, c'est ce que révèle la figure d'« Ulysse aux mille tours », dont Homère a fait de la ruse la principale caractéristique. Le mensonge et les paroles flatteuses dont Ulysse se sert à loisir permettent au personnage d'échapper à de nombreux périls, ce qui confère à la ruse une fonction salvatrice et donne une valeur positive au mensonge. Dans la bouche d'Ulysse, le mensonge n'est pas seulement la falsification de la vérité, il possède un but supérieur, puisqu'Ulysse s'en sert, par exemple, pour échapper au Cyclope en se faisant passer pour « Personne » ou encore pour mentir à Pénélope en s'inventant une nouvelle identité (*Odyssée,* chant XIX) afin de mieux piéger les prétendants lors de son retour à Ithaque. Le mensonge, dans le cas d'Ulysse, sert à préserver sa vie.

TOP CHRONO
C'est l'interro !

Exercice 1 (4 pts) — *5 min*

Donnez 4 exemples issus d'ouvrages littéraires ou philosophiques dans lesquels un personnage utilise le mensonge pour parvenir à ses fins. Vous donnerez le nom des œuvres et des auteurs.

....

....

....

....

....

Exercice 2 (6 pts) — *5 min*

Rappelez les différents arguments que Platon développe pour montrer que la parole des sophistes et des poètes est néfaste.

....

....

....

....

....

Exercice 3 (20 pts) — *30 min*

Dans la pièce Tartuffe, *Molière imagine un faux dévot nommé Tartuffe qui s'immisce dans une famille pour en prendre le contrôle. Il a sous son emprise Orgon, le père de famille, fasciné par la dévotion religieuse dont semble faire preuve Tartuffe. Dans cette longue tirade, Tartuffe s'adresse à l'épouse d'Orgon, Elmire, pour lui déclarer ses sentiments.*

TARTUFFE
L'amour qui nous attache aux beautés éternelles,
N'étouffe pas en nous l'amour des temporelles.
Nos sens facilement peuvent être charmés
Des ouvrages parfaits que le Ciel a formés.
Ses attraits réfléchis brillent dans vos pareilles :
Mais il étale en vous ses plus rares merveilles.
Il a sur votre face épanché des beautés,
Dont les yeux sont surpris, et les cœurs transportés ;

Et je n'ai pu vous voir, parfaite créature,
Sans admirer en vous l'auteur de la nature,
Et d'une ardente amour sentir mon cœur atteint,
Au plus beau des portraits où lui-même il s'est peint.
D'abord j'appréhendai que cette ardeur secrète
Ne fût du noir esprit une surprise adroite ;
Et même à fuir vos yeux, mon cœur se résolut,
Vous croyant un obstacle à faire mon salut.
Mais enfin je connus, ô beauté toute aimable,
Que cette passion peut n'être point coupable ;
Que je puis l'ajuster avecque la pudeur,
Et c'est ce qui m'y fait abandonner mon cœur.
Ce m'est, je le confesse, une audace bien grande,
Que d'oser, de ce cœur, vous adresser l'offrande ;
Mais j'attends, en mes vœux, tout de votre bonté,
Et rien des vains efforts de mon infirmité.
En vous est mon espoir, mon bien, ma quiétude :
De vous dépend ma peine, ou ma béatitude ;
Et je vais être enfin, par votre seul arrêt,
Heureux, si vous voulez ; malheureux, s'il vous plaît.

a. Comment progresse l'argumentation de Tartuffe dans cette tirade ?

....

....

....

....

b. Étudiez la métaphore filée sur laquelle repose le discours de Tartuffe et montrez en quoi elle est choquante.

....

....

....

....

SCORE

...... pts

DEUXIÈME PARTIE

LES REPRÉSENTATIONS DU MONDE

Chapitre 1

Découverte du monde et pluralité des cultures

15 DU MONDE CLOS À L'UNIVERS INFINI

Problématiques

Comment est-on passé du cosmos géocentré du Moyen Âge à l'univers infini de la science moderne ? Quelles sont les causes et les conséquences de ce changement radical de représentation du monde ?

Du géocentrisme à l'héliocentrisme

1543 : l'astronome **Nicolas Copernic** formule son hypothèse héliocentrique. Et si la Terre, loin d'être au centre de l'univers, tournait en réalité autour du Soleil, en même temps que les autres planètes ? Sans le savoir, il vient d'amorcer une révolution intellectuelle qui va renverser le monde ancien.

Définitions

- **Géocentrisme** : représentation de l'univers centrée sur la Terre.
- **Héliocentrisme** : représentation de l'univers centrée sur le Soleil.
- **Anthropocentrisme** : fait de considérer l'homme comme l'être le plus important de l'univers et d'appréhender la réalité à travers sa seule perspective.

Le cosmos médiéval

À l'aube de la Renaissance, au début du XVIe siècle, les hommes vivent encore dans le monde géocentrique hérité de l'Antiquité. Défini principalement par le philosophe grec **Aristote** (IVe siècle av. J.-C.) et l'astronome **Ptolémée** (IIe siècle ap. J.-C.), puis adopté par l'Église catholique, ce modèle théorique représente l'univers comme un *cosmos*, c'est-à-dire une totalité harmonieuse et bien organisée (en grec, le mot signifie à la fois « ordre » et « beauté »). Ce cosmos présente les trois caractéristiques suivantes :

- Il est contenu dans **un espace fini**, et non pas illimité.
- Il est **centré sur la Terre**, sphère immobile autour de laquelle tournent dix sphères concentriques emboîtées les unes dans les autres, porteuses des planètes connues (Mercure, Vénus, Mars, Jupiter et Saturne), des luminaires (Lune et Soleil), des étoiles fixes, et enfin des cieux supérieurs (Ciel cristallin et Ciel empyrée, ce dernier étant la sphère la plus grande englobant toutes les autres et constituant la limite de l'univers).

- Il est **hiérarchiquement organisé,** car sa structure spatiale reflète une échelle croissante de valeur et de perfection : tout en bas, la Terre, lourde et opaque, est le lieu le plus imparfait, règne du changement et de la corruption ; puis viennent les sphères supra-lunaires des astres lumineux et immuables qui se meuvent en cercles parfaits, animés par des esprits angéliques ; et enfin les Cieux supérieurs, summums de perfection, royaumes d'éternité qui entraînent les autres sphères et servent de demeure à Dieu et aux bienheureux.

Dans ce modèle cosmologique issu de l'Antiquité puis réinterprété par les Chrétiens à la lumière du livre biblique de la *Genèse*, l'univers apparaît donc comme une belle totalité, créée par Dieu pour manifester sa Gloire. Tout ce qu'il contient exprime Sa Volonté et est par conséquent porteur de signification. L'homme, en particulier, y occupe une place centrale ; son existence est ainsi fortement valorisée. Mais cette valeur est ambiguë. D'un côté en effet, il est la seule créature conçue à l'image de Dieu et a été à l'origine placé sur la Terre, en position centrale dans l'univers, pour prendre soin de cette dernière ; il est donc en un sens le sommet de la Création. Mais d'un autre côté, à cause du péché originel et de la Chute, l'ici-bas est devenu un lieu de souffrance et de changement, « une vallée de larmes » où l'homme est condamné à vivre dans l'angoisse de la damnation éternelle, et ne peut espérer son salut que du Christ rédempteur. La Terre et l'humanité ont ainsi un statut ontologique[1] ambivalent dans l'univers, à la fois central et dégradé. Par ailleurs, même si l'homme est le sommet de la Création, son statut de créature fait qu'il ne doit pas se prendre lui-même comme référence absolue et se comporter comme le propriétaire des choses créées ; il doit au contraire demeurer soumis à son Créateur et rester dans les limites de la mission que celui-ci lui a confiée, à savoir assurer la gérance et la protection de la Nature.

À retenir

Le cosmos médiéval est un monde géocentrique sur le plan spatial et anthropocentrique sur le plan ontologique ; la Terre et l'homme y ont une importance centrale. Mais cette importance est en même temps relativisée par leur inscription dans une Nature signifiante, hiérarchisée et tout entière subordonnée au Dieu créateur.

1. *Ontologique* : qui est relatif à l'être (grec *ontos*) d'une chose, c'est-à-dire à sa nature, à son type de réalité.

L'abandon du géocentrisme et le passage à un univers infini et décentré

Jusqu'à la fin du Moyen Âge, le modèle géocentrique remplit son office, non seulement en offrant une représentation de l'univers cohérente et pleine de sens pour les croyants, mais aussi en servant de base aux calculs des astronomes. Car, bien qu'erroné, il permet pourtant de formuler des prévisions astronomiques exactes et d'anticiper des événements comme les éclipses ou les alignements planétaires, grâce à tout un système théorique complexe élaboré au cours des siècles pour rendre compte des observations effectuées dans le ciel (le système des « épicycles », expliquant notamment les variations de vitesse et de trajectoire des *planètes*, ces « astres errants » en apparence rétifs au mouvement circulaire exigé par leur dignité de corps astral). Mais des erreurs de prédiction se produisent aussi parfois, qui nécessitent de corriger le modèle en introduisant des épicycles supplémentaires, le rendant ainsi toujours plus lourd et plus complexe. C'est ce qui amena finalement l'astronome polonais Nicolas **Copernic** (1473-1543), dans son ouvrage *De la Révolution des Orbes célestes* (1543), à proposer un modèle héliocentrique, plus simple et plus maniable, pour servir de base de calcul. Quoique présenté au départ comme un simple artifice théorique destiné à faciliter les prévisions astronomiques, ce modèle allait rapidement s'imposer parmi les savants comme une description plausible de la réalité, avant de devenir la cosmologie de référence au milieu du XVIIe siècle, faisant ainsi perdre à la Terre sa position immobile et privilégiée au centre du cosmos.

Ce processus se réalisa de façon étonnamment rapide. D'abord grâce aux travaux de l'astronome allemand Johannès **Kepler** (1571-1630) qui perfectionna le système copernicien, en s'appuyant sur les observations du danois Tycho **Brahé** (1546-1601) pour établir les lois du mouvement planétaire et démontrer le caractère elliptique de leurs orbites (alors que Copernic croyait encore à des orbites circulaires). Ensuite, et surtout, grâce aux découvertes de l'astronome italien Galileo Galilei, appelé **Galilée** en français (1564-1642). Ayant mis au point la toute première lunette astronomique, il put observer grâce à elle les cratères de la surface lunaire et découvrir les quatre grandes lunes de Jupiter. Publiées dans *Le messager des étoiles* (1610), ces observations apportaient un démenti décisif à l'idée que les astres étaient des corps parfaits et que tous les corps célestes devaient graviter autour de la Terre. Le livre *Dialogue sur les deux grands systèmes du monde* (1632) vint ensuite achever de discréditer le système ancien, en exposant les avantages du nouveau modèle et en jetant les bases d'une nouvelle physique, appuyé en cela par les travaux d'autres savants et philosophes contemporains de Galilée.

Car parallèlement au déclin du géocentrisme une autre révolution s'était opérée durant ces quelques décennies : l'éclatement des limites de l'univers et son ouverture sur l'infini. Que la Terre ne soit pas au centre du monde, soit ; mais alors, peut-on seulement être certain qu'il existe un centre quelque part ? Si le Soleil a son cortège de planètes, pourquoi les autres étoiles n'auraient-elles pas aussi le leur, avec leurs propres habitants ? Et pourquoi l'univers ne serait-il pas, dès lors, un espace illimité embrasé par des milliards de soleils, « une sphère infinie dont le centre est partout et la circonférence nulle part » (Nicolas de Cues) ? Infinité de l'espace et pluralité des mondes : cette hypothèse fut notamment défendue par le philosophe italien **Giordano Bruno** (1548-1600) dans *De l'infini, de l'univers et des mondes* (1584). Elle le conduisit au bûcher, mais fut ensuite reprise par d'autres penseurs, en particulier **René Descartes** (1596-1650), qui affirma que l'espace est nécessairement « indéfini » et qu'il est partout homogène et identique à lui-même, sans différence de valeur ou de dignité entre les parties qui le composent. Point de hiérarchie ontologique entre la Terre et les astres, donc, mais partout, et à l'infini, une étendue neutre et uniforme, désertée par les anges et entièrement soumise aux lois mécaniques de la matière aveugle...

À retenir

Le modèle héliocentrique proposé par Copernic s'impose grâce aux travaux de Kepler et Galilée. La Terre n'est plus le centre de l'univers. En parallèle se répand aussi l'idée que l'espace est sans doute infini et de nature homogène. L'univers de la science moderne est né.

Les causes de cette révolution intellectuelle

L'éclatement du cosmos traditionnel n'est pas seulement une révolution théorique, c'est un événement culturel total qui a eu des conséquences spirituelles profondes (voir section suivante), et qui a été rendu possible par la conjonction d'une multiplicité de causes décisives.

Tout d'abord, l'abandon du géocentrisme a été favorisé par **un contexte historique troublé**, marquant la fin du Moyen Âge et l'avènement d'une époque nouvelle. Sur les plans économique et social, c'est l'apparition du capitalisme et le développement d'une bourgeoisie commerçante cultivée et dynamique, enrichie par les échanges avec les colonies du Nouveau Monde. Sur le plan culturel, c'est le bouillonnement intellectuel de la Renaissance induit par la redécouverte des humanités antiques, et l'ébranlement des valeurs consécutif à la rencontre avec

les cultures indigènes et précolombiennes (voir les fiches n° 16, « La découverte de nouveaux peuples » et n° 17, « Découvrir de nouvelles cultures »). Sur les plans religieux et politique enfin, c'est le séisme de la Réforme protestante, qui conteste les dogmes de l'Église catholique, prône une lecture directe de la Bible ainsi qu'un rapport personnel à Dieu, et qui débouche sur les terribles guerres de religion qui vont mettre l'Europe à feu et à sang pendant des décennies.

Mais au-delà de ce contexte de transition générale, c'est surtout **une profonde mutation intellectuelle** qui a rendu possible l'avènement de la « philosophie nouvelle » de l'héliocentrisme et de l'univers infini. Avec l'humanisme renaissant et la Réforme, le rapport à la tradition a en effet changé chez les philosophes et les savants : le respect absolu du dogme catholique et de la philosophie d'Aristote que l'on trouvait dans la philosophie scolastique depuis saint Thomas d'Aquin (1224-1272) n'est plus de mise et les « arguments d'autorité » commencent à être contestés. Apparaît ainsi une nouvelle conception de la connaissance, pour laquelle une idée ne peut être admise comme vraie que si elle a d'abord été passée au crible de la conscience critique du sujet rationnel et a été jugée digne de son assentiment. Cette attitude recevra son expression la plus achevée dans le *Discours de la méthode* de **Descartes** (1637), qui fera du « doute méthodique » le préalable indispensable à toute entreprise philosophique ou scientifique. Corrélativement à cette conception renouvelée de la connaissance, une nouvelle démarche se met en place dans le domaine de l'explication des phénomène naturels : la méthode expérimentale. Théorisée notamment par l'anglais **Francis Bacon** (1561-1626) dans son *Novum Organum* (1620), elle consiste à s'appuyer sur une observation rigoureuse et sans préjugés des faits empiriques pour dégager les lois de la nature, plutôt que sur le commentaire de la Bible ou des œuvres d'Aristote. La raison et l'expérience deviennent ainsi les fondements de la science. C'est cette méthode qui, mise en pratique par Copernic, Kepler et Galilée, aboutira directement à faire triompher la « philosophie nouvelle », mieux à même que le système ancien d'expliquer les phénomènes observables et de fonder des prédictions couronnées de succès dans tous les domaines de la connaissance.

À retenir

L'abandon du géocentrisme s'inscrit dans un contexte de mutation historique générale, et résulte directement d'une nouvelle conception de la vérité et d'une nouvelle démarche de connaissance, fondées sur la promotion du sujet pensant et l'usage conjoint de la raison et de l'expérience.

Conséquences paradoxales

Découverte du Nouveau Monde, Réforme protestante, révolution cosmologique : ces trois événements majeurs constituent pris ensemble la matrice philosophique du monde moderne. Mais parmi eux c'est sans doute le troisième qui fut le plus vécu comme un bouleversement total par ses contemporains. Et ce, non seulement sur le plan intellectuel, mais, plus profondément, à un niveau spirituel.

Car que s'est-il passé ? Ceci : « [avec la cosmologie nouvelle], l'homme a perdu sa place dans le monde ou, plus exactement peut-être, a perdu le monde même qui formait le cadre de son existence et l'objet de son savoir, et a dû transformer non seulement ses conceptions fondamentales, mais jusqu'aux structures mêmes de sa pensée » (A. Koyré, *Du monde clos à l'univers infini*, 1957). Autrement dit, la perte de centralité de la Terre et le passage à un univers homogène et infini a détruit le monde mental qui rassurait l'homme du Moyen Âge et donnait un sens à son existence. Le sol se dérobait littéralement sous ses pieds. Dès lors, deux attitudes devaient en découler.

La première fut l'angoisse et le désarroi. « La philosophie nouvelle rend tout incertain [...] / Tout est en morceaux, toute cohérence disparue / Plus de rapports justes, rien ne s'accorde plus », écrivait le poète anglais **John Donne** en 1616. La belle organisation du cosmos avait volé en éclats, et l'homme se retrouvait face à un univers incommensurable où les cieux ne chantaient plus la gloire du Créateur. Rien d'étonnant alors à ce que ce vertige métaphysique favorise le désespoir du croyant et le nihilisme du libertin athée du XVIIe siècle (voir la fiche n° 22, « Imaginer des cités idéales »), auquel **Blaise Pascal** fera dire : « Le silence éternel de ces espaces infinis m'effraie » (*Pensées*, 1670). Car même si la croyance en un Dieu créateur n'était pas directement atteinte et devait persister encore longtemps chez la majorité des philosophes, son évidence s'était évanouie. Et le temps n'était plus si loin où le physicien **Laplace**, interrogé par Napoléon sur l'absence de Dieu dans son *Exposition du système du monde* (1796), pourrait répondre : « Sire, je n'ai pas eu besoin de cette hypothèse ».

La deuxième cependant, parfois concomitante de la première, fut l'enthousiasme et l'élan créateur. Elle s'exprima aussi bien dans l'imagination des écrivains stimulée par l'idée d'autres planètes habitées dans l'univers, comme **Cyrano de Bergerac** (voir fiche n° 22) ou **Voltaire** (*Micromégas*, 1752), qu'à travers l'optimisme prométhéen des savants face aux progrès de la science nouvelle, dont **Descartes** formula

en une maxime frappante le projet fondamental : « devenir comme maîtres et possesseurs de la nature ».

On avait là deux façons opposées de réagir à la même situation nouvelle de l'homme dans l'univers, isolé sur un globe insignifiant et perdu dans l'immensité : soit par le désespoir et la déréliction, soit par un volontarisme conquérant. Et dans les deux cas, c'était le signe que l'ancien anthropocentrisme n'était plus possible. L'homme ne pouvait plus se considérer comme ayant une place bien définie, au centre d'une Nature pleine de sens. Mais cela ne signifiait pas pour autant que l'orgueil humain avait dit son dernier mot. C'est ce que montre le projet cartésien de « maîtrise et possession » de la nature : délogé de la place centrale qu'il occupait dans le cosmos ancien, mais du même coup libéré des obligations qui étaient attachées à cette position (respecter l'œuvre divine, être le gérant et le protecteur de la Nature), l'homme ambitionnait maintenant de dominer la Nature et de l'exploiter sans limites en fonction de ses propres intérêts. Et pourquoi ne l'aurait-il pas fait, puisque la Nature n'avait plus de sens et de valeur en elle-même, et qu'il était donc libre de lui conférer le sens et la valeur qu'il lui plaisait ? Ainsi, même si l'anthropocentrisme avait été battu en brèche, il pouvait renaître sous une autre forme, et s'exprimer de façon plus débridée qu'autrefois.

En même temps, de nouvelles interrogations sur la nature humaine allaient surgir, suscitées par l'effondrement de l'ancien système de pensée : l'homme était-il une exception, seul être doué de conscience et de liberté dans un monde matériel aveugle et stupide, ou bien au contraire un simple fragment de matière, avec des capacités semblables à tous les autres êtres vivants, et soumis aux mêmes déterminismes qu'eux ? Pouvait-on encore le considérer comme un être supérieur aux animaux, ou bien au contraire comme n'étant lui-même qu'un animal parmi d'autres ?

Ces questions, ainsi que le nouvel anthropocentrisme lié à l'humanisme moderne, seront au cœur des débats portant sur le rapport entre l'homme et l'animal (voir la fiche n° 23 « Les animaux ont-ils une âme ? » et la fiche n° 25 « L'homme dans le système de la nature. »). Elles marquent l'entrée en crise de la conception de l'homme, conséquences de la révolution cosmologique. Celle-ci a donc ouvert une période de troubles et de questionnements dont nous ne sommes toujours pas sortis aujourd'hui…

À retenir

Le changement de cosmologie a provoqué un bouleversement philosophique majeur. Il entraîne non la disparition mais la transformation de l'anthropocentrisme, qui se traduira par la mise en crise de la pensée de l'homme et de son rapport à la nature.

TOP CHRONO
C'est l'interro !

Exercice 1 (5 pts) ***5 min***

Exposez les trois caractéristiques principales du cosmos médiéval.

Exercice 2 (5 pts) ***5 min***

Expliquez les deux grands changements introduits par la « philosophie nouvelle » dans la représentation de l'univers.

Exercice 3 (5 pts) 5 min

Quelle mutation intellectuelle a rendu possible l'essor rapide de la nouvelle cosmologie ?

....

....

....

....

....

....

....

....

....

....

Exercice 4 (5 pts) 5 min

Quels sont les deux sentiments opposés engendrés par cette révolution ?

....

....

....

....

....

....

....

....

....

....

SCORE

...... pts

16 DÉCOUVRIR DE NOUVEAUX PEUPLES ET DE NOUVEAUX LIEUX

Problématiques

Quels sont les peuples découverts entre 1500 et 1800 ? Quels textes résultent de ces explorations ? Qu'apprend-on sur les nouvelles civilisations rencontrées et qu'est-ce que ces nouvelles cultures nous disent de nous-mêmes ?

Un genre en vogue : le récit de voyage

Les grandes explorations

La Renaissance, caractérisée par son désir de découvertes et par une vive curiosité intellectuelle, marque la première son appétence pour les nouvelles civilisations et les peuples vivant sous d'autres cieux. Dès le XVe siècle, des caravelles et des navires sont affrétés dans les grands ports européens et naviguent en destination des *terrae incognitae*, les territoires qui n'ont pas encore été explorés et qui demeurent inconnus des géographes européens. Certaines de ces explorations sont restées célèbres car elles ont permis, outre de découvrir de nouveaux peuples et de nouvelles cultures, de localiser de nouveaux pays ou de nouveaux continents et de cartographier la planète avec beaucoup plus de précision. L'expédition la plus notable est à l'évidence celle qui a permis à Christophe Colomb, en 1492, de découvrir par hasard un continent ignoré : l'Amérique. Mais on connaît également les apports fondamentaux de Vasco de Gama qui au début du XVIe siècle établit une liaison avec l'Inde puis la Chine, de Magellan qui réalise le premier le tour du Monde ou de Jacques Cartier qui le premier s'avance dans les terres canadiennes de l'Amérique du nord.

La découverte des nouveaux mondes implique avant tout de fortes avancées techniques dans le domaine de la navigation et du voyage au long cours. Les portugais inventent ainsi la caravelle à la fin du XVe siècle : il s'agit d'un navire dont la voilure est très facile à manœuvrer et dont les bords élevés permettent d'affronter les hautes vagues. Pour se diriger, mesurer la hauteur des étoiles, déterminer l'heure par observation du ciel et du soleil, le perfectionnement de l'astrolabe, instrument de mesure inventé sous l'Antiquité, se révèle également indispensable lors des expéditions.

L'astrolabe du français Jean Naze, 1553.
Son usage est avant tout topographique et astronomique.
https://fr.wikipedia.org/wiki/Jean_Naze#/media/
Fichier:Astrolabe_Jean_Naze_MBA_Lyon_1966-1.jpg

Les récits de voyage

Du XVe au XVIIIe siècle, il n'existe pas d'autre moyen que le récit de voyage pour rapporter ses impressions, mais aussi ce qu'on a pu découvrir et apprendre dans les lieux découverts. L'écriture de cahiers de bord ou de livrets d'explorateur joue donc un rôle fondamental dans la diffusion des connaissances et nombreux sont les explorateurs qui souscrivent à cette habitude de relation. Parmi les plus célèbres se trouvent le *Journal de bord* de Christophe Colomb (1492-1493), l'*Histoire d'un voyage fait en la terre du Brésil* de Jean de Léry (1578), le *Voyage autour du monde* de Bougainville (1771-1772) ou les *Dialogues de M. le baron de Lahontan et d'un sauvage dans l'Amérique* (1703). Les récits de voyage se multiplient comme autant de témoignages des longues traversées entreprises et de la confrontation à des sociétés, des lieux et des climats inconnus. Dans sa relation, Bougainville donne ainsi une description enthousiaste et élogieuse de Tahiti qu'il découvre : « Je me croyais transporté dans le jardin d'Éden ; nous parcourions une plaine de gazon, couverte de beaux arbres fruitiers et coupée de petites rivières qui entretiennent une fraîcheur délicieuse, sans aucun des inconvénients qu'entraîne l'humidité. Un peuple nombreux y jouit des trésors que la nature verse à pleines mains sur lui. » (*Voyage autour du monde*, II, 2).

Au XVIIe siècle, le récit de voyage devient un genre littéraire à part entière : il est tant goûté par le public qu'il en vient à concurrencer la fiction romanesque. Les lecteurs manifestent en effet une réelle curiosité pour l'exotisme et se plaisent à être dépaysés comme à vivre les moments souvent intenses et dramatiques de la découverte de nouvelles terres. Plusieurs récits de voyage ont la qualité d'œuvres littéraires – et sauvent parfois, par la beauté du texte, l'échec de l'entreprise commerciale ou coloniale ayant motivé le voyage.

Le récit de voyage pose de fait d'intéressantes questions d'ordre littéraire. Il invite d'abord à réfléchir à la question du statut du narrateur : doit-il raconter les faits comme un témoin anonyme et viser ainsi à une forme d'objectivité dans la narration, ou préfère-t-il se montrer acteur et utiliser une première personne qui l'invite à transmettre en toute subjectivité la façon dont il a appréhendé et ressenti l'expérience ? Si Christophe Colomb ou Jean de Léry racontent leur expérience à la première personne, la *Très brève Relation de la destruction des Indes* écrite par B. Las Casas en 1552 conserve un point de vue objectif : « Tous ces peuples universels et innombrables, de toutes sortes, Dieu les a créés extrêmement simples, sans méchanceté ni duplicité, très obéissants et très fidèles. [...] Ils ont l'entendement clair, sain et vif. »

Se pose également la question de l'ordonnancement du récit : la structure du texte importe selon que l'on désire proposer une relation de voyage qui suit l'ordre chronologique des faits (et c'est alors le choc de la découverte puis l'appropriation progressive que l'on met en valeur) ou que l'on choisisse des entrées plus thématiques, comme les indigènes, la langue, la géographie, etc. (ce qui propose une approche plus didactique du récit de voyage). Le baron de Lahontan, dans son *Dialogue de M. le baron de Lahontan et d'un Sauvage dans l'Amérique*, propose ainsi cinq entrées thématiques : la religion, les lois, le bonheur, la médecine et le mariage.

Le récit de voyage pose, on le voit, de réelles questions d'ordre littéraire.

À retenir

Le récit de voyage est un genre littéraire à part entière. Il engage de véritables réflexions sur le style et la composition de l'ouvrage. À partir du siècle classique, les récits se multiplient et rencontrent l'engouement du public, qui les apprécie autant que les récits de fiction traditionnels.

La question de l'altérité

L'enjeu commun à l'ensemble des récits d'explorateurs est la confrontation à l'altérité, c'est-à-dire à des hommes, des mœurs et des cultures qui ne ressemblent pas à ceux du monde occidental. Le fondement de toute exploration repose en effet sur la volonté d'aller à la découverte de l'autre ; mais il suscite des réactions relativement différentes entre les explorateurs.

Les réactions face à l'autre

Les réactions des explorateurs et de leurs compagnons face à la découverte de peuplades à l'apparence et aux rites nouveaux varient de la curiosité bienveillante à la franche hostilité. Le *Journal de Christophe Colomb* décrit des scènes de rencontre heureuse entre ses hommes et les habitants des Antilles : « Afin qu'ils nous aient en grande amitié [...], j'ai donné à quelques-uns d'entre eux quelques bonnets rouges et quelques perles de verre qu'ils se sont mises au cou, et beaucoup d'autres choses de peu de valeur dont ils eurent grand plaisir ; [...] ils prenaient et donnaient ce qu'ils avaient, tout, de bonne volonté ». Cependant, d'autres textes manifestent davantage de moquerie, voire d'hostilité, à l'égard des indigènes rencontrés. Jean de Léry en revanche, même si son *Histoire d'un voyage fait en la Terre du Brésil* est souvent favorable aux Indiens, n'hésite pas à souligner la violence de leurs pratiques face à leurs prisonniers de guerre qu'ils torturent, tuent et mangent : « Je pourrais encore amener quelques autres semblables exemples, touchant la cruauté des sauvages envers leurs ennemis, n'était qu'il me semble que ce qu'en ai dit est assez pour faire avoir horreur, et dresser à chacun les cheveux en la tête. » (Chap. 15).

Il est à remarquer que souvent, la posture des occidentaux face à ceux qu'ils nomment des « sauvages » est la volonté de modeler ces peuplades à leur ressemblance. Cette attitude s'établit en réalité comme caractéristique de l'entreprise colonialiste que recouvrent la plupart du temps le voyage et l'exploration. Le désir de changer l'autre, de le faire ressembler à soi-même, intervient même dans les récits les plus enthousiastes comme celui de Bougainville à Tahiti. Important en effet les méthodes et les outils de jardinage français, il propose à Ereti, le chef des Tahitiens, de faire un jardin selon les méthodes européennes. Les Tahitiens acceptent et se montrent fort curieux des nouvelles espèces et des nouvelles pratiques de culture. Bougainville conclut alors : « Ce peuple nous a paru aimer l'agriculture, et je crois qu'on l'accoutumerait facilement à tirer parti du sol le plus fertile de l'univers ». (*Voyage autour du monde*, II, 2). Il fait clairement apparaître que la présence des Européens à Tahiti a vocation d'« accoutumer » les autochtones à vivre à la française. Dans le *Supplément au voyage de Bougainville* qu'il écrit en 1772, et qui apporte un complément philosophique aux pages de l'explorateur, Diderot donne la parole à Orou, un autre chef tahitien, qui s'adresse à un aumônier occidental en lui reprochant : « Tu as tenté d'effacer de nos âmes son caractère » (chap. 2). Il traduit clairement, par ces mots, l'action dominatrice effectuée sur le peuple indigène.

Considérer l'autre

La découverte d'autres peuples pose nécessairement la question des différences entre les cultures. Elles reposent sur des domaines aussi différents que les langues, la religion, la culture (voir fiche n° 17). Mais ces différences si visibles et si évidentes à constater suscitent également une interrogation d'ordre plus général, celle de la hiérarchie des peuples. Face au constat des divergences s'instaure l'idée d'une éventuelle supériorité ou infériorité des êtres : puisque ces hommes n'agissent pas comme moi, ne sont-ils pas mieux ou moins bien que moi ? Dans l'essentiel des réactions et des relations de voyage, c'est cependant la position de supériorité qui est adoptée par les Européens. Les peuplades découvertes sont nommées « sauvages » dans un grand nombre de textes et la volonté des occidentaux de les transformer à leur image traduit bien la sensation d'être le modèle à suivre. La controverse de Valladolid, qui éclate en 1550, apporte un éclairage cru au questionnement sur la hiérarchie entre Indiens et Européens. Le débat, issu de la conquête espagnole, naît de la question du sort à réserver aux Indiens et s'engage autour de leur statut : sont-ils égaux aux Espagnols ou sont-ils inférieurs (il est à noter que la question de leur éventuelle supériorité ne se pose pas) ? La controverse de Valladolid oppose le chanoine de Cordoue, Juan Gines de Sepulveda, qui justifie les guerres et les humiliations menées contre les Indiens, et Bartolome de Las Casas qui au contraire plaide leur cause. Leur dispute, qui dure quelques jours, ne permet pas en réalité de trancher la question.

➠ La remise en cause du modèle européen

Les récits de voyage, s'ils tendent à souligner la domination des pratiques et de la culture occidentale, sont aussi l'occasion de critiquer le modèle européen. Par le jeu des comparaisons, les auteurs font ainsi apparaître les failles de notre propre société. Ils mettent souvent en valeur l'humanité des populations rencontrées sur place et la générosité et l'hospitalité avec laquelle ils ont accueillis leurs hôtes d'outre-océan. Jean de Léry n'hésite pas à comparer l'attitude des Sauvages avec celle des hommes de « par-deçà » (c'est-à-dire les Européens) : « Passant par les déserts, les épines nous avaient fort égratignés, eux nous voyant en tel état, en prirent si grande pitié, qu'il faut qu'il m'échappe ici de dire, que les réactions hypocrites de ceux de par-deçà, qui pour consolation des affligés n'usent que du plat de la langue, est bien éloignée de l'humanité de ses gens, lesquels néanmoins nous appelons barbares » (Jean de Léry, *Histoire d'un voyage fait en la terre du Brésil*, chap. 28). Montaigne, de son côté, laisse entendre sa honte devant l'accueil

que ses compatriotes réservent à trois Indiens venus du Brésil. Il rapporte en effet que les courtisans n'ont de cesse de faire parler les Indiens de ce qu'ils voient en France, de ce qui les étonne dans leur propre civilisation, sans jamais s'intéresser de leur côté aux spécificités des Indiens. Le texte s'achève sur une note ironique s'indignant de la superficialité des Européens. Montaigne laisse la parole à l'un d'eux qui se contente de constater que les Indiens pourraient valoir les Européens s'ils s'habillaient comme eux : « Tout cela ne va pas trop mal : mais quoi ! ils ne portent pas de hauts de chausse » (Montaigne, *Essais*, I, 31). L'ironie est également ce que Voltaire utilise pour dénoncer la cruauté du colonialisme qui, au prétexte de répandre la religion catholique, abuse de sa force et soumet les autres peuples. Le Nègre de Surinam, esclave, dans le conte *Candide*, de l'odieux colon hollandais Vanderdendur, a eu une main et une jambe coupée pour avoir voulu échapper à l'esclavage : « C'est à ce prix que vous mangez du sucre en Europe », explique-t-il avant d'ajouter : « Les fétiches [objets sacrés] hollandais qui m'ont converti me disent tous les dimanches que nous sommes tous enfants d'Adam, blancs et noirs. Je ne suis pas généalogiste ; mais si ces prêcheurs disent vrai, nous sommes tous cousins issus de germains. Or vous m'avouerez qu'on ne peut en user avec ses parents d'une manière plus horrible » (Voltaire, *Candide*, chap. 19).

Le regard étranger

Le récit de voyage peut, au XVIIIe siècle, être fictif. L'auteur imagine alors un voyage où son personnage découvrirait un pays étranger. Dans la plupart des cas, le ou les personnages sont des étrangers et leur propre relation de voyage concerne la France. Cette méthode, utilisée dans les *Lettres persanes* de Montesquieu (1721) ou dans *L'Ingénu* de Voltaire (1767), sert également la dénonciation du colonialisme européen. Dans son roman, Montesquieu met en scène des personnages persans venus visiter l'Europe, et plus particulièrement la France. Il utilise leur regard naïf, sans préjugé sur le monde qu'il découvre, pour critiquer les aberrations de la société française : le gouvernement du roi, les excès de la mode, mais aussi la curiosité très spécifique dont les Parisiens font preuve à l'égard des Persans : « Les habitants de Paris sont d'une curiosité qui va jusqu'à l'extravagance. Lorsque j'arrivai, je fus regardé comme si j'avais été envoyé du ciel : vieillards, hommes, femmes, enfants, tous voulaient me voir » (lettre 30). Mais Rica, lassé de cette attention de tous les instants, décide de quitter l'habit persan et de se vêtir à l'occidentale. La réaction est immédiate et peu flatteuse pour les Français : « J'entrai tout d'un coup dans un néant affreux. Je demeurai quelquefois une heure dans une compagnie sans qu'on m'eût regardé, et qu'on m'eût mis en occasion

d'ouvrir la bouche ; mais, si quelqu'un par hasard apprenait à la compagnie que j'étais Persan, j'entendais aussitôt autour de moi un bourdonnement : "Ah ! ah ! monsieur est Persan ? C'est une chose bien extraordinaire ! Comment peut-on être Persan ? " ». Les Parisiens, attachés à la seule apparence, ne tardent pas à révéler leur mépris pour une civilisation qui n'est pas la leur.

La technique du regard étranger, sorte de récit de voyage inversé puisqu'il a lieu en France, a cependant la même visée que l'essentiel des relations des grands explorateurs : elle invite à la réflexion sur notre propre société et à la remise en cause du modèle européen.

TOP CHRONO
C'est l'interro !

Exercice 1 (2 pts) ***3 min***

Remplissez le tableau afin de faire correspondre, pour chaque nom de navigateur, le pays ou le continent exploré.

EXPLORATEUR	TERRE DÉCOUVERTE
• Jacques Cartier	•
• Christophe Colomb	•
• Vasco de Gama	•
• Magellan	•

Exercice 2 (8 pts) ***10 min***

Montaigne évoque la découverte des Amériques avec un regard très critique pour les Européens.

« Notre monde vient d'en trouver un autre [...] non moins grand, plein, et membru que lui : toutefois si nouveau et si enfant, qu'on lui apprend encore son a, b, c : il n'y a pas cinquante ans, qu'il ne savait, ni lettres, ni poids, ni mesure, ni vêtements, ni blé, ni vignes. Il était encore tout nu, au giron, et ne vivait que des moyens de sa mère nourrice. [...] C'était un monde enfant : si[1] ne l'avons-nous pas fouetté et soumis à notre discipline, par l'avantage de notre valeur, et forces naturelles : ni l'avons pratiqué[2] par notre justice et bonté : ni subjugué par notre magnanimité[3]. [...] Mais quant à la dévotion, observance des lois, bonté, libéralité, loyauté, franchise, il nous a bien servi, de n'en avoir pas tant qu'eux : ils se sont perdus par cet avantage et vendus, et trahis eux-mêmes. »

Montaigne, *Essais*, III, 6 (orthographe modernisée par nos soins)

a. Pourquoi le Nouveau Monde est-il un monde enfant aux yeux de Montaigne ?

....

....

....

....

....

....

1. Pourtant.
2. Entrepris, dominé.
3. Générosité, grandeur d'âme.

b. Montrez que, grâce à son ironie, Montaigne critique la société européenne avec virulence.

Exercice 3 (10 pts)

10 min

Jacques Cartier raconte sa rencontre, au Canada, avec les Indiens Micmac.

« Le lendemain, partie desdits sauvages vint avec quelques neuf barques à la pointe et l'entrée de l'anse, où étaient amarrés nos navires. Et nous étant avertis de leur venue allâmes avec nos deux barques à ladite pointe et entrée, où ils étaient. Et dès qu'ils nous aperçurent, ils se mirent à fuir, nous faisant signe qu'ils étaient venus pour trafiquer avec nous ; et ils nous montrèrent des peaux de peu de valeur dont ils se vêtent. Nous leur fîmes pareillement signe que nous ne leur voulions nul mal. Et descendîmes deux hommes à terre pour aller à eux, leur porter des couteaux et autres objets de fer, et un chapeau rouge pour donner à leur capitaine. Et eux, voyant cela, descendirent partie d'entre eux à terre, avec des peaux, et ils trafiquèrent ensemble ; et ils firent voir une grande et merveilleuse joie d'avoir et de recevoir lesdits objets de fer et d'autres choses, dansant et faisant plusieurs cérémonies, en jetant de l'eau de mer sur leur tête avec leurs mains, et ils nous donnèrent tout ce qu'ils avaient, tellement qu'ils s'en retournèrent tous nus, sans rien avoir sur eux ; et ils nous firent signe que le lendemain ils reviendraient avec d'autres peaux. »

Jacques Cartier, *Voyages au Canada, Premier voyage de Jacques Cartier*, 1534. (orthographe et syntaxe modernisés par nos soins)

a. Comment la progression narrative de l'extrait révèle-t-elle les difficultés et les progrès de la rencontre ? (3 pts)

b. Relevez les éléments qui permettent de reconnaître ici un récit de voyage. (4 pts)

c. Quel point de vue est porté sur les Indiens ? (3 pts)

SCORE

...... pts

17

DÉCOUVRIR DE NOUVELLES CULTURES

Problématiques

Quelles sont les nouvelles cultures découvertes par les explorateurs ? Quelles sont leurs réactions face à la religion, aux lois, aux mœurs et à la langue qu'ils observent ?

La découverte de nouveaux territoires s'avère rarement motivée par la seule curiosité intellectuelle : ce sont la plupart du temps des impératifs religieux et commerciaux qui président aux voyages des explorateurs. Néanmoins, lors de ces vastes entreprises de découvertes et de colonisation, les Européens sont mis en relation avec de nouvelles cultures. Dans leurs récits de voyage, ils décrivent souvent avec minutie les pratiques et les mœurs nouvelles auxquelles ils sont confrontés ; leurs témoignages écrits et leurs expériences, une fois rapportées en Europe, sont ensuite l'occasion d'autres réflexions élaborées par des auteurs qui, s'ils n'ont pas pris part aux voyages, n'en étudient pas moins ces pratiques autres et les résonances qu'elles peuvent avoir sur nos propres cultures. Que la réaction des explorateurs puis des Occidentaux soient de réserve ou d'adhésion, elle est toujours la source d'une comparaison avec notre propre civilisation et à ce titre invite à une réflexion plus approfondie sur notre société, notre religion ou même notre langue.

Un autre rapport à la religion

Évangéliser

La mission première des Européens colonisant un pays du Nouveau Monde est une mission de colonisation religieuse. Le voyage de l'autre côté des océans est en effet conçu afin d'apporter à des peuples qui en sont privés « la juste parole de Dieu » – c'est-à-dire la religion chrétienne accompagnée de ses rites et de ses pratiques. Convaincue de sa supériorité, l'Église croit remplir son devoir en replaçant sur le droit chemin tous ceux qui ne servent pas le « vrai » Dieu et qui sont privés, par conséquent, de leur salut. Selon le pape lui-même en effet, le Christ, maître de toute la Création, confie à son église la responsabilité des nouveaux territoires découverts. Rome accorde aux rois catholiques d'Espagne et de Portugal la gestion de ces terres : ils peuvent bénéficier de leurs richesses mais doivent en contrepartie évangéliser leurs habitants.

Les méthodes employées pour cela s'avèrent extrêmement cruelles. Sans aucun respect ni pour les peuples ni pour les croyances rencontrées, les Européens – qui disposent d'une réelle supériorité technique en armement – n'hésitent pas à torturer ni même à tuer afin de convertir des peuplades entières. Dans son conte

Candide, en 1759, Voltaire en rapporte par l'ironie l'extrême cruauté. Le marchand d'esclaves Vanderdendur, qui mutile les hommes pour les punir de n'être pas assez rentables, recouvre ses méfaits d'un discours religieux. Mais le nègre de Surinam que rencontre Candide s'étonne de la contradiction entre les actes et les paroles : « Les fétiches hollandais qui m'ont converti me disent tous les dimanches que nous sommes tous enfants d'Adam. [...] Or vous m'avouerez qu'on ne peut pas en user avec ses parents d'une manière plus horrible » (Voltaire, *Candide*).

La religion naturelle des « sauvages »

Les récits de voyage rapportent pourtant l'existence de religions déjà instituées parmi les peuples colonisés. Ceux que les Occidentaux appellent par commodité des « sauvages » font montre d'une vie spirituelle tout aussi intense, et parfois beaucoup plus raisonnée, que leurs « maîtres » catholiques. Dans ses *Dialogues de M. le baron de Lahontan et d'un Sauvage dans l'Amérique*, Lahontan rapporte une conversation entre Adario, Huron du Canada, et lui-même. Tandis que Lahontan se vante de venir sauver Adario qui a vécu jusque là « sans culte, et sans la connaissance du vrai Dieu », Adario s'indigne et rétorque que son peuple a non seulement une pratique religieuse, mais une réflexion spirituelle égale à celle des Européens : « Ne sais-tu pas que nous reconnaissons un créateur de l'univers, sous le nom du grand Esprit, ou du Maître de la Vie, que nous croyons être dans tout ce qui n'a point de bornes ? Que nous confessons l'immortalité de l'âme ? Que le grand Esprit nous a pourvus d'une raison capable de discerner le bien d'avec le mal comme le ciel d'avec la terre, afin que nous suivions exactement les véritables règles de la justice et de la sagesse ? ». Le discours se poursuit avec beaucoup d'éloquence, montrant une religion réfléchie et raisonnable et un « Sauvage » fort capable de débattre de spiritualité face à un Lahontan progressivement à court d'arguments convaincants au fur et à mesure que le débat se poursuit. Ainsi la différence de religion, ici comme dans de nombreux textes, est-elle finalement sanctionnée par l'absence de supériorité de l'une sur l'autre. Au XVIIIe siècle, la réflexion va même jusqu'à prêter une plus grande sagesse à la religion naturelle des « sauvages » – ce qui est une forme de condamnation implicite de toutes les pratiques de colonisation qui ont pu avoir lieu.

Définition

L'évangélisation est le fait d'annoncer l'évangile, c'est-à-dire la bonne parole du Christ, à des civilisations qui l'ignorent. Contredisant le message de paix et d'amour que les évangiles véhiculent, l'évangélisation des peuples outre-Atlantique a lieu le plus souvent dans la violence et la barbarie.

Des civilisations naturelles

Dans la religion comme dans la façon de vivre, ce que les explorateurs soulignent souvent en premier lieu est la dimension naturelle des civilisations qu'ils découvrent. Les lois, les mœurs et les croyances semblent fondées en effet sur les lois de la nature. Ce constat accrédite l'idée de peuplades peu avancées encore dans la civilisation et la culture. Mais il révèle également une sagesse dont les Occidentaux sont désormais privés : en établissant leurs lois sociales, politiques et familiales d'après la nature, les Indiens ne sont jamais en contradiction avec leur être profond et trouvent une véritable harmonie dans leur vie commune et individuelle.

Orou, le vieillard Tahitien à qui Diderot donne la parole dans le *Supplément au voyage de Bougainville*, décrit la vie de son peuple en accord constant avec la nature : « Tout ce qui nous est nécessaire et bon, nous le possédons. Sommes-nous dignes de mépris, parce que nous n'avons pas su nous faire des besoins superflus ? Lorsque nous avons faim, nous avons de quoi manger ; lorsque nous avons froid, nous avons de quoi nous vêtir. Tu es entré dans nos cabanes, qu'y manque-t-il, à ton avis ? Poursuis jusqu'où tu voudras ce que tu appelles commodités de la vie ; mais permets à des êtres sensés de s'arrêter, lorsqu'ils n'auraient à obtenir, de la continuité de leurs pénibles efforts, que des biens imaginaires ». Il ressort de cette brève description une vie apparemment simple, totalement en accord avec la nature, mais également fidèle à des principes de sagesse, de sobriété, de partage que la civilisation européenne a totalement corrompus. Le baron de Lahontan établit le même constat. À propos des lois comme sur le sujet du mariage, les Hurons calquent leur comportement sur ce que leur indique la nature. « J'appelle un homme celui qui a un penchant naturel à faire le bien, explique le Huron Adario, et qui ne songe jamais à faire du mal. Tu vois bien que nous n'avons point des juges : pourquoi ? parce que nous n'avons point de querelles ni de procès. C'est parce que nous ne voulons point recevoir ni connaître l'argent ». (Lahontan, *Dialogues de M. le baron de Lahontan et d'un Sauvage dans l'Amérique*). L'argent, invention de la civilisation, corrompt l'homme qui est par nature porté à faire le bien. En ne l'introduisant pas dans leur société, les Hurons ont ainsi permis que l'envie, la querelle et le conflit en soient bannis. Le mariage repose sur les mêmes lois naturelles. Lahontan s'offusque de la nudité des Hurons. Mais Adario, refusant les arguments de la pudeur et de la morale, explique les raisons de celle-ci : « Les filles qui voient des jeunes gens nus jugent à l'œil ce qui leur convient. La nature n'a pas mieux gardé ses proportions envers les femmes qu'envers les hommes. Ainsi chacun peut hardiment juger qu'elle ne sera pas trompée en ce qu'elle attend d'un mari. [...] Comme tout paraît

à découvert, nos filles choisissent suivant leur inclination ». La nudité des jeunes gens est donc une question de bon sens pratique dans l'optique du mariage. Adario révoque l'impudeur que Lahontan leur reproche, avant d'ironiser sur le sein perpétuellement découvert des femmes françaises du XVIIIe siècle… Dans son récit de voyage de 1578, Jean de Léry évoque également la nudité des Brésiliens pour démontrer qu'elle n'offusque en rien celui qui la regarde et n'incite pas à la lubricité. Il intitule ce passage « Nudité des Américaines moins à craindre que l'artifice des femmes de par-deçà [les Européennes] », titre qui ne saurait signifier plus clairement combien la nature est non seulement inoffensive mais se constitue peut-être dans sa sobriété comme un modèle à suivre pour nos femmes trop raffinées.

À retenir

La nature est ce qui régit l'ensemble des comportements des peuples indigènes. Dans leurs vêtements, leurs rapports sociaux, mais aussi les lois du pays, ils choisissent de se conduire au plus près de ce qu'elle leur enseigne. Les caractéristiques qui les définissent sont ainsi des qualités de sobriété, de partage, de simplicité.

Parler, communiquer

Découvrir de nouveaux peuples, c'est aussi découvrir de nouvelles langues. De nombreux récits font état des difficultés de communication qui, au premier abord, interviennent entre les deux peuplades. Lorsque l'Européen ne dispose pas d'un « truchement », c'est-à-dire d'un interprète, il expérimente des moments d'incompréhension qui provoque la plupart du temps de la gêne, un peu de moquerie, mais jamais d'agressivité de la part des autochtones. Jean de Léry témoigne dans son récit de cette communication difficile en se montrant « environné de sauvages, lesquels me demandaient, *Marapé-dereré, marapé-dereré*, c'est-à-dire, Comment as-tu nom, comment as-tu nom, (à quoi pour lors je n'entendais que le haut Allemand[1]) » (Jean de Léry, *Histoire d'un voyage fait en la terre de Brésil*). Mais ce moment est immédiatement suivi de son désir d'apprendre la langue de l'autre et de s'en servir pour entrer en contact : « Là-dessus le truchement m'ayant averti qu'ils désiraient sur tout de savoir mon nom, mais que de leur dire Pierre, Guillaume ou Jean, eux ne les pouvant prononcer ni retenir (comme de fait, au lieu de dire Jean ils disaient *Nian*), il me fallait accommoder de leur nommer quelque chose qui leur fut connue :

1. « Je ne comprenais pas plus ces paroles que si elles avaient été prononcées en patois germanique. »

cela (comme il me dit) étant si bien venu à propos que mon surnom Léry, signifie une huître en leur langage, je leur dis que je m'appelais *Léry-oussou* : c'est à dire une grosse huître. De quoi eux se tenant bien satisfaits, avec leur admiration *Teh*[1] ! se prenant à rire, dirent : Vraiment voila un beau nom, et n'avions point encore vu de *Mair*, c'est à dire Français, qui s'appelât ainsi ». Il est ici aisé de constater que Jean de Léry, indifférent au ridicule du nom qu'il se propose de se donner, cherche avant tout le moyen de bien communiquer avec le peuple qu'il rencontre.

Manger autrement

D'autres différences sont enfin rapportées sur un mode plus mineur, notamment celles qui concernent la nourriture. Ainsi, les explorateurs s'amusent de légumes inconnus que l'on fait pousser et dont on se nourrit de l'autre côté de l'océan. Parmi les plus célèbres se trouvent la tomate, l'ananas et la pomme de terre, que les Européens ne connaissaient pas avant que Christophe Colomb les rapporte de ses voyages et qui, nous le savons bien, connaîtront ensuite un grand succès dans notre gastronomie. Jean de Léry consacre également un long chapitre aux fruits, légumes et bois exotiques qu'il découvre. Écoutons-le décrire et savourer un fruit nouveau : « Quant à son fruit que les sauvages nomment *Paco*, il est long de plus d'un demi-pied, et de forme assez ressemblant à un concombre, et jaune quand il est mûr : il pousse toutefois toujours par vingt ou vingt-cinq serrés tous ensemble en une seule branche, nos Américains les cueillant par grappes si grosses qu'ils ne peuvent les soutenir d'une seule main ». Avez-vous reconnu de quel fruit il s'agit ici[2] ?

De même, un certain nombre d'épices sont ainsi découverts, comme le piment, la vanille ou encore le chocolat, rapporté en Espagne par l'explorateur Cortez en 1527. Les assiettes européennes vont progressivement s'enrichir de tous les fruits et légumes découverts par-delà les océans.

1. « Avec un *Teh !* exprimant l'étonnement. »
2. Il s'agit bien sûr de la banane.

TOP CHRONO
C'est l'interro !

Exercice 1 (5 pts) ***5 min***

Questions de cours

a. Pour quelle raison dominante l'Europe colonise-t-elle d'autres pays ? (1 pt)

b. Quels éléments de notre vie quotidienne a-t-on découverts au XVIe et XVIIIe siècles ? (2 pts)

c. En quoi les peuples « sauvages » peuvent-ils être considérés comme naturels ? (2 pts)

Exercice 2 (5 pts) ***7 min***

Lisez le texte suivant :

« Moi, dit-il, afin qu'ils nous aient en grande amitié et parce que j'ai connu qu'ils étaient gens à se rendre et convertir bien mieux à notre Sainte Foi par amour que par force, j'ai donné à quelques-uns d'entre eux quelques bonnets rouges et quelques perles de verre qu'ils se sont mises au cou, et beaucoup d'autres choses de peu de valeur dont ils eurent grand plaisir ; et ils en devinrent si nôtres que c'était merveille. Ensuite, ceux-là venaient, nageant, aux chaloupes des navires dans lesquelles nous étions, et ils nous apportaient des perroquets, des fils de coton en pelote, des sagaies et beaucoup d'autres choses qu'ils échangeaient contre d'autres que nous leur donnions, telles que petites perles de verre et grelots. Enfin, ils prenaient et donnaient ce qu'ils avaient, tout, de bonne volonté. Mais il me parut qu'ils étaient des gens très dépourvus de tout. Ils vont nus, tels que leur mère les a enfantés. »

Christophe Colomb, *La Découverte de l'Amérique*,
journal de bord, 1492-1493 (trad. Soledad Estorach)

a. Quelles nouveautés les occidentaux découvrent-ils ? (1 pt)

b. Comment les Indiens sont-ils montrés comme un peuple naturel ? (3 pts)

Exercice 3 (7 pts) — 12 min

L'Ingénu, un Huron débarqué en Basse-Bretagne, est recueilli par une famille catholique, les Kerkabon.

« Je m'aperçois, monsieur l'Ingénu, dit le grave bailli[1], que vous parlez mieux français qu'il n'appartient à un Huron[2]. Un Français, dit-il, que nous avions pris dans ma grande jeunesse en Huronie, et pour qui je conçus beaucoup d'amitié, m'enseigna sa langue ; j'apprends très vite ce que je veux apprendre. J'ai trouvé en arrivant à Plymouth un de vos Français réfugiés que vous appelez *huguenots*[3], je ne sais pourquoi ; il m'a fait faire quelques progrès dans la connaissance de votre langue ; et dès que j'ai pu m'exprimer intelligiblement, je suis venu voir votre pays, parce que j'aime assez les Français quand ils ne font pas trop de questions ».

L'abbé de Saint-Yves, malgré ce petit avertissement, lui demanda laquelle des trois langues lui plaisait davantage, la huronne, l'anglaise, ou la française. « La huronne, sans contredit, répondit l'Ingénu. Est-il possible ? s'écria mademoiselle de Kerkabon ; j'avais toujours cru que le français était la plus belle de toutes les langues après le bas-breton ».

1. Officier de justice qui a le pouvoir de questionner en faisant pratiquer la torture.
2. Indien du Canada.
3. Protestants.

Alors ce fut à qui demanderait à l'Ingénu comment on disait en huron du tabac, et il répondait *taya*[1] : comment on disait manger, et il répondait *essenten*. Mademoiselle de Kerkabon voulut absolument savoir comment on disait faire l'amour ; il lui répondit *trovander*, et soutint, non sans apparence de raison, que ces mots-là valaient bien les mots français et anglais qui leur correspondaient. *Trovander* parut très joli à tous les convives.

Monsieur le prieur, qui avait dans sa bibliothèque la grammaire huronne dont le révérend P. Sagar Théodat, récollet[2], fameux missionnaire, lui avait fait présent, sortit de table un moment pour l'aller consulter. Il revint tout haletant de tendresse et de joie ; il reconnut l'Ingénu pour un vrai Huron. On disputa un peu sur la multiplicité des langues, et on convint que, sans l'aventure de la tour de Babel, toute la terre aurait parlé français.

Voltaire, *L'Ingénu*, 1767

a. Comment Voltaire critique-t-il ici la découverte d'une autre langue par les occidentaux ? (4 pts)

b. Dans quelle mesure montre-t-il néanmoins une forme d'intérêt pour cette langue ? (3 pts)

SCORE

...... *pts*

1. « Tous ces noms sont en effet hurons » (note de Voltaire).
2. Religieux menant une existence austère.

18 LE MYTHE DU « BON SAUVAGE »

Problématiques

Qu'est-ce que le mythe du « bon sauvage » ? À quoi sert-il ? Que révèle ce mythe des relations entre l'homme et la nature, et entre l'homme et la civilisation ?

Les raisons d'un mythe

Historique

La réflexion sur le processus de civilisation conduit les hommes à s'interroger très tôt sur les origines de la vie en société en tentant de distinguer ce qui relève de la nature et ce qui est propre à la culture ou à la civilisation. Cette recherche peut s'accompagner d'une conception négative de l'état social qui s'opposerait à un état sauvage exempt de la corruption et des vices que le processus de civilisation produirait dans son sillage. Autrement dit, l'homme sauvage (que l'on appelle aussi l'homme primitif ou l'homme de la nature) s'opposerait à l'homme civilisé parce qu'il représenterait un état antérieur à la civilisation, donc proche des origines de l'humanité et de la nature. Cette opposition entre une civilisation corruptrice et un état de nature où régneraient l'innocence et la bonté naturelle donne naissance au « bon sauvage » : l'expression est à entendre comme une fiction forgée de toutes pièces par les hommes dits « civilisés » pour désigner les peuples inconnus qu'ils découvrent avec étonnement. Ce mythe en dit donc plus sur l'homme occidental que sur les peuples rencontrés.

Le mythe du « bon sauvage » ne naît pas au XVIIIe siècle, on en trouve la trace dès l'Antiquité, avec des éloges des Scythes et des Galates, pourtant considérés comme des peuples barbares. Les écrits de l'Antiquité sur l'âge d'or (cf. la fiche n° 22, « Imaginer des cités idéales ») contribuent eux aussi à l'élaboration du mythe puisque se dessine le rêve d'un temps primitif où régnait l'innocence heureuse de l'homme au sein d'un cadre idyllique et naturel. Les grandes découvertes de la Renaissance posent les principes fondateurs de la version moderne du mythe. Ronsard, par exemple, dès 1560, prend la plume pour défendre la simplicité avec laquelle vit le « bon sauvage » (cf. Exercice 3). Montaigne, à sa suite, livre dans ses *Essais* une réflexion sur la venue à Rouen de trois indigènes du Brésil en octobre 1562 : « Trois d'entre eux, ignorant combien coûtera un jour à leur repos et à leur bonheur la connaissance des corruptions de deçà, et que de ce commerce naîtra leur ruine, comme je présuppose qu'elle soit déjà bien avancée, bien misérables de s'être laissés piper au désir de la nouvelleté, et avoir quitté la douceur de leur ciel pour venir voir le nôtre, furent à Rouen, du temps que feu le roi Charles neuvième y

était » (*Essais*, I, XXXI, « Des Cannibales »). L'arrivée des trois hommes en France est analysée comme une corruption inévitable de leurs mœurs : ces Brésiliens étaient les représentants d'un âge d'or mais le contact avec les Européens les conduit à leur perte. Enfin, les missionnaires arrivés dans ces nouvelles terres pour évangéliser les populations participent également à la diffusion du mythe (cf. la fiche n° 17, « Découvrir de nouvelles cultures ») : selon eux, en effet, les « sauvages » illustrent, par leur mode de vie, une application simple et pure de l'Évangile (ce qui n'a pas empêché pour autant les pires exactions à leur encontre).

Le XVIIIe siècle enrichit considérablement le mythe du « bon sauvage ». La littérature de voyages, si prisée à l'époque (cf. la fiche n° 16, « La découverte de nouveaux peuples »), contribue à répandre cette image idéalisée de l'homme primitif et innocent, évoluant au sein d'une nature qui n'est pas dégradée.

Fictions de l'homme sauvage

Le « bon sauvage », dont les mœurs simples lui permettraient de vivre en parfaite harmonie avec une nature paradisiaque, est pure fiction. On sait, depuis Claude Lévi-Strauss au moins, que cette image naïve de l'indigène (ou des hommes des premiers temps) est absolument fausse et que la simplicité de certaines techniques qu'il utilise n'est qu'apparente. Ainsi, la poterie est analysée par l'ethnologue comme le résultat d'un processus très complexe qui suppose, chez les sociétés dites « primitives », « la même puissance imaginative et les mêmes efforts acharnés de la part de certains individus » que dans les sociétés occidentales : la poterie, tout comme la construction d'une sarbacane ou la naissance de l'agriculture ne doivent rien au hasard mais résultent de longues recherches qui apparentent leurs inventeurs à Pasteur ou à Ampère par exemple (*Race et histoire*, chapitre 8).

Les hommes des Lumières eux-mêmes ne sont pas dupes de cette fiction et ont conscience de proposer, grâce à elle, une œuvre plus littéraire qu'ethnologique. Les « sauvages » mis en scène dans leurs récits sont souvent les porte-parole des philosophes qui les imaginent : ils sont, de fait, pétris de culture occidentale. Diderot, par exemple, lorsqu'il fait parler Orou, le chef des Tahitiens, place dans sa bouche un discours construit à partir des règles de la rhétorique antique. Plus encore, son propos ressemble à s'y méprendre aux idées philosophiques de Diderot concernant les mœurs : le refus des tabous, la peinture idéale d'une société où règne la liberté sexuelle sont des idées proprement diderotiennes (*Supplément au Voyage de Bougainville)*. Le recours au bon sauvage n'est alors qu'un artifice pour justifier des idées qui vont à l'encontre de la morale communément admise.

Étymologie

Le mot **sauvage** est issu du latin *salvaticus* signifiant « qui vit dans la forêt » (*silva* = forêt en latin). L'étymologie du mot suggère donc une opposition entre ce qui, d'un côté, relève de la vie animale (c'est-à-dire sauvage) et ce qui, de l'autre, relève de la culture humaine. Pour Claude Lévi-Strauss, cette étymologie est très signifiante car elle révèle que l'on exclut de l'humanité ceux que l'on appelle « sauvages » : « on préfère rejeter hors de la culture, dans la nature, tout ce qui ne se conforme pas à la norme sous laquelle on vit » (*Race et histoire*)

Fonctions et enjeux du mythe

On vient de le voir, le « bon sauvage » est une vue de l'esprit, une construction abstraite dont le but est de tendre à l'homme occidental un miroir dans lequel il reconnaîtra ses propres défauts : évoquer le « bon sauvage » est une manière efficace de critiquer la société européenne (cf. la fiche n° 16 « La découverte de nouveaux peuples »).

Pour autant, la popularité du mythe ne signifie pas que les hommes des Lumières souhaitent revenir à un stade antérieur de la civilisation. Bien au contraire, Diderot et Voltaire, notamment, croient aux vertus du progrès et de la civilisation. Tout le paradoxe est là : le « bon sauvage » est un instrument abstrait pour dénoncer une société européenne dont les progrès moraux dépendent pourtant du degré de raffinement de la civilisation. Ce mythe concentre ainsi les aspirations d'un siècle partagé entre les progrès de la civilisation et la nostalgie d'un paradis perdu incarné par la nature primitive.

À retenir

Le « bon sauvage » est une invention des sociétés occidentales pour exercer un regard critique sur leur propre civilisation et pour évoquer une nature idéalisée. Cette invention remonte à l'Antiquité et a trouvé son plein essor lors du siècle des Lumières.

Un exemple à part : l'homme de la nature chez Rousseau

La réflexion sur le « sauvage » est l'occasion de porter un regard critique sur le rapport que l'homme entretient avec la nature et avec la civilisation. En effet, de nombreux philosophes trouvent là le moyen d'examiner les fondements de la civilisation, et de proposer une interrogation féconde sur la façon dont l'homme

est devenu un être social. Prenant le contre-pied du mythe, Hobbes, par exemple, pose au XVIIe siècle l'hypothèse d'un état de nature d'où seraient absentes toutes les lois sociales, politiques, morales, économiques... Une telle fiction permet au philosophe d'affirmer avec force la nécessité de l'ordre social : car une humanité livrée à elle-même, sans lois, ne peut aboutir qu'à un état de « guerre de chacun contre chacun ». Tout est donc préférable à l'état de nature dans lequel « l'homme est un loup pour l'homme » (*Le Léviathan*).

Bien différente est la réflexion de Rousseau qui s'inscrit à rebours de ses contemporains et cherche à se démarquer de ses prédécesseurs. En imaginant à son tour un état de nature « qui n'existe plus, qui n'a peut-être jamais existé, qui probablement n'existera jamais, et dont il est pourtant nécessaire d'avoir des notions justes pour bien juger de notre état présent » (*Discours sur l'origine de l'inégalité*), Rousseau s'appuie sur une hypothèse de travail dont les conséquences sont radicalement opposées à celles de Hobbes. Chez ce dernier, l'état de nature est un état de guerre car l'homme est un être fondamentalement égoïste qui, en l'absence de tout État, est fatalement conduit à essayer de dominer ses semblables, moins par méchanceté d'ailleurs que par instinct de conservation. Chez Rousseau, l'état primitif est tout autre. L'homme de la nature serait assez semblable à l'animal : solitaire, il s'accouple de manière fortuite, il a peu de besoins et, s'il n'agit le plus souvent que pour sa conservation, il est aussi capable de pitié. N'ayant pas de notions morales, il n'a aucun connaissance du bien ni du mal, il n'a pas de réflexion ; il ne peut non plus envisager l'avenir puisque « son imagination ne lui peint rien » et que « son cœur ne lui demande rien » : il se livre donc tout entier au moment présent, il connaît un bonheur immédiat. Rousseau élargit donc le champ de la réflexion sur le « sauvage » en proposant une autre conception de l'homme primitif : il refuse l'état de nature tel que Hobbes le décrit, tout en soulignant l'absurdité qui consiste à faire du « sauvage » un philosophe discourant des vérités les plus sublimes à l'aide de raisonnements abstraits (*Discours sur l'origine de l'inégalité*).

En remontant ainsi à un état antérieur à toute civilisation, le penseur pose les fondements de son anthropologie (dont les conséquences se retrouveront dans toute son œuvre, qu'elle soit philosophique, romanesque ou autobiographique) : il s'agit d'observer la vraie nature de l'être humain, trop souvent étouffée chez l'homme civilisé. En effet, la civilisation, pour Rousseau, est profondément corruptrice. La sortie de l'état de nature, si elle est une étape nécessaire au développement humain et se caractérise par des progrès ainsi que de nouvelles facultés (invention de l'agriculture et de l'industrie par exemple, liens sociaux

qui se nouent...), s'accompagne néanmoins de maux terribles : rivalité entre les hommes, naissance de l'amour-propre, propriété, injustice, inégalité, goût pour le luxe... ce nouvel état finit donc par ressembler à l'état de guerre décrit par Hobbes, à la différence que pour Rousseau, la cause de cette déchéance vient du processus de civilisation.

Souvent moquée et incomprise par ses contemporains (on sait que Voltaire a vivement réagi au second Discours en reprochant à Rousseau de vouloir revenir au stade animal), la réflexion de Rousseau sur l'état de nature prend une résonance particulière aujourd'hui. Dans son désir de montrer les dégâts provoqués par le raffinement de la civilisation, Rousseau affirme que celle-ci est à l'origine d'un esclavage subtil et pernicieux : « Les Sciences, les Lettres et les Arts [...] étendent des guirlandes de fleurs sur les chaînes de fer dont [les hommes] sont chargés, étouffent en eux le sentiment de cette liberté originelle pour laquelle ils semblaient être nés, leur font aimer leur esclavage et en forment ce qu'on appelle des Peuples policés » (*Discours sur les Sciences et les Arts).* Ainsi, la civilisation et les progrès intellectuels et artistiques qui l'accompagnent, ne susciteraient pas de progrès moraux d'après Rousseau. Cette thèse, si elle a pu paraître incongrue au siècle des Lumières, étonne aujourd'hui par sa grande acuité : les barbaries du XXe siècle perpétrées en Europe même, dans des pays hautement cultivés, rendent sensibles le paradoxe que Rousseau a mis en évidence.

Enfin, les réflexions actuelles sur la société de consommation, le consumérisme à outrance, la création de besoins superflus nous invitent à relire Rousseau : la civilisation a peut-être voulu se débarrasser à toute force de l'homme de la nature, et de la nature elle-même, sacrifiés sur l'autel du progrès. Rousseau nous enjoint, non pas de revenir à un stade antérieur de la civilisation (il sait bien lui-même que c'est impossible et il ne le souhaite nullement), mais de retrouver l'homme de la nature derrière les artifices de la civilisation, d'écouter en nous la voix de la nature pour expérimenter une vie plus authentique et ainsi échapper aux pièges de l'amour-propre et de l'apparence, car la société conduit les hommes à « cherch[er] leur bonheur dans l'apparence » et « nul ne se soucie de la réalité. Tous mettent leur être dans le paraître : tous, esclaves et dupes de l'amour-propre ne vivent point pour vivre mais pour faire croire qu'ils ont vécu » (*Rousseau juge de Jean-Jacques, troisième Dialogue*).

TOP CHRONO
C'est l'interro !

Exercice 1 (4 pts) ***10 min***

Chercher à l'aide d'internet ou de tout autre document, au moins quatre œuvres littéraires dans lesquels apparaît un Bon sauvage.

Exercice 2 (6 pts) ***10 min***

a. À quoi sert le mythe du bon sauvage ?

b. Pourquoi le bon sauvage est-il un mythe ?

c. Quelles différences y a-t-il entre l'état de nature imaginé par Hobbes et celui imaginé par Rousseau ?

Exercice 3 (10 pts)

20 min

« Docte Villegaignon[1], tu fais une grand'faute
De vouloir rendre fine une gent si peu caute[2],
Comme ton Amérique, où le peuple inconnu
Erre innocemment tout farouche et tout nu,
D'habit tout aussi nu qu'il est nu de malice,
Qui ne connaît les noms de vertu ni de vice,
De sénat ni de Roi ; qui vit à son plaisir,
Porté de l'appétit de son premier désir,
Et qui n'a dedans l'âme ainsi que nous empreinte
La frayeur de la loi qui nous fait vivre en crainte ;
Mais suivant sa nature et seul maître de soi,
Soi-même est sa loi, son sénat et son Roi ; [...]
Ils vivent maintenant en leur âge doré.
Or, pour avoir rendu leur âge d'or ferré
En les faisant trop fins, quand ils auront l'usage
De connaître le mal, ils viendront au rivage
Où tout camp est assis, et en te maudissant
Iront avec le feu ta faute punissant [...]
Vivez, heureuse gent, sans peine et sans souci,
Vivez joyeusement, je voudrais vivre ainsi »

(orthographe modernisée par nos soins)

Lisez le poème de Ronsard. Relevez et commentez les éléments que le poète emprunte au mythe du bon sauvage.

....

....

....

....

....

....

....

1. Villegagnon est un explorateur français qui est chargé par Henri II d'organiser une colonie au Brésil : il installe dans l'actuelle baie de Rio la colonie française appelée la « France antarctique ».
2. « Rendre fine une gent si peu caute » : faire de ce peuple innocent des gens rusés et malins.

SCORE
...... *pts*

Chapitre 2

Décrire, figurer, imaginer

19 LE LIVRE AU SERVICE DE LA CONNAISSANCE DU MONDE

Problématiques

Quand et comment le livre est-il devenu un outil de connaissances ? Quels idéaux philosophiques et culturels sont attachés à l'objet-livre ? En quoi le livre peut-il être considéré comme un danger ?

L'écriture constitue la condition préalable à l'existence du livre. Les premiers écrits, découverts sur des supports aussi variés que l'argile, la pierre, l'os, le papyrus, le cuir, le bois ou le tissu, datent de la seconde moitié du IVe millénaire avant J.-C. Les civilisations égyptiennes et mésopotamiennes s'en partagent la paternité. Le développement du commerce fait apparaître dans ces territoires la nécessité de pouvoir consigner des listes, des traces administratives ou des titres de propriété. L'écriture naissante garantit ainsi le respect de la parole donnée et fonde l'ordre social. Les alphabets sont progressivement créés, permettant de consigner des textes plus longs. L'écriture envahit alors tous les domaines, y compris ceux de la pensée et de la fiction. C'est la naissance de la littérature écrite.

Histoire de l'imprimerie et début de la diffusion du livre

Du manuscrit à Gutenberg

Au Moyen Âge, l'élaboration des livres est confiée à des moines copistes dont la tâche est de recopier les textes à la main : ces textes sont nommés des manuscrits (du latin *manus*, la main). Le travail des moines est long et pénible ; les livres valent alors très cher et sont réservés à l'élite aristocratique ayant les moyens de se les offrir – et la capacité de les lire. Mais l'invention de l'imprimerie va changer la donne.

S'inspirant des techniques de la gravure sur bois et de la typographie (combinaison de caractères mobiles métalliques que le graveur peut assembler à sa guise), profitant également de la diffusion au XIIIe siècle en Europe du papier (inventé en Chine au IIe siècle), Johann Gensfleich, dit Gutenberg, invente l'imprimerie. Après plusieurs années de recherche et de mise au point, Gutenberg réalise en 1454 à Mayence le premier livre imprimé connu : la *Bible à 42 lignes* (du nombre de lignes par page). Cet ouvrage de 1465 pages est également illustré, enluminé et relié, l'ensemble de ces tâches ayant vraisemblablement demandé plusieurs années d'efforts (sans doute de 1452 à 1454, avec l'aide de six compositeurs). Mais si le travail d'impression est encore long, le progrès est immense : pour la première fois, l'homme peut reproduire à l'identique et en autant d'exemplaires

qu'il le souhaite un même ouvrage ! On estime ainsi que la première bible de Gutenberg a été tirée à 180 exemplaires.

La Bible de Gutenberg

https://fr.phaidon.com/resource/469-the-gutenberg-bible.jpg

La multiplication des livres

La fabuleuse découverte de Gutenberg ne tarde pas à se répandre. La progression de l'imprimerie commence par la région de Mayence et gagne vite d'autres régions grâce à la mobilité des artisans typographes. L'un d'entre eux, ancien compagnon de Gutenberg, parcourt l'Italie puis la France pour se fixer à Lyon. C'est rapidement toute l'Europe qui est touchée.

Dès 1466, des livres sont en vente à Paris. À la Sorbonne, une imprimerie est créée pour les manuscrits universitaires. Puis le quartier latin multiplie les imprimeries et inaugure une tradition éditoriale encore vivante aujourd'hui. Les grandes villes de France comptent pour la plupart une imprimerie au XVe siècle, même si 80 % de la production de livres est concentrée à Paris et à Lyon.

L'imprimerie ne modifie pas la forme du livre qui, comme ses ancêtres manuscrits, se compose de cahiers, formés de feuilles pliées et reliées ensemble. La mise en page est identique et, lorsqu'il est imprimé, le livre est à son tour décoré, enluminé et ponctué.

L'imprimerie prend très vite un essor gigantesque. Au début du XVIe siècle, on estime ainsi que près de 15 millions d'exemplaires ont été imprimés en Europe. Le chiffre est colossal : il traduit à la fois la profondeur du progrès technique réalisé et l'appétence des populations européennes pour la lecture et pour tout ce qui peut être véhiculé par le livre.

TERME	DÉFINITION
• manuscrit	• ouvrage écrit ou copié à la main
• codex	• ensemble de cahiers de parchemin pliés et cousus (1re forme du livre moderne, succédant au rouleau de papyrus)
• incunable	• premiers livres imprimés (avant 1501)
• enluminure	• miniature ou décor peint pour embellir un manuscrit ou un livre
• lettrine	• première lettre d'un chapitre ou d'un paragraphe, traditionnellement plus grande que le reste du texte et ornée.

Le livre comme instrument de connaissance

Au début du XVIe siècle, le livre s'investit d'une image ambivalente : il est à la fois symbole de progrès et mis au service de l'humanisme, du savoir et de l'éducation ; mais il apparaît également, pour le pouvoir et pour l'Église, comme un objet de méfiance.

Le livre et la religion

Les premiers textes imprimés sont des textes religieux. Outre la *Bible à 42 lignes* de Gutenberg, d'autres bibles, le *Psautier de Mayence* – recueil de psaumes publié en 1457 – des missels, des bréviaires ou des ouvrages de théologie comptent parmi les premières productions des imprimeurs. L'Église leur passe en effet très vite de nombreuses commandes afin de pallier le manque de livres religieux.

Cependant, l'imprimerie favorise également la diffusion des idées de la Réforme.

À retenir

La Réforme désigne la volonté de revenir à une pratique de la religion plus simple et plus proche des textes bibliques. Elle est amorcée au XVIe siècle et se répand d'abord dans le Nord de l'Europe avec la religion protestante. Elle donne lieu, en France notamment, à de sanglantes guerres de religion entre catholiques et protestants dans le dernier quart du XVIe siècle.

Les idées de Luther se sont répandues plus vite et plus aisément grâce aux textes imprimés. Ses ouvrages ou ceux de ses alliés, écrits de surcroît en langue allemande, et non en latin, pour toucher un public plus large, atteignent des chiffres de publication très importants pour l'époque. Il en va de même des traductions de la Bible faites par Luther (430 éditions entre 1522 et 1546) ainsi que des pamphlets et libelles qui vont animer toute la Réforme. On comprend alors que le livre suscite l'hostilité de l'Église. Sa méfiance est développée par la diffusion d'idées nouvelles, scientifiques et philosophiques, dont on craint parmi le clergé qu'elles mettent à mal la foi et le respect des fidèles.

Les véhicules du savoir

Le nombre d'ouvrages nouveaux, s'emparant de questions d'ordres autres que religieux, augmente considérablement à la Renaissance. Les imprimeries se diversifient dans de nombreux domaines : la science, les techniques, la botanique, l'architecture, la géographie, la médecine, sans parler des arts ni de la littérature. Les progrès accomplis dans l'illustration permettent d'élaborer des ouvrages précis à destination des savants. En effet, entre le XVIe siècle et le XVIIIe siècle, même si les livres se multiplient et deviennent plus facilement accessibles, seule une frange encore étroite de la population sait lire. Les livres sont publiés à sa seule intention et renferment souvent des thèses et des explications extrêmement savantes et expertes.

Le siècle des Lumières cherche à modifier cet élitisme du livre. Ses différents idéaux émanent en effet d'une volonté fondamentale : répandre la Lumière, c'est-à-dire le savoir et l'éducation, auprès d'un plus grand nombre de personnes. Le livre devient alors un instrument essentiel à la diffusion de la connaissance. Sébastien Mercier, dans ses *Tableaux parisiens*, témoigne de l'évolution de la lecture : « On lit certainement dix fois plus à Paris qu'on ne lisait il y a cent ans ». Évoquant les échoppes de libraire simplement installés en pleine rue, il remarque ainsi que les lecteurs restent « des heures entières appuyés sur des livres, occupés à parcourir des brochures » (Sébastien Mercier, *Tableaux parisiens*, 1782-1784).

Tous les domaines de la science et de la réflexion sont concernés par le livre. Entre autres nombreux exemples, l'*Histoire naturelle* de Buffon, publiée en trente-huit volumes à partir de 1749, connaît un énorme succès. Il en va de même des récits de voyages, bénéficiant des premières illustrations en couleurs, qui suscitent le goût pour l'exotisme et les terres lointaines. En 1759, *Candide* de Voltaire connaît à son tour un large triomphe.

Pour satisfaire à l'idéal de diffusion du savoir prôné par les Lumières, le livre évolue. Au XVIIe siècle, les libraires ont d'abord l'idée de proposer des ouvrages peu encombrants et bon marché. Réservés dans un premier temps à la littérature populaire, ces textes sont imprimés sur des feuilles pliées en quatre (format *in-quarto*) ou en huit (format *in-octavo*) et ne sont que sommairement reliés. Le prix en est modique et le livre a le mérite de tenir dans la poche, pouvant ainsi être transporté partout. Profitant de ce format pratique, Voltaire conçoit en 1764 un *Dictionnaire philosophique portatif*, qui condense l'essentiel des idées philosophiques et de sa réflexion contre les religions.

Au XVIIIe siècle, le livre est également investi d'une valeur quasi utopique dans la mesure où l'on s'efforce de faire de lui le réceptacle de tous les savoirs. C'est l'ambition que se donne *L'Encyclopédie* de Diderot et d'Alembert, qui a pour vocation de réunir dans ses nombreux volumes tous les savoirs, toutes les connaissances et toutes les réflexions qui existent alors. Pour accomplir ce travail de titan, Diderot s'entoure de nombreux contributeurs, dont certains sont de célèbres auteurs, comme Rousseau ou Voltaire. La même volonté d'exhaustivité apparaît dans les inventaires, listes de connaissances couvrant différents domaines et visant à établir une exhaustivité scientifique. Le siècle des Lumières voit également, à Paris et dans quelques villes de province comme Lyon ou Bordeaux, l'ouverture des premières bibliothèques et des premiers cabinets de lecture, prêtant des livres à la journée.

La méfiance à l'égard du livre

Le livre véhicule de nouvelles connaissances et invite le peuple à développer sa réflexion et son esprit critique. Certains ouvrages des Lumières comme le *Traité sur la tolérance* de Voltaire ou la *Lettre sur les aveugles* de Diderot prennent sans ambages des positions subversives : Voltaire plaide en effet la cause des protestants et la tolérance à l'égard d'autres religions que la religion catholique ; Diderot défend pour sa part des thèses matérialistes défendant l'idée que la matière existe par elle-même, sans intervention divine. De telles orientations inquiètent l'Église et le pouvoir, qui mettent en place différents moyens pour contrôler l'imprimerie et la diffusion des idées.

La réglementation du livre

La méfiance instaurée par le livre engendre les premières lois régissant l'impression et la diffusion. En 1521, alors que la Réforme s'amorce, François Ier invite ainsi le Parlement à surveiller l'imprimerie et la librairie. La répression s'accentue au cours du siècle, empruntant différents procédés : défense de publier, défense de vendre, interdiction de lire en langue vulgaire (c'est-à-dire dans une autre langue que le latin, dite langue savante), emprisonnement des auteurs ou des imprimeurs.

Les privilèges

Pour éviter toute forme de publication sauvage, la notion de privilège s'impose également à partir de la Renaissance. Le privilège est une permission d'imprimer obtenue auprès du pouvoir politique et autorisant momentanément l'impression et la diffusion d'un texte.

Au XVIIe siècle, la monarchie absolue de Louis XIV multiplie les mesures pour lutter contre les « mauvais livres », c'est-à-dire ceux mettant en cause le pouvoir, la morale ou la religion. Ainsi, le nombre d'imprimeurs est limité, les ventes de matériel sont réglementées et les ateliers fréquemment visités par la police du roi. Enfin, les privilèges sont distribués avec parcimonie et essentiellement aux imprimeurs parisiens, plus faciles à surveiller. Le livre n'est pas libre, mais la pensée le demeure : pour contourner toutes ces interdictions et exprimer ses idées sans les censurer, les auteurs ont recours à l'impression clandestine ou à la publication dans des pays plus libres, comme la Hollande. Il faudra attendre le début du XXe siècle pour que la censure sur l'écrit soit définitivement abolie.

TOP CHRONO
C'est l'interro !

Exercice 1 (5 pts) — *2 min*

À quels termes parmi la liste suivante les définitions ci-dessous correspondent-elles ?
Manuscrit – incunable – typographie – in octavo – codex

a. Livre imprimé avant 1501 ……

b. Ensemble de cahiers de parchemin pliés et cousus ……

c. Livre écrit à la main ……

d. Combinaison de caractères mobiles métalliques ……

e. Format de livre où les feuilles sont pliées en huit ……

Exercice 2 (7 pts) — *7 min*

Le jeune géant Pantagruel vient à Paris pour parfaire son éducation et reçoit une lettre de son père Gargantua.

[Mon époque] n'était pas aussi favorable et propice à l'étude des lettres qu'à présent, et je ne disposais pas d'autant de précepteurs que toi. Les temps étaient encore ténébreux, se ressentant du malheur et des calamités causés par les Goths, qui avaient mis à sac toute bonne littérature ; mais, par la bonté divine, prestige et dignité ont été, de mon vivant, rendus aux lettres.

Maintenant, toutes les disciplines sont rétablies, et l'étude des langues instituée : le grec, sans lequel c'est une honte de se prétendre savant, l'hébreu, le chaldéen et le latin ; l'imprimerie, qui fournit des livres si élégants et si corrects, est en usage, elle qui a été inventée de mon vivant par une inspiration divine, alors qu'au contraire l'artillerie l'a été par une suggestion diabolique. Le monde entier est plein de gens savants, de précepteurs très doctes, de bibliothèques très importantes, au point que, me semble-t-il, ni au temps de Platon ni en celui de Cicéron, ni en celui de Papinien, on ne pouvait étudier aussi commodément que maintenant.

François Rabelais, *Pantagruel*, 1532
(trad. Français moderne Guy Demerson, éd. du Seuil)

a. Dans le premier paragraphe, qu'est-ce qui s'oppose à l'étude des lettres ? Relevez le champ lexical qui y correspond et commentez-le. Pourquoi, d'après votre réponse, l'étude des langues et de la littérature est-elle appelée « humanité » au XVIe siècle ?

……

……

……

……

……

b. Quelle image est ici donnée de l'imprimerie ? Pourquoi ?

....

....

....

....

....

Exercice 3 (8 pts) ***15 min***

En reprenant les idées du cours, rédigez deux paragraphes où vous expliquerez pourquoi le livre peut être perçu au XVIe siècle comme un danger et quels moyens sont mis en œuvre contre ce risque.

....

....

....

....

....

....

....

....

....

....

....

....

....

....

....

....

SCORE

...... pts

20 RENOUVEAUX ESTHÉTIQUES

Problématiques

Quels sont les bouleversement esthétiques majeurs en peinture et en littérature depuis la Renaissance ? Quelles conceptions de l'homme et du monde ces changement reflètent-ils ?

L'invention de la perspective à la Renaissance

La Renaissance rompt radicalement avec le Moyen Âge en mettant en place un système de représentation inédit lié à une nouvelle manière d'appréhender le monde et l'individu. L'évolution de la peinture offre une belle façon de comprendre les enjeux de cette modernité qui apparaît à partir du XVe siècle. Selon l'hypothèse de D. Arasse, l'art gothique (c'est-à-dire l'art médiéval) correspond à une conception close et hiérarchisée du cosmos fondée sur un art de la mémoire. Pour le dire autrement, l'art médiéval envisage la peinture comme un système d'images destinées à se rappeler quelque chose. Par exemple, en peignant le *Triomphe de saint Thomas*, grande fresque de l'église dominicaine de Santa Maria Novella à Florence, le peintre a pour objectif de rappeler aux frères dominicains les fondements de la gloire de saint Thomas (ses vertus, ses sciences…) afin qu'ils se les remémorent à chaque fois qu'ils contemplent la fresque. Les images sont juxtaposées, statiques, plaquées sur un fond doré bien souvent, et reflètent une conception du monde structurée par la religion, où l'axe vertical donne à voir la hiérarchie de la Création.

À la Renaissance, ce système de représentation vacille : la peinture ne cherche plus à rappeler, mais à convaincre et à émouvoir de ce qu'elle raconte. Les figures se déplacent, on cherche à représenter le mouvement, les expressions, les gestes afin de transcrire des émotions : la peinture devient un récit adressé au spectateur et non plus une image à contempler (D. Arasse).

Ce grand bouleversement est lié à une découverte majeure : celle de la perspective. C'est à Florence, entre 1420 et 1450 que la perspective est inventée, grâce notamment aux architectes que sont Brunelleschi et Alberti. Cette invention est intimement liée à la cartographie, dont Florence s'était fait une spécialité.

Définition

Qu'est-ce que la perspective ? elle construit un espace ordonné et cohérent dont les mathématiques fournissent les règles. Selon Alberti en 1435, la fonction du peintre est de « circonscrire et peindre sur une planche ou un mur suivant des lignes déterminées et des couleurs définies, la superficie visible d'un corps, de sorte que, vue d'une certaine distance, la figure représentée apparaisse en relief et donne l'impression du corps en question ». La scène du tableau doit donc être structurée selon un point de fuite qui guide le regard du spectateur. Dans la plupart des scènes florentines, on peut observer un espace cubique (comme une pièce de théâtre) avec une ouverture au fond (fenêtre, paysage...) qui donne de la profondeur.

Selon P. Francastel (*Peinture et société*), la perspective permet aux hommes de construire un monde selon leurs actions et leurs intérêts : le point de fuite étant la projection de l'œil du spectateur, le monde représenté s'organise alors en fonction de la position de ce spectateur. Cela signifie que le monde se mesure désormais à l'aune du regard du spectateur, il est réglé à hauteur de son point de vue, il devient « commensurable » par l'homme, pour reprendre le terme de D. Arasse (*Histoires de peinture*). La perspective devient un moment fondateur dans l'art occidental ; elle accompagne le passage d'une vision du cosmos pensé à partir de Dieu, à une vision où il est pensé à partir du point de vue du sujet humain (voir la fiche n° 15, « Du monde clos à l'univers infini »).

Le siècle classique : imiter la belle nature

Mimesis et vraisemblance

Dès la Renaissance, les artistes ne cherchent pas à imiter strictement la nature, mais à en donner une idée. Aussi les toiles ne reflètent-elles pas la réalité mais tentent-elles plutôt d'en révéler la beauté : il s'agit, sous l'influence platonicienne, de donner une image du Beau. L'idée est reprise et approfondie par le Classicisme qui fait de l'imitation de la belle nature une règle essentielle de la littérature et des Beaux-Arts en général. En effet, le « vrai », chez les Classiques, ne correspond pas au réel, et Roger de Piles, grand théoricien de la peinture au XVIIe siècle, explique dans ses *Cours de peinture par principes* que le peintre doit s'attacher à représenter le « vrai idéal » : loin de figurer le réel, le but de la peinture est de réaliser les intentions d'une nature idéale. Il faut donc pallier les insuffisances de la nature, au nom de la Beauté, et l'on comprend tout ce que cette conception de

l'art doit à Platon et à ses successeurs. L'homme du XVIIe siècle pressent donc que l'ordre artistique est distinct de l'ordre naturel, qu'il faut même perfectionner la nature : le processus créateur qui permet de recomposer cette nature idéale est ainsi mis en valeur, ce que le poète et philosophe Marsile Ficin avait déjà exprimé à la Renaissance : « le pouvoir humain est presque égal à la nature divine ; ce que Dieu crée dans le monde par la pensée, l'esprit humain le conçoit dans l'acte intellectuel, l'exprime par le langage dans ses livres, le représente par ce qu'il édifie. Qui pourrait alors nier qu'il possède le génie du Créateur ? ».

Définition

La mimesis : Le terme vient d'Aristote dans la *Poétique*, à propos du théâtre. Selon le philosophe, la mimesis, c'est-à-dire le fait d'imiter, est une notion essentielle puisque la représentation doit se rapprocher le plus possible de la réalité représentée, le but étant d'assurer l'illusion théâtrale, d'obtenir un « effet de réel » nécessaire au plaisir du spectateur.

Au chapitre 9, Aristote est encore plus clair : « le rôle du poète est de dire non pas ce qui a réellement eu lieu mais ce à quoi on peut s'attendre conformément à la vraisemblance ou à la nécessité ». **La mimesis est donc une construction.** Cela signifie que le poète n'est pas un historien et que la mimesis n'est pas la réalité mais qu'elle correspond à une imitation de la vraisemblance : le poète dit ce à quoi on peut s'attendre, et non ce qui s'est réellement passé.

À la suite d'Aristote, les Classiques estiment également que l'essentiel du plaisir artistique vient de la qualité de la mimesis.

Cette conception de l'imitation va de pair avec une vision très utilitaire de l'art, puisque les Classiques estiment qu'il doit être mis au service du « bien public », selon la doctrine de l'Académie française. Aussi la perfection de tel art ne dépend-elle que de sa faculté à guérir les vices et à œuvrer pour l'instruction morale (cf. la fiche n° 11, « Les charmes de la parole », encadré « Plaire et instruire »). C'est là une réinterprétation du concept aristotélicien de catharsis (Aristote définit la catharsis, dans sa *Poétique*, comme une purgation des passions néfastes, cf. la fiche n° 9, « la parole publique au théâtre »), que les Classiques réduisent alors à un processus visant à l'amélioration des mœurs.

Pour approfondir

Les règles classiques

Pour créer cette mimesis et cette vraisemblance, les Classiques édictent un certain nombre de règles qui ont essentiellement cours au théâtre, règles dont le but est de faire croire au spectateur que l'action s'est passée telle qu'elle se déroule sur scène afin d'augmenter l'illusion théâtrale. Ces règles sont très importantes puisque d'elles dépend la qualité de l'imitation, donc le plaisir du spectateur.

- **la règle des trois unités (temps, lieu, action)**. L'unité de temps (l'intrigue se déroule sur une journée) sert à faire coïncider le temps de la représentation et le temps de l'action fictive afin d'augmenter l'illusion. C'est le même objectif qui anime l'unité de lieu (il n'y a pas de changement de lieu entre les scènes, ni entre les actes). Quant à l'unité d'action (une seule action principale), elle a pour but de ne pas disperser l'attention du spectateur avec d'autres intrigues, ce qui pourrait altérer sa compréhension de la pièce, donc entraver l'illusion théâtrale.
- **la règle de bienséance.** Il ne faut pas choquer les spectateurs avec des scènes indécentes ou violentes.
- **la règle de vraisemblance.** Elle permet de placer sur scène ce qui est conforme à l'opinion commune, à la doxa, à la norme sociale et politique. Il faut représenter le comportement que le public aurait spontanément accepté car le spectateur doit pouvoir s'identifier au héros de la pièce.

Ces deux dernières règles, bienséance et vraisemblance, sont étroitement liées et soulignent à quel point le théâtre a une fonction morale : on ne doit représenter sur scène que ce qui est admis socialement.

Les règles sont le vecteur de l'illusion théâtrale, par conséquent c'est grâce à elles que le spectateur peut éprouver du plaisir.

Corneille : du vraisemblable au « vrai extraordinaire »

Avec Corneille (*Trois discours sur le poème dramatique*), le champ de l'utilité de l'art se déporte, ce qui a des conséquences majeures dans les conceptions esthétiques de l'époque. L'instruction morale est reléguée au second plan par le dramaturge au profit d'une nouvelle conception de l'utilité : celle-ci est désormais associée au délectable. Est donc utile ce qui plaît au spectateur. Corneille reprend certes l'association classique de l'enseignement et du plaisir, mais il traite la question non en moraliste, plutôt en technicien du théâtre : l'instruction morale a sa place au théâtre, bien sûr, encore faut-il qu'elle plaise au spectateur.

La deuxième nouveauté apportée par Corneille concerne la mimesis et la vraisemblance. Si avant Corneille, la règle de vraisemblance est plus importante que le vrai (le poète est ainsi enjoint de modifier le vrai pour qu'il corresponde au vraisemblable car c'est là que réside le plaisir du spectateur), l'auteur du *Cid* propose une conception différente de la mimesis. Pour lui, seule compte la vérité des actions accomplies. Le théâtre doit ainsi faire éclater les normes, les personnages ne doivent pas avoir des comportements ordinaires, mais au contraire exceptionnels. C'est ce qu'il appelle le « vrai extraordinaire ». À l'encontre des théories classiques, Corneille affirme que le vrai est plus crédible que le vraisemblable. C'est donc aller totalement à rebours d'Aristote et des dramaturges du XVIIe siècle qui séparent rigoureusement le vrai (= l'histoire réelle) et le vraisemblable (= la fiction, la recomposition). Pour Corneille, l'action du *Cid* est une vérité (parce que les faits ont été avérés par l'histoire) invraisemblable. Corneille privilégie alors le sujet historique – quoique invraisemblable – au sujet faux et vraisemblable, car pour lui la vérité historique persuade mieux que la fiction. Cette nouvelle manière d'envisager l'imitation a des répercussions dans le siècle et nourrit de nombreux débats esthétiques autour de la notion de vraisemblance. On reproche à Corneille, mais aussi à Mme de Lafayette dans *La Princesse de Clèves*, de s'affranchir de la règle de la vraisemblance, au profit d'événements extraordinaires (l'aveu de la Princesse à son mari pour Mme de Lafayette, le fait que Chimène puisse épouser le meurtrier de son père chez Corneille). Chez ces deux auteurs, le plaisir du lecteur ou du spectateur prime sur le respect des règles parce que précisément le plaisir peut se trouver hors des règles de la mimesis. Cette nouvelle conception esthétique ouvre la voie à une liberté d'invention affranchie des contraintes de l'imitation.

D'un point de vue philosophique, on peut par ailleurs considérer que ces évolutions reflètent, sur le plan littéraire, la progression du **subjectivisme** déjà constatée en peinture : le sujet humain devient de plus en plus le centre de référence à partir duquel l'art est pensé ; d'abord pour son instruction morale, puis, progrès supplémentaire, en vue de son pur plaisir. Le siècle des Lumières va poursuivre dans cette direction.

Le siècle des Lumières : exprimer et ressentir

Les idées amorcées par Corneille et Mme de Lafayette, entre autres, trouvent leur aboutissement dans la période des Lumières qui témoigne du passage d'un art d'imitation à un art d'expression. Pour autant, l'idée d'imitation ne disparaît pas complètement : en effet, un auteur comme Diderot, par exemple, n'aura de

cesse de travailler au maximum l'illusion théâtrale pour que le spectateur se sente concerné par ce qu'il voit sur scène. Cependant, l'imitation se concentre de moins en moins sur l'image qu'elle véhicule, afin d'accentuer les effets de l'expression sur le récepteur (N. Kremer, *Préliminaires à la théorie esthétique du XVIIIe siècle*). Désormais, les règles ne suffisent plus pour faire un bon ouvrage, la primauté est accordée au sujet et aux impressions qu'il ressent face à l'œuvre d'art. Le plaisir lié à l'œuvre n'est plus dépendant des règles canoniques, mais il vient de sa propension à toucher le spectateur. L'œuvre doit donc « intéresser » (le terme est récurrent sous la plume des écrivains du XVIIIe siècle), c'est-à-dire qu'elle doit provoquer une émotion et toucher dans son cœur celui à qui elle s'adresse. Pour l'abbé Du Bos, qui a théorisé ces idées esthétiques dans un écrit majeur, les *Réflexions critiques sur la poésie et la peinture* (1719), l'art a un effet émotif avant tout. Les imitations ne doivent concerner que des objets capables de nous intéresser (au sens du XVIIIe siècle), ce qui signifie que les passions doivent être son sujet de prédilection. La pensée esthétique de Du Bos est donc remarquable et elle influencera fortement le siècle à venir dans la mesure où elle se détache du rationalisme classique pour proposer une nouvelle conception du goût. La notion de « sentiment » fait ainsi son apparition dans le jugement esthétique, ce qui aura des répercussions importantes dans la manière d'envisager l'œuvre d'art jusqu'à aujourd'hui. Enfin, l'Antiquité n'est plus le modèle indépassable à partir duquel toute œuvre d'art doit être jugée. L'intérêt pour l'extraordinaire se manifeste de plus en plus et l'imitation cède la place progressivement à la création.

La littérature devient le lieu privilégié pour rendre compte de ces bouleversements. Le théâtre du XVIIIe siècle, loin de respecter les grandes règles classiques, invente une nouvelle scène avec des auteurs comme Diderot ou Beaumarchais qui donnent la parole à de nouveaux venus (valets insolents et arrivistes, bourgeois, pères de famille…) et surtout qui accordent une place de choix à la sensibilité et au jeu théâtral : c'est la naissance de la comédie sérieuse autrement appelée drame bourgeois. Quant au roman, il connaît un essor fulgurant au XVIIIe siècle et témoigne du goût des lecteurs pour le récit d'expérience intime. En effet, l'utilisation de la première personne permet de raconter l'évolution d'un être en formation et sa conception personnelle de l'existence (c'est le cas de romans célèbres et plébiscités à l'époque comme *Manon Lescaut* (1731) de l'abbé Prévost et *La Nouvelle Héloïse* (1761) de Rousseau).

TOP CHRONO
C'est l'interro !

Exercice 1 (5 pts) ***10 min***

Rappelez les changements esthétiques majeurs, de la Renaissance au siècle des Lumières.

....

....

....

....

....

Exercice 2 (5 pts) ***10 min***

Quelles sont les règles classiques au théâtre et quel est leur but ?

....

....

....

....

....

Exercice 3 (10 pts) ***20 min***

Dans le Salon de 1767 *Diderot devient critique d'art et commente les toiles qu'il contemple. Dans cet extrait, il évoque la toile d'Hubert Robert intitulée* Grande Galerie du Louvre en ruine *(Robert s'est fait une spécialité des toiles qui représentent des ruines imaginaires).*

Ô les belles, les sublimes ruines ! Quelle fermeté et en même temps quelle légèreté, sûreté, facilité de pinceau ! Quel effet ! quelle grandeur ! quelle noblesse ! Qu'on me dise à qui ces *Ruines* appartiennent, afin que je les vole, le seul moyen d'acquérir quand on est indigent. [...] Avec quel étonnement, quelle surprise je regarde cette voûte brisée, les masses surimposées à cette voûte ! Les peuples qui ont élevé ce monument, où sont-ils ? que sont-ils devenus ? Dans quelle énorme profondeur obscure et muette mon œil va-t-il s'égarer ? À quelle prodigieuse distance est renvoyée la portion du ciel que j'aperçois à travers cette ouverture ! L'étonnante dégradation de lumière ! comme elle s'affaiblit en descendant du haut de cette voûte, sur la longueur de ces colonnes ! comme ces ténèbres sont pressées par le jour de l'entrée et le jour du fond ! On ne se lasse point de regarder. Le temps s'arrête pour celui qui admire. Que j'ai peu vécu ! que ma jeunesse a peu duré ! [...]

Les idées que les ruines réveillent en moi sont grandes. Tout s'anéantit, tout périt, tout passe, il n'y a que le monde qui reste, il n'y a que le temps qui dure. Qu'il est vieux, ce monde ! Je marche entre deux éternités. De quelque part que je jette les yeux, les objets qui m'entourent m'annoncent une fin et me résignent à celle qui m'attend [...]

Montrez que ce texte propose une critique très subjective du tableau d'Hubert Robert.

SCORE

...... pts

21 LE ROMAN, MIROIR DU MONDE

Problématiques

Dans quelle mesure le roman est-il conçu pour refléter le monde et le réel ? Quelles différentes images en propose-t-il ? Quelles différentes esthétiques sont utilisées par les romanciers pour écrire leur vision du réel ?

La littérature, comme toute forme d'art, comprend parmi ses visées fondamentales la volonté de parler de l'homme et du monde. Le roman, forme hybride aux exemples nombreux, répond à cette exigence à travers les siècles. De la Renaissance où se met en place la forme moderne du récit romanesque au siècle des Lumières, diverses esthétiques traduisent la façon dont le roman est utilisé pour parler du monde.

Fonctions du roman

Aux origines du roman : dire un monde complexe

Les origines du roman sont difficiles à définir avec exactitude. Pour mieux les comprendre, on peut suivre la démarche de Georges Dumézil qui analyse ses rapports à l'épopée. L'épopée célèbre par un récit les hauts faits de gloire du héros et la grandeur d'une nation. Elle naît dans les sociétés fortement organisées et prend appui sur des valeurs religieuses et sociales, qui structurent la nation et conduisent l'ensemble du récit. Comme le mythe, l'épopée a surtout une valeur collective.

Le passage au roman traduit alors davantage un changement de valeurs que de formes littéraires. En effet, le roman est également le récit d'actions et d'aventures vécues par un héros ; mais le genre romanesque, contrairement à l'épopée, met l'accent sur la psychologie et sur l'individu. Il questionne l'intégration de l'individu à la société en montrant qu'elle ne va pas de soi et que la place de l'homme dans le monde est une place problématique et délicate. Selon le critique G. Lukacs en effet, le roman apparaît lorsque le monde devient ambigu, que son sens n'est plus évident, ni immédiat, comme il pouvait au contraire l'être dans l'épopée. Le roman, d'après le penseur hongrois, met en scène le conflit qui oppose la conscience moderne à un monde qu'elle tente vainement de saisir. Le roman prend vie lorsque le monde est senti comme complexe. Il va, dans cette mesure, donner à voir la représentation d'une réalité qui ne va pas de soi, qui n'est pas facilement et immédiatement compréhensible. L'image du monde présente dans le roman est une image qu'il faut considérer davantage comme une source d'interrogations que comme l'affirmation de vérités et de certitudes.

Se positionner face au réel

Dans le roman, dire le réel, refléter le monde, n'impose pas nécessairement une posture réaliste. Il existe différents moyens empruntés par les auteurs pour donner leur vision du monde et des hommes. Entre la réalité pure et l'œuvre romanesque se trouve toujours l'intermédiaire de la fiction, créée de toutes pièces par les romanciers, et dont l'éventail peut s'élargir ou se resserrer à l'envi. Le roman est toujours d'abord une fiction, composée d'un monde et de personnages inventés. Mais il s'agit d'un monde qui s'inspire du monde réel à différents degrés. Le roman de chevalerie sélectionne ainsi une part très réduite du réel tel qu'il se présente au Moyen Âge : les chevaliers, leurs aventures merveilleuses, leur quête idéale n'existent pas en tant que tels. Mais les dangers de la vie réelle, la protection à apporter à la société et à ses valeurs et le rôle joué dans cette entreprise par l'aristocratie existent bel et bien : le roman de chevalerie les évoque et les symbolise à travers une focale très réduite de la réalité contemporaine (on ne parle ainsi pas des serfs, ni des récoltes, ni de la mortalité infantile, etc. dans le roman de chevalerie). D'autres romans reproduisent le monde de leur auteur de manière beaucoup plus élargie (on peut penser notamment aux auteurs réalistes du XIXe siècle, qui désirent tout dire de la réalité), ce qu'Albert Camus théorise par ces mots : « Le monde romanesque n'est que la correction de ce monde-ci, suivant le désir profond de l'homme. Car il s'agit bien du même monde. La souffrance est la même, le mensonge et l'amour. Les héros ont notre langage, nos faiblesses, nos forces. Leur univers n'est ni plus beau ni plus édifiant que le nôtre. » (Albert Camus, « Roman et Révolte » dans *L'Homme révolté*).

Dans la période qui nous occupe, entre la Renaissance et le siècle des Lumières, deux grandes tendances orientent l'écriture du roman. Elles ne permettent pas de recouvrir toute la production romanesque, mais elles en donnent une idée honnête et elles invitent à comprendre comment se conçoivent alors la description et la figuration du monde.

À retenir

Le roman a pour vocation de mettre en scène le rapport de l'homme à un monde complexe. Chaque siècle, chaque auteur propose ainsi une image personnelle de sa vision du monde et s'efforce de représenter le monde tel qu'il le perçoit. Les choix des auteurs peuvent alors être très variés, allant d'une représentation très ciblée (on ne montre qu'une petite partie du réel, on la montre par l'intermédiaire de symboles) à une image beaucoup plus large et fidèle (on montre ce qu'on juge être exactement le réel).

Déformer et embellir le réel

Parodie et caricature

Deux grands auteurs de la littérature romanesque du XVIe siècle se servent du roman afin de donner, par une image déformée du réel ou des hommes, leur propre vision du monde. Il s'agit de Cervantès, l'auteur espagnol, et de Rabelais, le romancier français, qui chacun à leur façon reproduisent le monde dans lequel ils vivent à travers le miroir déformant de l'humour. Dans *Don Quichotte*, Cervantès déconstruit les stéréotypes du roman de chevalerie. Son héros, trop grand lecteur de ce genre d'ouvrages, se prend pour un chevalier et décide arbitrairement de partir combattre le mal pour l'amour de sa belle Dulcinée – villageoise sans attrait qui n'aime pas Don Quichotte et qui ignore tout de son entreprise. Sous les yeux de Don Quichotte, les auberges deviennent des palais, les moulins des armées ennemies, les paysannes des princesses : la lecture romanesque a dévoyé sa perception du monde. Dans son ouvrage, Cervantès parodie le roman de chevalerie et se moque de son héros pour précisément rétablir une juste vision de la réalité. Il caricature les lieux communs du roman chevaleresque pour proposer en leur lieu et place une écriture plus réaliste, reposant sur une appréciation plus lucide du monde et aboutissant même pour son personnage à une forme de sagesse. Son roman fait date dans l'histoire de la littérature comme le premier roman moderne psychologique et réaliste.

De la même façon, François Rabelais fait une analyse et une critique du monde dans ses ouvrages *Pantagruel* et *Gargantua*. Les deux géants qui donnent leurs titres aux ouvrages traversent toutes sortes de péripéties amusantes et rendues également comiques par la langue pleine de verve et d'humour de Rabelais. Mais derrière le rire, que Rabelais juge indispensable à son œuvre, l'œuvre ose un regard profond et clairvoyant sur le monde. À travers ses personnages, Rabelais invite notamment à réfléchir sur l'éducation, la religion, le pouvoir, la guerre. Le monde qu'il décrit est bien le monde dans lequel il vit et qui sollicite son jugement et son esprit critique. Il l'évoque à travers la distance offerte par le rire, mais c'est sans conteste de son époque et de ses dysfonctionnements qu'il est question dans ses romans.

Le roman précieux

Dans *Histoire de ma vie*, la romancière George Sand s'essaye à définir sa propre conception du roman. Pour elle, il s'agit inévitablement du récit d'une histoire

d'amour inspirée du réel mais transformée par le processus créateur : « Il faut idéaliser cet amour [...] et ne pas craindre de lui donner toutes les puissances dont on a l'aspiration en soi-même, ou toutes les douleurs dont on a vu ou senti la blessure. Mais, en aucun cas, il ne faut l'avilir dans le hasard des événements ; il faut qu'il meure ou qu'il triomphe, et l'on ne doit pas craindre de lui donner une importance exceptionnelle dans la vie » (*Histoire de ma vie*, IV, 1854).

La définition que George Sand donne ici de sa création romanesque se rapproche à s'y méprendre de celle que développent, au XVIIe siècle, les écrivains précieux. La préciosité désigne un courant de pensée et de mœurs essentiellement vivant entre 1620 et 1650. Il repose sur le désir de raffiner le mode de vie, le langage et les relations entre les hommes. La grossièreté et la rudesse qui président encore à la Cour de France engagent les femmes de la noblesse à se retirer dans les salons de leurs hôtels particuliers parisiens. De là – car ce mouvement est fondé d'abord par des femmes – elles influencent de leurs idées et de leur volonté et le comportement social (c'est l'époque où la politesse et les manières de vivre sont inventées), et la littérature. Soucieuse de développer et de raffiner le langage, elles orientent la littérature vers des formes embellies et idéalisées. Dans leur nombre se trouve le roman qui va véhiculer leurs valeurs et donc donner de l'homme et du monde une image idéalisée.

Les romanciers précieux ne nous sont aujourd'hui plus guère connus. Pourtant, au XVIIe siècle, leurs œuvres connaissent un succès colossal. La *Clélie* de Mlle de Scudéry ou *L'Astrée* d'Honoré d'Urfé sont des triomphes. Ils sont tous deux conçus selon des modèles identiques qui traduisent clairement la volonté de ne refléter du monde que des aspects idylliques et idéaux. Leurs intrigues s'inspirent de la pastorale : dans une Antiquité de convention, dans des régions de forêts et de prés où règne un climat plein de douceur, des bergères et des bergers s'aiment et parlent d'amour. La teneur philosophique de leurs conversations confère aux ouvrages une réelle profondeur. Mais les aventures traversées par les amants, les séparations, les obstacles, s'achèvent toujours sur des retrouvailles qui sanctionnent la force de l'amour. Les portraits des personnages tendent également à montrer l'idéalisation par la beauté. La description physique de Cléomire, personnage féminin du *Grand Cyrus* de Mlle de Scudéry, en témoigne : « Cléomire est grande et bien faite ; tous les traits de son visage sont admirables ; la délicatesse de son teint ne se peut exprimer ; la majesté de toute sa personne est digne d'admiration et il sort je ne sais quel éclat de ses yeux qui imprime le respect dans l'âme de tous ceux qui la regardent. Sa physionomie est la plus belle et la plus noble que

je vis jamais, et il paraît une tranquillité sur son visage qui fait voir clairement qu'elle est celle de son âme ». Tout le portrait repose sur l'usage de l'hyperbole : « admirables… ne se peut exprimer… majesté… la plus belle et la plus noble… ». Le personnage est clairement idéalisé, comme le sont les situations vécues et l'image donnée du monde à travers ce genre de romans.

Au XVIIe siècle, l'idéalisation est cependant une façon de concevoir la reproduction du réel et de l'interroger : on estime que l'art a pour fonction de montrer le monde, ce qu'il doit faire en sélectionnant de la réalité ses éléments parfaits et en les assemblant (cf. fiche n° 20). Le roman précieux met exactement en œuvre cette théorie. Il invite également à une réflexion sur la nature humaine et le monde. Ainsi *L'Astrée* d'Honoré d'Urfé n'est-il pas seulement le récit d'amours enchanteresses sur les bords du Lignon. Il conduit à l'analyse psychologique des différents *états* qui constituent l'âme humaine dans son rapport à l'autre : tendresse, amour, amitié, attirance, mais aussi mépris, jalousie, rejet, etc. Ces cas invitent à un effort de réflexion et de lucidité pour découvrir le fonctionnement de l'esprit humain et déceler le *vrai*. La réalité déformée et embellie n'en est donc pas moins l'expression du réel et le roman précieux, à travers ses héros parfaits et ses intrigues exceptionnelles, se fait pour partie le miroir du monde.

Montrer le réel sans indulgence : vers un roman réaliste

L'idéalisation, si elle est un moyen de montrer le monde, finit toujours par créer une forme de méfiance ou de résistance chez le lecteur : elle ne peint finalement pas le quotidien auquel il se confronte et exige pour le reconnaître un effort de transposition qui n'est pas toujours compris ou pas toujours apprécié. Le critique littéraire Thomas Pavel écrit ainsi : « Si disposés qu'ils soient à chercher au loin, autrefois et ailleurs, le modèle d'un monde unifié et lumineux, d'un monde évoquant la sainteté, la vertu ou l'élégance, les hommes se rendent tout de même compte qu'ils vivent, ici et maintenant, dans un monde défaillant et ténébreux » (Thomas Pavel, *L'Art de l'éloignement*, p. 269).

En réaction aux procédés d'idéalisation, un autre courant romanesque présent aux XVIIe et XVIIIe siècles confie aux romans la peinture plus exacte des mœurs du temps. À l'époque classique, plusieurs romanciers désirent mettre en scène une réalité différente de celle des héros et des grands de ce monde. Dans l'*Histoire comique de Francion* (1623), Charles Sorel raconte ainsi les expériences plus banales de son héros : vie au collège, jeunesse à Paris, fréquentation des librairies,

etc. Sorel rapporte d'ailleurs à propos de son roman qu'il a « représenté aussi naïvement qu'il se pouvait faire les humeurs et les propos ordinaires de toutes les personnes » qu'il a placées dans son livre. De la même façon, dans *Le Roman Comique* (1651), Paul Scarron raconte les aventures d'une troupe de comédiens ambulants dans la ville du Mans et dans ses environs. Furetière écrit en suivant la même orientation esthétique son *Roman bourgeois* (1666). L'incipit traduit à cet égard un rejet explicite de la littérature idéalisante. Il ouvre en effet son texte par les mots : « Je chante les amours et les aventures de plusieurs bourgeois de Paris », parodiant clairement le début de l'épopée – « Je chante les amours et les aventures » – particulièrement celle de Virgile, *L'Énéide* (qui commence ainsi : « Je chante les guerres et les hommes »). La suite de la phrase, annonçant un récit autour de personnages des plus ordinaires, crée alors un effet de contraste et établit clairement les intentions de l'auteur : peindre le monde qui existe et non plus les aventures fabuleuses de héros hors du commun. En souhaitant parler de la bourgeoisie, Furetière ne recherche pas le dépaysement de son lecteur ; il le ramène au contraire au cœur de la réalité, dont il donne une peinture fidèle. Ce qui prime dans ces romans n'est plus alors l'invention, mais la finesse de l'observation.

Cette tendance centrée sur l'exigence de vérité regroupe l'essentiel des grands romans de l'âge classique. Après le déclin de l'épopée et du roman précieux, rares sont les textes qui vont s'engager dans la voie d'une idéalisation du réel. Il en existe bien sûr quelques-uns, mais ils ne constituent pas la tendance majoritaire. Au contraire, des œuvres comme *La Princesse de Clèves* ou *La Nouvelle Héloïse* ont toutes l'ambition de donner un sentiment vrai des mœurs, des comportements et des mentalités de leur temps. La peinture suit d'ailleurs cette même orientation au XVIIe siècle avec des tableaux comme ceux des frères Le Nain qui composent des toiles mettant en scène, sans l'embellir, le monde paysan.

Frères Le Nain, *L'Heureuse famille*, 1642

http://cartelfr.louvre.fr/cartelfr/visite?srv=car_not_frame&idNotice=14535

TOP CHRONO
C'est l'interro !

Exercice 1 (4 pts) ***5 min***

Cherchez sur internet une reproduction du tableau de Jean Siméon Chardin, *L'Enfant au toton*, 1738.

Dites en quoi le peintre cherche à représenter le réel sans l'embellir.

....

....

....

....

....

....

....

Exercice 2 **4 pts** **5 min**

Lisez les extraits suivants :

Au reste, l'esprit et l'âme de cette merveilleuse personne surpassent de beaucoup sa beauté ; le premier n'a pas de bornes dans son étendue et l'autre n'a point d'égale en générosité, en constance, en bonté, en justice et en pureté.

Mlle de Scudéry, *Le Grand Cyrus*, 1649-1653

Les cheveux de mon usurier étaient plats, soigneusement peignés et d'un gris cendré. Les traits de son visage, impassible autant que celui de Talleyrand, paraissaient avoir été coulés en bronze. Jaunes comme ceux d'une fouine, ses petits yeux n'avaient presque point de cils et craignaient la lumière ; mais l'abat-jour d'une vieille casquette les en garantissait.

Balzac, *Gobseck*, 1840

Quelle image les auteurs cherche-t-il à donner de leur personnage ? Par quel(s) procédé(s) ?

....

....

....

....

....

....

Exercice 3 (12 pts)

15 min

Lisez le texte suivant :

Le soleil avait achevé plus de la moitié de sa course et son char, ayant attrapé le penchant du monde, roulait plus vite qu'il ne voulait. Si ses chevaux eussent voulu profiter de la pente du chemin, ils eussent achevé ce qui restait du jour en moins d'un demi-quart d'heure ; mais, au lieu de tirer de toute leur force ils ne s'amusaient qu'à faire des courbettes, respirant un air marin qui les faisait hennir et les avertissait que la mer était proche, où l'on dit que leur maître se couche toutes les nuits. Pour parler plus humainement et plus intelligiblement, il était entre cinq et six quand une charrette entra dans les halles du Mans.

[...] Un jeune homme, aussi pauvre d'habits que riche de mine, marchait à côté de la charrette. Il avait un grand emplâtre[1] sur le visage, qui lui couvrait un œil et la moitié de la joue, et portait un grand fusil sur son épaule, dont il avait assassiné plusieurs pies, geais et corneilles, qui lui faisaient comme une bandoulière au bas de laquelle pendaient par les pieds une poule et un oison qui avaient bien la mine d'avoir été pris à la petite guerre[2]. Au lieu de chapeau, il n'avait qu'un bonnet de nuit entortillé de jarretières de différentes couleurs, et cet habillement de tête était une manière de turban qui n'était encore qu'ébauché et auquel on n'avait pas encore donné la dernière main. Son pourpoint était une casaque de grisette[3] ceinte avec une courroie, laquelle lui servait aussi à soutenir une épée qui était aussi longue qu'on ne s'en pouvait aider adroitement sans fourchette.

Paul Scarron, *Le Roman Comique*, 1651

a. Par une étude précise du premier paragraphe, montrez comment Scarron rejette ici le roman précieux et ses codes.

1. Préparation blanche et épaisse appliquée sur la peau.
2. Avaient été braconnés.
3. Casaque de grisette : cape ou manteau gris employé pour les femmes du peuple, alors appelés « grisettes ».

b. Étudiez le portrait du jeune homme et expliquez en quoi l'auteur cherche ici à reproduire le réel.

SCORE

...... pts

22 IMAGINER DES CITÉS IDÉALES

Problématiques

Qu'est-ce que l'imagination ? Quels sont ses défauts et ses qualités ? Qu'est-ce qu'une utopie et à quoi sert-elle ?

Vertu et mirages de l'imagination

L'imagination est la production mentale de représentations sensibles, qu'il faut distinguer de la perception sensorielle et de la conceptualisation d'idées abstraites (J.-J. Wunenburger). Dès l'Antiquité, l'imagination est au cœur de la connaissance de l'homme : on imagine, c'est-à-dire qu'on se représente intérieurement une chose existante, pour l'examiner, pour y réfléchir... Au Moyen Âge, elle a toute sa place également car l'univers étant considéré comme un grand miroir symbolique du divin, les hommes pensent en images. Pour saint Augustin, par exemple, l'imagination permet à l'homme de se créer des fictions par lesquelles son esprit peut le guider vers l'objet à connaître : penser avec des images est une tâche essentielle dans le processus cognitif selon l'évêque d'Hippone. Il va même plus loin puisque d'après lui, la pensée se sert des images pour saisir Dieu : l'imagination s'avère alors un outil d'appréhension du divin.

On distingue traditionnellement une imagination reproductrice (qui serait la reproduction des contenus perceptifs : l'imagination est alors la faculté de se représenter les objets absents, comme s'ils étaient présents, ce qui lui confère une certaine ressemblance avec la mémoire), et une imagination créatrice (qui invente de toutes pièces des images neuves). Mais qu'elle soit l'une ou l'autre, l'imagination se construit toujours en fonction du réel : tantôt pour le suppléer, tantôt pour l'amplifier, ou encore pour le fuir.

À la période baroque, c'est-à-dire dans la première moitié du XVIIe siècle, l'imagination est exaltée : les auteurs lui donnent la parole à travers notamment le roman pastoral ou précieux (cf. la fiche n° 21, « Le roman, miroir du monde ») qui fait la part belle aux aventures extraordinaires dans un univers champêtre de fantaisie. Toutefois, la deuxième moitié du siècle n'est plus si bienveillante à l'égard de l'imagination. La quête de la vérité qui prime chez les philosophes rationalistes (comme Descartes ou Malebranche par exemple), conduit certains penseurs à afficher leur mépris pour elle. Pour Pascal, l'imagination est « cette maîtresse d'erreur et de fausseté [...] d'autant plus fourbe qu'elle ne l'est pas toujours [...] marquant du même caractère le vrai et le faux » (*Pensées*, 78). L'imagination déforme ainsi la réalité car elle « grossit les petits objets jusqu'à

en remplir notre âme, par une estimation fantastique ; et, par une insolence téméraire, elle amoindrit les grands jusqu'à sa mesure, comme en parlant de Dieu » (*Pensées*, 84). Quant à Descartes, il l'oppose à l'entendement qui nous donne une idée claire et distincte d'un chiliogone (figure à mille côtés) alors que cette même figure est impossible à imaginer. À l'âge classique, l'imagination doit donc être subordonnée à la raison.

L'ambivalence de l'imagination trouve sa parfaite expression chez Rousseau qui est un des premiers écrivains à l'analyser de façon exhaustive tout en soulignant ses points positifs et négatifs. L'imagination est en effet ce qui permet à l'homme de la nature de sortir de son état primitif puisqu'elle introduit une insatisfaction des désirs : elle l'oblige à être la proie d'une prévoyance infinie qui rompt avec l'état de bonheur insouciant des premiers temps. Toutefois, la faculté d'imaginer permet aussi à l'homme de s'améliorer, d'évoluer et de créer. Elle est également cette force consolatrice lui permettant d'imaginer une société rêvée et idéale, et l'écrivain lui-même refuse de plus en plus le réel pour vivre au « pays des chimères ». Cette fascination pour l'imagination est annoncée dès le début des *Confessions*, lorsque le penseur assure que la vraie jouissance ne réside pas dans sa réalisation concrète mais dans la fiction : « Je n'ai pas laissé de jouir beaucoup à ma manière, c'est-à-dire par l'imagination ».

À retenir

L'imagination est ambivalente car elle est non seulement créatrice et libératrice (c'est la « reine des facultés » selon Baudelaire) mais elle conduit également l'homme sur le chemin de l'erreur et de la fausseté.

Les utopies

L'ambivalence de l'imagination ne se résume pas seulement à une condamnation ou à une célébration des facultés particulières qui sont les siennes. Son caractère paradoxal se manifeste également à travers la réflexion sur les utopies : en effet, les modèles que proposent les utopies sont purement fictifs, alors qu'ils prennent appui sur la réalité du monde présent. De plus, l'utopie, née de l'imagination féconde d'un écrivain ou d'un penseur, entend construire un modèle raisonnable et rationnel. Le paradoxe, qui voit fleurir pendant la période des Lumières les écrits d'imagination que sont les récits utopiques, n'est donc qu'apparent : lorsque la raison triomphe, le modèle utopique a toute sa place.

Les origines d'un mot

Le mot « utopie » doit sa naissance à Thomas More, avocat et humaniste anglais de la Renaissance. Celui-ci invente, dans son œuvre la plus célèbre *Utopia* (1516), une île imaginaire du même nom, dans laquelle il décrit une société idéale. Le mot « Utopia » est formé par More à partir de deux mots grecs : « u » qui est un préfixe privatif et « topos » signifiant « le lieu ». Utopia est donc un « non lieu », un lieu qui n'existe pas, un lieu de nulle part. Rabelais reprendra ensuite le terme pour lui donner sa forme actuelle « utopie » en 1532.

Définition

L'utopie désigne « tout projet, toute construction intellectuelle purement imaginaire et spéculative, et, comme telle, irréalisable » (Julien Freund, *Utopie et violence*).

L'utopie ne naît pas à la Renaissance, elle est l'aboutissement d'une longue tradition qui, depuis l'Antiquité, imagine un âge d'or des temps primitifs où régneraient l'harmonie et le bonheur entre les hommes. Hésiode dans *Les Travaux et les jours* décrit ce moment idéal d'une humanité exempte de toute souffrance, où les hommes « vivaient comme des dieux, le cœur libre de soucis, à l'écart et à l'abri des peines et des misères [...] Tous les biens étaient à eux : le sol fécond produisait de lui-même une abondante et généreuse récolte, et eux, dans la joie et la paix, vivaient de leurs champs, au milieu de biens sans nombre ».

Dans la *République*, Platon imagine à son tour une cité idéale qui offrirait à ses citoyens une existence vertueuse et juste parce que les rênes du pouvoir sont confiées aux philosophes-rois. Puisque ces derniers consacrent leur vie au savoir et la vérité, ils sont les plus à mêmes, selon Socrate, de gouverner la cité.

Il faut enfin rappeler que le jardin d'Éden de la Genèse est une autre des sources d'inspiration de l'utopie : ce lieu de délices et de plaisirs (c'est le sens du mot « eden » en hébreux) est l'endroit où Dieu place l'homme avant la faute originelle. Là encore, la situation géographique est très floue : « en Orient », dit le texte sacré, selon une tradition qui considère que tous les peuples naissent à l'endroit où le soleil se lève.

Caractéristiques de l'utopie

Pays imaginaire ou cité de nulle part, l'utopie se caractérise d'abord par le fait qu'elle est un lieu clos et protégé. Elle prend souvent une forme insulaire, l'île

permettant ainsi d'inscrire l'utopie dans un ailleurs tout en la rendant difficile d'accès, ce qui permet à ses habitants de vivre dans une autarcie nécessaire à leur projet idéal. Les cités maritimes sont donc nombreuses dans la littérature utopique, et quand ce n'est pas le cas, la ville imaginaire se construit souvent au bord d'un fleuve (l'abbaye de Thélème est située au bord de la Loire par exemple). À cela s'ajoute que l'utopie est également une « uchronie », c'est-à-dire qu'elle est d'un autre temps, d'un temps qui n'existe pas.

Lorsqu'ils imaginent des utopies, les penseurs s'attachent bien souvent à décrire de manière précise et rigoureuse l'organisation spatiale qui la structure. En effet, il s'agit de faire en sorte que la cité idéale, dans son architecture, reflète la structure sociale qui la gouverne. Par exemple, les Utopiens de Thomas More habitent des villes qui sont toutes bâties sur le même plan, suggérant ainsi le caractère égalitaire qui préside à l'organisation sociale. L'inverse est aussi vrai : la géographie du lieu doit favoriser l'épanouissement de l'homme, tant sur le plan matériel qu'intellectuel : quand Rabelais, dans *Gargantua*, (1534) décrit l'abbaye de Thélème (dont le nom en grec signifie « volonté »), il imagine qu'une bibliothèque occupe toute une aile de l'abbaye, que des terrains de jeu et des bains trouvent place à l'extérieur des bâtiments et il agrémente les abords de l'abbaye d'un « beau jardin ». Tout est prévu pour que les Thélémites (qui sont aussi bien des hommes que des femmes) puissent développer harmonieusement leur corps et leur esprit. Géométrie et symétrie sont donc les maîtres-mots des cités utopiques où l'homme vit la plupart du temps en harmonie avec la nature qui l'entoure.

Fonctions de l'utopie

Le but premier de l'utopie est politique : il s'agit de critiquer la société, de façon détournée, en jouant sur le contraste que représente la cité utopique au regard des sociétés réelles. Ainsi, l'Eldorado, dans *Candide* présente-t-il une image inversée de la monarchie absolue dénoncée par Voltaire : dans ce pays imaginaire, l'on fait peu de cas de l'or et des pierreries, le Monarque est affable et se laisse embrasser sur les deux joues, comme n'importe qui, les prisons n'existent pas, enfin un « palais des sciences » souligne la primauté accordée au savoir et à la connaissance. Voltaire propose donc un contre-modèle à la société d'Ancien Régime : pouvoir absolu, justice répressive, culte de la personnalité royale et goût immodéré pour les richesses sont autant de maux qui n'existent pas en Eldorado.

L'utopie sert également aux écrivains à partager leurs questionnements philosophiques sur l'homme et sa place dans le monde. On citera à titre d'exemple les *États et empires de la lune et du soleil* (1657-1662) de Cyrano de Bergerac où le narrateur, en racontant son voyage sur la lune et les découvertes étonnantes qu'il y fait, propose une conception libertine du monde fondée sur un matérialisme largement inspiré du philosophe grec Épicure. De fait, le narrateur des *États* se voit expliquer la création du monde au moyen d'un argumentaire qui récuse le texte biblique : composé d'atomes, le monde ne doit sa création qu'au hasard et à la nécessité. L'utopie lunaire devient ainsi le moyen pour Cyrano de développer ses théories athées.

Définition

Libertinage : au XVIIe siècle, le libertinage est un mouvement contestataire qui vise à expliquer l'univers grâce à la seule raison. Les libertins remettent alors en cause la religion (ils sont athées), le pouvoir royal et la morale traditionnelle : puisque Dieu n'existe pas, l'homme doit profiter de son existence terrestre. Toutefois, cela n'empêche pas le libertin de jouir des plaisirs terrestres avec une certaine modération : on est loin de l'image péjorative traditionnellement associée au « libertin ».

On le voit, l'utopie ne cherche pas uniquement à décrire un monde chimérique : la réalité, même si elle sert de repoussoir, est à l'origine de la construction utopique. Le but des écrivains est alors de proposer un nouveau monde, une nouvelle possibilité d'envisager la société et de vaincre ses maux pour la rendre réellement meilleure. L'imagination et la fiction ne relèvent donc pas de l'impossible mais ont leur rôle à jouer pour améliorer la réalité.

Les aventures de Télémaque (1699), une œuvre utopique d'importance

Le XVIIIe siècle est friand des textes utopiques car ils sont le creuset d'une pensée politique qui interroge le pouvoir et l'éducation du citoyen. Ces modèles utopiques puisent notamment aux sources de l'œuvre de Fénelon qui, dans son œuvre intitulée *Les aventures de Télémaque* (le héros en est le fils d'Ulysse, parti à la recherche de son père) propose la description de plusieurs cités idéales dont certaines ont fortement influencé les écrivains, et ce, jusqu'au XIXe siècle. Le but de Fénelon, par l'entremise de ces cités utopiques, est de réfléchir à la meilleure forme de gouvernement possible tout en donnant au Prince les moyens d'affronter la puissance mortifère du pouvoir politique. Deux descriptions utopiques ont particulièrement retenu l'attention des hommes des Lumières : celle de la Bétique

(qui renoue avec la tradition de l'âge d'or) et celle de Salente. Pour cette dernière, l'originalité vient de ce que le lecteur assiste au processus créateur de la cité utopique. En effet, les livres X et XI de l'ouvrage relatent la renaissance de Salente et de son roi, totalement réformés par les soins du philosophe Mentor (le guide de Télémaque) afin de répondre aux exigences idéales du bon gouvernement. La force de Fénelon est de proposer une éducation du Prince qui repose sur la douceur et sur la bienveillance d'un roi pour son peuple. L'écrivain imagine donc une cité d'amour où le politique est lié au spirituel : la nouvelle cité se construit dans une communion entre un roi et ses sujets, où l'échange est avant tout d'ordre amoureux. Idoménée, le roi de Salente, est désormais converti à la douceur et à l'amour du prochain :

> « Alors Idoménée avoua à Mentor qu'il n'avait jamais senti le plaisir aussi touchant que celui d'être aimé et de rendre tant de gens heureux.
>
> – Je ne l'aurais jamais cru, disait-il, il me semblait que toute la grandeur des princes ne consistait qu'à se faire craindre »
>
> (livre X)

Le passage sur Salente est à la frontière des textes utopiques dans la mesure où l'on voit l'utopie prendre forme sous nos yeux. Mais plus encore, l'ambition de Fénelon est d'agir pleinement sur le réel puisque le texte des *Aventures de Télémaque*, qui n'avait pas vocation à être publié à l'origine, a pour destinataire le duc de Bourgogne, petit-fils de Louis XIV : l'œuvre s'inscrit dans la tradition des « miroirs des Princes » c'est-à-dire des textes écrits en vue de l'instruction royale d'un futur souverain. Fénelon propose ainsi une nouvelle manière d'envisager l'utopie en la faisant dépendre entièrement de l'éducation des hommes et en imaginant une réforme morale et politique réalisable, pour une société meilleure. À sa suite, le XVIIIe siècle s'inspirera de cette idée en faisant de l'éducation des enfants une des pierres angulaires du progrès de la civilisation.

TOP CHRONO
C'est l'interro !

Exercice 1 (5 pts) ***10 min***

Donnez la définition des mots suivants :

- imagination

....

....

- utopie

....

....

- uchronie

....

....

- miroir des Princes

....

....

- libertinage

....

....

Exercice 2 (5 pts) ***10 min***

Pourquoi l'imagination est-elle considérée comme ambivalente ? Expliquez cette idée en illustrant votre réponse avec des références littéraires ou philosophiques.

....

....

....

....

....

....

....

Exercice 3 (10 pts) **10 min**

Observez la toile attribuée à Luciano Laurana, *La Cité idéale* ou *Panneau d'Urbino* (huile sur bois 67 × 240 cm), peinte vers 1470. Quels principes régissent cette cité idéale ?

....

....

....

....

....

....

Exercice 4 (10 pts) **15 min**

Lisez cet extrait de *L'Utopie* de Thomas More où le voyageur Raphaël Hytlodée raconte par quels moyens les Utopiens parviennent au « bonheur public ». Retrouvez-les dans le texte.

« Le seul moyen d'organiser le bonheur public c'est l'application du principe de l'égalité. L'égalité est impossible dans un État où la possession est solitaire et absolue ; car chacun s'y autorise de divers titres et droits pour attirer à soi autant qu'il peut, et la richesse nationale [...] finit par tomber en la possession d'un petit nombre d'individus qui ne laissent aux autres qu'indigence et misère. [...].

Le but des institutions sociales en Utopie est de fournir d'abord aux besoins de la consommation publique et individuelle, puis de laisser à chacun le plus de temps possible pour [...] cultiver librement son esprit [...].

Chaque père de famille va chercher au marché ce dont il a besoin pour lui et les siens. Il emporte ce qu'il demande, sans qu'on exige de lui ni argent ni échange. On ne refuse jamais rien aux pères de famille. L'abondance étant extrême en toute chose, on ne craint pas que quelqu'un demande au-delà de son besoin. En effet, pourquoi celui qui a la certitude de ne manquer jamais de rien chercherait-il à posséder plus qu'il ne lui faut ? Ce qui rend les animaux en général cupides et rapaces, c'est la crainte des privations à venir. Chez l'homme en particulier, il existe une autre cause d'avarice, l'orgueil, qui le porte à surpasser ses égaux en opulence et à les éblouir par l'étalage d'une richesse superflue. Mais les institutions utopiennes rendent ce vice impossible.

La nature, disent-ils encore, invite tous les hommes à s'entraider mutuellement, et à partager en commun le joyeux festin de la vie [...]. C'est pourquoi les Utopiens pensent qu'il faut observer non seulement les conventions privées entre simples citoyens, mais encore les lois publiques qui règlent la répartition des commodités de la vie.

Partout où la propriété est un droit individuel, où toutes choses se mesurent par l'argent, là on ne pourra jamais organiser la justice et la prospérité sociale, à moins que vous n'estimiez parfaitement heureux l'État où la fortune publique se trouve la proie d'une poignée d'individus insatiables de puissance, tandis que la masse est dévorée par la misère. Aussi quand je compare les institutions utopiennes à celles des autres pays, je ne puis assez admirer la sagesse et l'humanité d'une part et déplorer de l'autre, la déraison et la barbarie. »

De la description de l'île d'Utopie, second Livre, d'après la traduction de Jean Le Blond

SCORE

...... *pts*

Chapitre 3

L'homme et l'animal

23

LES ANIMAUX ONT-ILS UNE ÂME ?

Problématiques

Comment a-t-on pensé le rapport entre l'homme et l'animal de la Renaissance aux Lumières ? Y a-t-il une différence de *nature* ou seulement de *degré* entre les bêtes et l'être humain ? Et quelle conduite devons-nous adopter envers elles et envers la Nature en général ?

La Renaissance : naissance d'un questionnement

Définition

L'humanisme est un mouvement intellectuel de la Renaissance qui veut renouer avec la culture antique, valorise la connaissance et la réflexion individuelle et promeut les idées de liberté, de progrès et de tolérance.

Moyen Âge et début de la Renaissance : l'homme, sommet de la Création

Quand l'humanisme apparaît, au début de la Renaissance, il hérite d'abord de la conception médiévale de l'homme comme sommet de la Création (voir la fiche n° 15, « Du monde clos à l'univers infini »). Selon celle-ci, l'homme est le seul être créé par Dieu à son image, et il a été placé sur Terre pour Le représenter et exercer en son nom une autorité sur toutes les espèces vivantes (« Soyez féconds, multipliez, emplissez la terre et soumettez la ; dominez sur les poissons de la mer, les oiseaux du ciel et tous les animaux qui rampent sur la terre », *Genèse*, I. 28). Cette « domination » doit cependant s'entendre au sens étymologique du mot : c'est le pouvoir que le maître de maison, le *dominus*, doit exercer sur sa maisonnée, c'est-à-dire une autorité bienveillante qui prend soin de l'intérêt collectif et non un pouvoir égoïste et tyrannique.

Les définitions de la vie et de la nature humaine admises alors proviennent par ailleurs d'**Aristote** (384-322 av. J.-C.). Dans le traité *De l'Âme*, le philosophe grec expliquait la vie par la présence, chez tous les êtres vivants, d'un principe métaphysique appelé « âme » (*psyché*, en grec), qui anime leur corps et le différencie de la matière inerte. Il distinguait ainsi trois types d'âmes, correspondant à la hiérarchie des espèces vivantes :

- *L'âme végétative*, commune aux plantes, aux hommes et aux animaux, responsable des processus biologiques de base (croissance, nutrition, respiration, reproduction). C'est la seule âme présente chez les végétaux.

- *L'âme sensori-motrice*, commune aux animaux et aux humains, responsable des sensations, des émotions et du mouvement volontaire.
- *L'âme rationnelle*, propre à l'homme, lui conférant l'usage de la parole et de la raison (*logos*), c'est-à-dire la capacité de penser et de communiquer.

Dans cette perspective, l'homme est donc le couronnement d'une hiérarchie graduelle des espèces, où toutes les formes de vie sont néanmoins conçues comme dotées d'une âme de complexité variable. Il y a ainsi à la fois continuité et distinction de nature entre l'homme et les autres animaux.

Dans un premier temps, les humanistes de la Renaissance ne remettront pas en question cette vision de l'homme et de l'animal. Ils auront même tendance à l'accentuer en insistant sur le caractère exceptionnel de l'humanité. Ainsi, dans son célèbre discours *De la dignité de l'homme* (1486), l'humaniste florentin Jean **Pic de la Mirandole** (1463-1494), reprenant implicitement le mythe de Prométhée, affirmera que lors de la création l'homme fut à la fois désavantagé par rapport aux animaux sur le plan physique et avantagé sur le plan intellectuel et spirituel. D'une part parce que, ne possédant aucun attribut physique lui permettant de survivre dans la nature sauvage (griffes, crocs, pelage, ailes…), il fut en revanche pourvu, avec la raison, d'une faculté de réflexion lui permettant d'inventer des artifices (outils, techniques…) afin de pallier ses carences naturelles et d'assurer ainsi à la fois sa survie et sa domination sur les autres animaux. Et d'autre part parce qu'il fut la seule créature à qui Dieu aurait conféré le pouvoir extraordinaire de définir sa propre nature : « Pour les autres, leur nature est définie par des lois que nous avons prescrites ; toi, tu n'es limité par aucune barrière, c'est de ta propre volonté, dans le pouvoir de laquelle je t'ai placé, que tu détermineras ta nature », aurait ainsi déclaré Dieu à Adam après l'avoir créé. On a là peut-être la première apparition d'une idée, celle du caractère indéterminé de la nature humaine, qui sera appelée à jouer un rôle crucial au siècle des Lumières (voir la fiche n° 24, « La culture, la nature et l'histoire »). À la fin du XVe siècle cependant, cette idée s'insère dans la vision antico-médiévale sans la remettre en cause.

Le statut de l'homme remis en question par l'humanisme sceptique

C'est à partir de la deuxième moitié du XVIe siècle, et notamment avec l'humaniste français Michel de **Montaigne** (1533-1592) et son disciple Pierre **Charron** (1541-1603), que la supériorité de l'homme sur l'animal se voit questionnée, de façon

radicale. Représentant d'un humanisme sceptique[1], Montaigne critique ainsi la vanité qui pousse l'homme à s'arroger une place indue dans la Création : « La plus calamiteuse et fragile de toutes les créatures c'est l'homme, et en même temps la plus orgueilleuse. Elle se sent et se voit logée ici parmi la bourbe et la fiente du monde [...] et se va plantant par imagination au-dessus du cercle de la lune, et ramenant le ciel sous ses pieds. C'est par la vanité de cette même imagination qu'il s'égale à Dieu, [...] qu'il se trie soi-même de la presse des autres créatures [...] et leur distribue telle portion de facultés et de forces que bon lui semble. » (*Essais*, II.12, 1580, trad. Pierre Michel). Car rien ne justifie une telle prétention aux yeux de Montaigne, qui s'attaque aux prétendus privilèges de l'être humain. La parole ? Mais les animaux aussi ont leurs langages, et notre incapacité à les comprendre ne plaide pas en faveur de notre intelligence... La vie en société et la politique ? Mais l'organisation d'une ruche ou d'une fourmilière surpasse de loin n'importe quelle cité humaine en termes d'unité et d'harmonie. L'habileté technique ? Mais le meilleur architecte ne sera jamais capable de construire des hexagones aussi parfaits que ceux des abeilles. La raison, enfin ? Mais les oiseaux qui construisent leur nid ou l'araignée qui file sa toile en s'adaptant exactement aux circonstances font assurément preuve de prévoyance et d'intelligence. De quel droit leur dénions-nous la pensée et dénigrons-nous leurs capacités en les attribuant à un « instinct » supposé méprisable, alors que celui-ci « surpasse en toutes commodités tout ce que peut notre divine intelligence » ? Au contraire, cette raison dont nous sommes si infatués est la source de vices et de maux innombrables, inconnus des animaux : le mensonge, le péché, l'inconstance, l'irrésolution, le désespoir... L'homme, en définitive, est donc « d'une condition fort moyenne », et il y a si peu de fossé entre lui et les bêtes que même « il y a plus de différence d'homme à homme que d'homme à bête ». Se voit ainsi complètement récusée l'idée d'une différence de nature entre eux.

Mais Montaigne ne se contente pas de critiquer l'anthropocentrisme, il en tire aussi les conséquences éthiques. Confessant une répugnance inhabituelle pour son temps à voir persécuter les bêtes, il affirme ainsi que l'existence d'un « commerce » entre nous et les animaux fonde une « obligation mutuelle », si bien que, comme le dira Pierre **Charron**, « nous devons justice aux hommes et la bienveillance et la bonté aux autres créatures, car elles-mêmes en sont capables » (*De la sagesse*, 1604). Montaigne anticipe ainsi ceux qui, à partir du XIXe siècle, défendront l'idée

1. *Scepticisme* : courant philosophique issu de l'Antiquité, qui pratique le doute et remet en cause la possibilité pour l'homme de parvenir à des connaissances certaines.

que les animaux ont des droits (voir la fin de la section « Sensibilité et devoir de bienveillance au siècle des Lumières ») et va même jusqu'à poser l'existence d'un droit du vivant en général, en parlant d'un « devoir général d'humanité, non aux bêtes seulement qui ont vie et sentiment, mais aux arbres mêmes et aux plantes » (*Essais*, II.11), annonçant ainsi les débats contemporains sur « l'éthique de l'environnement ».

À retenir

La Renaissance voit l'apparition d'une première remise en cause du statut privilégié de l'être humain par rapport aux autres animaux.

La querelle de l'âme des bêtes (XVIIe – XVIIIe siècle)

La rupture moderne : Descartes et les animaux-machines

Si la Renaissance avait esquissé une remise en question de l'anthropocentrisme médiéval, l'Âge classique allait introduire une coupure majeure, autrement plus profonde. C'est dans l'œuvre de René **Descartes** (1596-1650) que s'opère cette rupture qui va poser les termes d'un débat qui durera près de deux siècles, et dont les prolongements se font encore sentir de nos jours.

Dans le sillage du changement de modèle cosmologique (voir la fiche n° 15, « Du monde clos à l'univers infini »), Descartes défend une conception entièrement nouvelle de la nature, qui ne voit en elle qu'un ensemble de mécanismes physiques obéissant à des lois mathématiques. Le *Discours de la méthode* (1637) explique ainsi que la matière se réduit à l'étendue géométrique, et que tous les phénomènes physiques peuvent s'expliquer par « nombre, figure et mouvement », sans qu'il soit nécessaire de faire intervenir des forces mystérieuses ou des causes finales[1]. Descartes affirme ainsi que la nature est entièrement compréhensible par la raison humaine, et qu'il n'y a en elle aucun « esprit » ou aucune « âme », mais seulement des rouages matériels aveugles. Seul l'homme possède une âme immatérielle, qui le dote de la capacité de penser et de contrôler son corps selon sa volonté ; en atteste l'expérience de pensée du doute radical, qui aboutit au fameux *cogito* (« Je pense, donc je suis »). Descartes est ainsi le père de ce que

1. *Cause finale* : explication d'un phénomène par sa finalité (son but), dans la philosophie antique et médiévale (ex : la cause finale de la croissance d'une graine = la plante adulte).

l'on appelle la conception *mécaniste* de la nature[1], qui va sous-tendre toute la science classique, et d'une forme de *dualisme psycho-physique*[2] qui va servir de point de départ aux discussions modernes sur le rapport esprit / corps.

Dès lors, les animaux et tous les êtres vivants en général ne sont plus que de simples machines dépourvues de toute pensée et de toute sensibilité, comparables à des montres ou des automates créés de main d'homme (mais néanmoins beaucoup plus complexes, car créés par Dieu). C'est la **théorie des « animaux-machines »**, qui s'inscrit aussi bien en rupture avec la pensée de Montaigne qu'avec la conception aristotélicienne : il n'y a plus d'« âme végétative » ni d'« âme motrice », dans cette doctrine, puisque tous les phénomènes biologiques peuvent s'expliquer de façon mécaniste. Seule l'âme humaine est réelle, et par conséquent seul l'homme est capable de penser, mais aussi d'éprouver des sensations et des émotions. Car malgré les apparences, les animaux sont complètement dépourvus de ces dernières !

Pour appuyer cette doctrine fortement contre-intuitive, Descartes avance deux arguments. Le premier est celui du langage. Les animaux en sont nécessairement dépourvus, car, si ce n'était pas le cas, ils devraient pouvoir se faire entendre de nous. Et ce n'est pas l'absence des organes nécessaires à la parole qui est en cause, puisque certains les possèdent, comme la pie ou le perroquet, mais ceux-ci peuvent tout au plus apprendre à répéter mécaniquement des suites de sons dépourvus de tout sens à leurs yeux. Les cris, chants, aboiements et autres bruits émis par les animaux ne constituent donc pas un véritable langage propre à exprimer la pensée, mais simplement des moyens pour eux de communiquer leurs « passions » c'est-à-dire les états internes causés en eux par les stimuli extérieurs, et qui contrairement aux véritables passions humaines sont complètement dépourvus de conscience. Le deuxième argument qui montre que les animaux ne sont que des machines est paradoxalement qu'ils font beaucoup de choses mieux que nous ! Mais c'est toujours pour une tâche rigide et bien définie, et « cela même sert à prouver qu[e les bêtes] agissent naturellement et par ressort, ainsi qu'une horloge, laquelle montre bien mieux l'heure qu'il est, que notre jugement ne nous l'enseigne. Et sans doute que, lorsque les hirondelles viennent au printemps, elles agissent en cela comme des horloges ». (*Lettre à Newcastle*, 1646).

1. *Conception mécaniste* : conception selon laquelle tout dans la nature peut s'expliquer par la transmission de mouvement (*mécanè*, en grec) qui a lieu lors du choc entre deux corps.
2. *Dualisme psycho-physique* : conception qui affirme que l'esprit et le corps sont deux réalités de nature distincte.

À ces deux arguments, le disciple de Descartes Antoine **Dilly** (?-1676), viendra en ajouter un troisième, d'ordre éthique et théologique : si les animaux avaient une âme et étaient doués de sensibilité, alors l'homme n'aurait pas le droit de les traiter comme il le fait souvent, en les tuant pour son plaisir ou en les exploitant sans ménagement, et Dieu serait injuste et cruel de les laisser ainsi souffrir alors qu'ils sont innocents du péché originel... Or, puisque ces deux conséquences sont inacceptables, on doit affirmer que les animaux sont insensibles et dépourvus d'âme (*De l'âme des bêtes*, 1676) ! Si bien que, selon un autre philosophe cartésien, les apparents cris de souffrance d'une chienne qu'on bastonne ne sont en fait que le bruit causé par le grincement de ses rouages internes (Nicolas **Malebranche**, 1638-1715)...

La théorie cartésienne des animaux-machines suscitera beaucoup de critiques, mais trouvera aussi beaucoup de partisans. En déniant toute âme et toute sensibilité aux animaux, elle légitimait en effet leur exploitation et rendait absurde l'idée que l'homme pourrait avoir des devoirs envers eux. Et celui-ci pouvait ainsi se sentir pleinement justifié dans son le projet, né avec la science moderne et la technique apparue dans son sillage, de « devenir comme maître et possesseur de la nature » (voir la fiche n° 15).

À retenir

Pour Descartes, les animaux ne sont que des machines dépourvues d'âme. L'homme est d'une nature radicalement différente, et n'a aucun devoir envers eux.

Sensibilité animale et devoir de bienveillance au siècle des Lumières

Déjà attaquée au XVIIe siècle par le philosophe Pierre **Gassendi** (1592-1655), dont Jean de **La Fontaine** fut un disciple, la théorie des animaux-machines fit l'objet de sévères remises en cause au siècle des Lumières. Non seulement de nombreux philosophes rejetèrent comme absurde l'idée que les animaux sont dépourvus de conscience, mais certains commencèrent même à avancer qu'ils possèdent, en plus de la sensibilité et des instincts, une certaine capacité de réflexion comparable à la raison humaine. L'idée d'une différence *de nature* entre l'homme et les animaux, héritée de l'Antiquité puis radicalisée par Descartes après la brève parenthèse incarnée par Montaigne, allait ainsi commencer à être concurrencée par l'idée d'une simple différence *de degré*.

Cette évolution fut le résultat de l'adoption par de nombreux philosophes des Lumières de la doctrine *empiriste* défendue par le philosophe anglais John **Locke** (1632-1704). Selon cette théorie, l'esprit humain est vierge comme une « table rase » à la naissance, si bien que toutes ses idées et connaissances ne peuvent provenir que de l'expérience sensorielle. L'empirisme réhabilitait ainsi le rôle de la sensibilité, qui avait été dévalorisée par Descartes et les cartésiens : les facultés supérieures comme la mémoire ou la raison ne peuvent pas se développer sans les sens, voire trouvent en eux leur origine. Dès lors, certains penseurs en déduisirent que la distance séparant l'homme des autres animaux ne devait pas être si grande, puisque ces derniers étaient aussi pourvus de sensibilité, donc capables de former des idées à partir de l'expérience, voire d'apprendre à les combiner et, par conséquent, à réfléchir. Ainsi, le philosophe français Étienne de **Condillac** (1715-1780) soutint-il dans le *Traité des animaux* (1755) que ce que l'on appelle « l'instinct » animal n'est pas inné, mais est en réalité un ensemble d'habitudes acquises grâce à l'expérience, et que, loin d'être un pur mécanisme, il est au contraire un véritable « sentiment qui compare, qui juge et qui connaît ».

De son côté, le philosophe **Maupertuis** (1698-1754) estimait dans ses *Lettres* (1753) que, même si nous ne pouvons pas prouver à proprement parler que les animaux possèdent une âme, définie par lui comme le fait d'avoir « le sentiment de soi » et la conscience de son existence, nous n'avons pas plus de raison de leur en refuser une, étant donné l'analogie de leur comportement avec le nôtre, que nous n'en avons d'en refuser une aux hommes appartenant à des « races » différentes de la nôtre, et donc physiquement dissemblables. De la même manière, continuait Maupertuis, si nous savions avec certitude qu'il y a dans l'univers d'autres planètes semblables à la nôtre, nous n'aurions aucune raison de ne pas juger, par analogie avec la Terre, qu'elles abritent probablement des êtres semblables à nous, doués de pensée et de réflexion. Au-delà de son intérêt pour la pensée du rapport homme / animal, ce raisonnement de Maupertuis illustrait ainsi le point de convergence entre cette question et les questions du rapport aux autres cultures et aux autres mondes, ouvertes par la découverte du Nouveau Monde et par le changement de cosmologie (voir les fiches n° 15, 16 et 17 de ce chapitre).

Sensibilité, réflexion, conscience de soi-même... les points communs entre l'homme et les animaux commençaient ainsi à se multiplier, sans néanmoins que disparaisse complètement l'idée d'une supériorité humaine. Situé dans une continuité de nature avec les autres animaux, l'homme n'en demeurait pas moins indiscutablement, pour tous ces penseurs, le plus achevé et le plus

perfectionné d'entre eux. Mais cette proximité retrouvée ne pouvait pas ne pas avoir de conséquences sur le plan éthique. C'est ainsi que réapparut l'idée que les hommes ont le devoir de traiter avec bonté les animaux, et de ne pas les faire souffrir inutilement. « Leur causer sans nécessité de la douleur est une cruauté et une injustice », écrivait ainsi **Maupertuis**, tandis que **Voltaire** prenait de son côté position contre la vivisection. Mais c'est Jean-Jacques **Rousseau** qui, comme souvent, alla le plus loin. En faisant du sentiment moral de la pitié, c'est-à-dire de « la répugnance innée à voir souffrir ses semblables » l'origine de la morale humaine (*Discours sur l'inégalité*, 1755), et en reconnaissant par ailleurs sa présence chez les animaux aussi, il mit l'accent sur le fond affectif commun aux hommes et aux animaux plutôt que sur leurs différences, et ouvrit la voie à une éthique fondée sur l'identification à toutes les formes de vie. Cette voie sera suivie, aux siècles suivants, par les philosophes anglo-saxons appartenant au courant de « l'utilitarisme moral », comme Jeremy **Bentham** (1748-1832), John Stuart **Mill** (1806-1873) ou encore le penseur contemporain Peter **Singer** (né en 1946), qui affirmeront que les animaux sont des sujets de droit à part entière, dans la mesure même où il sont doués de sensibilité. Ces positions, qui irriguent les débats actuels autour du véganisme, du végétarisme et du droit d'exploiter et de manger ou non les animaux, trouvent donc en Rousseau, et après Montaigne, un grand précurseur.

À retenir

Les philosophes des Lumières remettent en question la théorie des animaux machines et l'idée d'une différence de nature entre l'homme et l'animal. Ils annoncent les débats contemporains autour du droit des animaux.

TOP CHRONO
C'est l'interro !

Exercice 1 (5 pts) ***10 min***

Quels sont les trois types d'âme, selon Aristote ?

....

....

....

....

....

Exercice 2 (5 pts) ***10 min***

Comment Montaigne critique-t-il l'anthropocentrisme traditionnel ? Quelles conséquences éthiques en tire-t-il ?

....

....

....

....

....

....

....

Exercice 3 (5 pts) ***10 min***

Définissez la théorie des animaux machines de Descartes, puis indiquez brièvement les trois arguments sur lesquels elles se fondent.

....

....

....

....

....

....

....

Exercice 4 (5 pts) **10 min**

Sur quels points les philosophes des Lumières critiquent-ils la théorie cartésienne ? Quelles conséquences éthiques en tirent-ils ?

SCORE

...... *pts*

24 LA NATURE, LA CULTURE ET L'HISTOIRE

Problématiques

Comment la réflexion sur l'animal a-t-elle fait émerger à l'époque moderne l'idée que la culture et l'histoire sont le propre de l'homme ? Quels sont ses liens avec l'idée de progrès, mise en avant au siècle des Lumières ?

L'inachèvement de la nature humaine

Définition

L'anthropologie (du grec *anthropos*, l'être humain, et *logos*, l'étude ou la science) désigne l'étude de la nature humaine, sous tous ses aspects physiques et culturels ; elle a d'abord été une branche de la philosophie, avant de devenir une science sociale à part entière au XIXe siècle (souvent associée à l'ethnologie). Le mot peut aussi désigner toute conception philosophique de la nature humaine propre à tel auteur ou tel courant de pensée (ex : « l'anthropologie de Rousseau » ou « l'anthropologie du christianisme »).

Au delà de la question des facultés des animaux, la controverse autour de l'âme des bêtes (voir fiche n° 23, « Les animaux ont-ils une âme ? ») a contribué de façon décisive à transformer la pensée de la nature humaine aux XVIIe et XVIIIe siècle, et à jeter ainsi les bases philosophiques des futures sciences humaines, qui s'épanouiront à l'époque contemporaine (XIXe-XXe siècle).

Le cœur de cette anthropologie nouvelle, c'est l'idée que, contrairement à la nature animale, **la nature humaine est fondamentalement inachevée, et par conséquent ouverte aux possibles**. Cette idée n'était pas totalement absente de l'anthropologie antique et médiévale ; on la trouvait par exemple, de façon implicite, dans le mythe de Prométhée. Mais elle ne se voyait pas accorder de relief particulier. Au contraire, les définitions de l'homme mettaient plutôt l'accent sur ses caractéristiques positives supposées constituer de façon intemporelle sa nature physique et morale : la bipédie et la main, la possession du langage et de la raison (Aristote), la tendance au péché (Christianisme), etc. Le premier philosophe à accorder à l'idée d'inachèvement une place centrale fut peut-être le florentin Jean **Pic de la Mirandole** (1463-1494), mais sa théorie restait encore largement tributaire de la cosmologie et de l'ontologie médiévales (voir la fiche n° 9). Il fallut donc attendre le XVIIe siècle pour qu'elle soit reprise et mise en avant à l'occasion de la réflexion comparative sur l'homme et l'animal. Dans sa *Préface pour le Traité du vide* (1647), le penseur français Blaise **Pascal** (1623-1662) écrit

ainsi que l'instinct des animaux, c'est-à-dire la connaissance innée de ce qui est nécessaire à leur survie, enferme ceux-ci dans « un ordre de perfection bornée », c'est-à-dire dans un état stable d'adaptation à leur milieu naturel qui ne les pousse pas à évoluer, que ce soit au niveau de l'individu ou au niveau de l'espèce. En revanche, « l'homme n'est produit que pour l'infinité. Il est dans l'ignorance au premier âge de sa vie ; mais il s'instruit sans cesse dans son progrès, car il tire avantage non seulement de sa propre expérience, mais aussi de celle de ses prédécesseurs ». Autrement dit, l'homme, grâce à la raison palliant l'absence des instincts, est en capacité d'apprendre et de progresser sans cesse, à la fois par lui-même et grâce à l'éducation reçue des autres. L'idée d'« infinité » de la nature humaine débouche ainsi naturellement sur la conception d'un *progrès* indéfini, aussi bien pour l'individu (qui apprend tout au long de sa vie) qu'à l'échelle de l'espèce (qui évolue au cours de l'histoire).

Mais c'est sans doute Jean-Jacques **Rousseau** (1712-1778) qui, après Pascal, donna le plus de force à la notion d'une nature humaine marquée par l'ouverture et l'indétermination. Alors que Pascal reliait encore ce caractère à la raison, Rousseau l'en dissocie pour en faire une propriété fondamentale à part entière : ce qui distingue le plus nettement l'homme de l'animal, « c'est la faculté de se perfectionner, faculté qui, à l'aide des circonstances, développe successivement toutes les autres, et réside parmi nous tant dans l'espèce, que dans l'individu, au lieu qu'un animal est, au bout de quelques mois, ce qu'il sera toute sa vie, et son espèce, au bout de mille ans, ce qu'elle est la première année de ces mille ans. » (*Discours sur l'inégalité*, 1755). Et en même temps, il associe cette **perfectibilité** à cette autre faculté distinctive de l'homme à ses yeux qu'est « la liberté de la volonté », aussi appelée libre arbitre, c'est-à-dire le pouvoir d'agir en fonction d'un choix : tandis que les animaux sont entièrement gouvernés par leurs instincts et donc rigoureusement déterminés par la nature, l'homme est libre d'obéir ou non à ses impulsions naturelles, et s'affirme ainsi comme l'auteur de ses actions. Perfectibilité et liberté sont en effet les deux faces d'une même indétermination ontologique, qui fait que l'homme n'est ni borné à une essence fixe, ni assujetti aux déterminismes naturels, mais doit au contraire être le créateur de lui-même et le sujet responsable de ses actes.

Cette conception de l'homme est fondatrice de l'humanisme moderne ; tout comme la nouvelle théorie de la connaissance établie par Descartes, elle exprime l'insistance sur le statut de l'homme comme *sujet* (de sa pensée, de ses actes, de son être) consécutive à l'éclatement du cosmos médiéval qui attribuait une place

bien délimitée à l'être humain dans la hiérarchie de la Nature (voir la fiche n° 15, « Du monde clos à l'univers infini »).

À retenir

L'anthropologie de l'humanisme moderne définit la nature humaine par son inachèvement ; contrairement aux animaux, l'homme serait le seul être qui ne possède pas de nature fixe, mais peut se perfectionner sans cesse au cours de son existence individuelle et collective.

Éducation et culture

Première conséquence de la notion d'inachèvement de la nature humaine : l'insistance sur le caractère crucial de l'éducation pour la formation de l'être humain et l'émergence de la distinction nature / culture.

L'importance de l'éducation n'était évidemment pas une idée neuve au XVIIIe siècle ; on la trouvait déjà chez Platon (428-348 av. J.-C.), qui en avait fait un thème important de sa philosophie. Mais c'est vraiment avec l'humanisme moderne qu'elle acquiert une place centrale dans la réflexion anthropologique. Dès 1529, **Érasme** de Rotterdam écrivait qu'il est indispensable de donner aux enfants qui le peuvent une éducation basée sur la philosophie, les arts et les lettres antiques pour développer leur esprit, car « on ne naît pas homme, on le devient » (*De pueris instituendis*). Il posait ainsi une distinction entre la simple humanité biologique, c'est-à-dire le fait d'appartenir à l'espèce animale appelée « homme », et la véritable humanité anthropologique, c'est-à-dire le fait d'avoir développé les qualités morales et intellectuelles constitutives de l'excellence humaine ; qualités qui, présentes en germe dès la naissance, nécessitaient aux yeux de l'humaniste une éducation spécifique pour pouvoir s'épanouir (d'où le nom d'« humanités » donné aux disciplines en question). Cette conception n'avait cependant en vue qu'un idéal très exigeant d'accomplissement humain, et ne s'adressait *de facto* qu'à une petite partie de la population. En revanche, le XVIIIe siècle vit la réflexion sur l'éducation s'élargir, et étendre la maxime d'Érasme à l'ensemble des hommes. En 1762, **Rousseau** publiera *Émile, ou de l'éducation*, considéré comme l'ouvrage fondateur de la pédagogie moderne ; il y écrit que « tout ce que nous n'avons pas à notre naissance et dont nous avons besoin étant grands, nous est donné par l'éducation ». À sa suite, le philosophe allemand Emmanuel **Kant** (1724-1804) distinguera trois parties principales dans toute éducation : les *soins*, qui apprennent aux enfants à ne pas faire un usage nuisible de leurs forces ; la *discipline*, qui

« transforme l'animalité en humanité », en apprenant à l'enfant à maîtriser ses pulsions ; et enfin *l'instruction*, qui développe les facultés physiques et intellectuelles et transmet les connaissances accumulées par les générations antérieures (*Réflexion sur l'éducation*, 1803). Ainsi, « [l'homme] n'est que ce que l'éducation fait de lui » ; elle est indispensable pour façonner la nature inachevée donnée à la naissance. Alors que les bêtes, quant à elles, n'ont pas besoin d'être éduquées, car elles sont d'emblée tout ce qu'elles doivent être grâce à leur dotation naturelle.

Corrélativement à cela, l'époque moderne va voir émerger progressivement une distinction qui servira de pierre angulaire aux sciences humaines à partir du XIXe siècle : **la distinction entre nature et culture**. *La nature*, c'est l'ensemble des choses qui, en l'homme et hors de l'homme, sont « données » antérieurement à toute action humaine ; alors que *la culture* désigne l'ensemble des choses créées par l'homme au cours de l'histoire, et qui viennent s'ajouter à la nature ou la modifier. Appliquée à l'être humain lui-même, cette distinction renvoie ainsi à la différence entre tout ce qui relève de l'hérédité biologique d'un côté (caractéristiques anatomiques, besoins vitaux, facultés naturelles, etc.), et tout ce qui est acquis au cours de la socialisation de l'autre côté (façons particulières de penser, d'agir, de sentir...), et qui varie d'une société à l'autre. En créant la culture l'homme s'arrache donc à la nature : il transforme son environnement et se modifie lui-même. Même s'il faudra attendre les XIXe-XXe siècle pour que ces définitions soient explicitement posées, ces idées apparaissent bien durant les siècles antérieurs. Car dire que c'est l'éducation qui fait l'homme, c'est du même coup dire que l'individu est façonné par son milieu social et culturel, et que ses façons d'être doivent finalement très peu à un donné naturel initial qu'il est d'ailleurs quasiment impossible d'observer tel quel, puisque dès le début de la vie il commence à être modifié par la culture. Certes, la volonté de retrouver « l'homme naturel » sous les vêtements de « l'homme civilisé » animera tout de même de nombreux philosophes du XVIe au XVIIIe siècle (voir la fiche n° 18, « Le mythe du bon sauvage »). Il s'agissait pour eux d'identifier, en deçà des différences culturelles, un « noyau d'humanité » universel fournissant une norme pour évaluer les différents types de sociétés, et en particulier la civilisation européenne. Mais, en fin de compte, la conclusion qui s'imposera sera que « dans la horde sauvage la plus vagabonde comme dans la nation d'Europe la plus civilisée, l'homme n'est que ce qu'on le fait être : nécessairement élevé par ses semblables, il en a contracté les habitudes et les besoins, et ses idées ne sont plus à lui » (Jean **Itard**, *Mémoire sur Victor de l'Aveyron*, 1801). Le poids de la culture dans la détermination de l'être humain se voyait ainsi explicitement affirmé, et la distinction nature / culture

devenait ce faisant un nouveau critère de démarcation entre l'homme, être de culture, et l'animal, être de nature.

À retenir

Tirant les conséquences de l'inachèvement de la nature humaine, les penseurs modernes mettent en avant le rôle crucial de l'éducation et la distinction nature / culture comme marqueurs de la spécificité humaine.

Histoire et progrès

Deuxième conséquence de la notion d'inachèvement de la nature humaine : l'historicité[1] de l'homme est mise en avant, et la notion de progrès se répand au point de devenir l'axe central de la pensée des Lumières.

L'Antiquité ne concevait pas l'histoire comme le lieu d'un progrès, mais au contraire comme le théâtre d'un retour cyclique des mêmes événements (ex : le cycle des régimes politiques, chez Platon) sur fond de dégradation générale de l'humanité (cf. le mythe des différents âges, chez Hésiode : âge d'or, d'argent, d'airain, de fer). Sous l'influence du Christianisme, le Moyen Âge adopta une vision linéaire et évolutive de l'histoire humaine, marquée par un commencement (la Chute), un milieu (l'incarnation du Christ rédempteur) et une fin à venir (l'Apocalypse et le Jugement dernier), mais n'envisageait pas cette évolution comme un progrès à proprement parler. C'est seulement à l'Âge classique qu'apparut cette notion, sous la double influence de la nouvelle anthropologie et des succès prometteurs de la science moderne (voir la fiche n° 15, « Du monde clos à l'univers infini »). Là encore, le débat sur les animaux servit de catalyseur. Mettant en contraste le progrès des sciences chez l'homme avec l'immuabilité de l'instinct animal, **Pascal** écrivit ainsi : « toute la suite des hommes, pendant le cours des siècles, doit être considérée comme un même homme qui subsiste toujours et apprend continuellement » (*Préface au Traité du Vide*, 1647). De même, l'évêque **Bossuet** (1627-1704) dira que « les animaux n'ont rien inventé de nouveau depuis l'origine du monde », et s'émerveillera devant « tant d'inventions, tant d'arts et tant de machines, par lesquelles la nature humaine a changé la face de la terre », (*Discours sur l'histoire universelle*, 1681), faisant écho au *Discours de la méthode* de Descartes (voir la fiche n° 15).

1. *Historicité* : caractère historique ; appliquée à l'homme, la notion signifie que l'histoire est un élément essentiel pour définir la condition humaine.

Au XVIIe siècle, la notion de progrès demeurait cependant limitée au domaine des sciences et des techniques pour l'essentiel. Au XVIIIe avec les Lumières, en revanche, elle va s'élargir à tous les aspects de l'évolution humaine : non plus seulement scientifique et technique, mais aussi économique, social, moral et politique. Que l'on puisse envisager l'histoire comme le lieu d'un tel progrès global, c'est ce qu'expliquera Emmanuel **Kant** (1724-1804) dans son *Idée d'une histoire universelle au point de vue cosmopolitique* (1786), parlant d'un « plan de la nature » pour conduire l'homme « au développement complet de toutes ses dispositions ». Et le marquis Nicolas de **Condorcet** (1743-1794), résumera en une formule marquante l'optimisme progressiste de tout un siècle : « L'humanité marche d'un pas ferme et sûr dans la route de la vérité, du bonheur et de la vertu » (*Esquisse d'un tableau historique des progrès de l'esprit humain, 1793*). Malgré cela, il y eut tout de même une voix dissonante pour tempérer cet optimisme et souligner lucidement les ambiguïtés du progrès : celle de **Rousseau** (1712-1778). Le grand penseur de la perfectibilité humaine fut en effet le seul de son siècle à voir que le processus par lequel l'homme s'était éloigné de sa simplicité animale originelle avait aussi des aspects négatifs très marqués (voir la fin de la fiche n° 18, « Le mythe du bon sauvage », pour plus détails). Sa pensé complexe traduit ainsi à la fois son adhésion à la nouvelle anthropologie et sa conscience de la face sombre du progrès de la civilisation, qui anticipe les mises en cause actuelles du progrès techno-scientifique et de la civilisation matérialiste de l'Occident moderne (par exemple le mouvement de « la décroissance », qui prône une rupture avec la recherche de la croissance économique et la société de consommation et le retour à une forme de « sobriété heureuse » (Pierre Rabhi))

À retenir

La nouvelle anthropologie aboutit à envisager l'histoire de l'humanité comme le développement d'un individu passant de l'enfance à l'âge de raison, et accédant ce faisant à la liberté, au bonheur et à la vertu. Par contraste, les animaux sont pensés comme dépourvus d'histoire.

TOP CHRONO
C'est l'interro !

Exercice 1 (5 pts) ***10 min***

Expliquez l'idée d'inachèvement de la nature humaine, et donnez une citation philosophique pour l'illustrer.

Exercice 2 (5 pts) ***10 min***

Expliquez l'affirmation « On ne naît pas homme, on le devient » (Érasme) et son lien avec le thème de l'éducation.

Indiquez les trois parties de l'éducation d'après Emmanuel Kant.

Exercice 3 (5 pts) *10 min*

Expliquez brièvement la distinction nature / culture.

Exercice 4 (5 pts) *10 min*

Donnez une citation illustrant la foi dans le progrès au siècle des Lumières.

Résumez les raisons avancées par Rousseau pour mettre en cause cet optimisme (voir fiche n° 18).

SCORE

...... pts

25 L'HOMME DANS LE SYSTÈME DE LA NATURE

Problématiques

Comment la théorie de l'exception humaine a-t-elle été directement remise en cause par les philosophes matérialistes et déterministes ? Dans quelle mesure la biologie est-elle venue appuyer cette critique, sur le plan scientifique ?

Le rapport esprit / corps et la question du libre arbitre

Définitions

- le **spiritualisme** est la doctrine selon laquelle l'esprit humain est de nature immatérielle, et peut donc survivre à la mort du corps (synonyme : *dualisme psycho-physique*, voir la fiche n° 23, « Les animaux ont-ils une âme ? »).
- le **matérialisme** est la doctrine selon laquelle tout ce qui existe est de nature matérielle, y compris l'esprit. Pour la plupart des matérialistes, l'esprit est un phénomène physique subtil produit par le corps, et notamment par le cerveau, et il disparaît donc lorsque celui-ci cesse de fonctionner.

L'homme, une exception dans la nature ?

Pour la plupart des penseurs qui réfléchissent sur la nature humaine et ses rapports avec l'animalité de la Renaissance au siècle des Lumières, l'homme est incontestablement une exception dans la nature, un être à part dans le règne du vivant (voir les fiches n° 23 et 24). En continuité avec l'anthropologie aristotélico-chrétienne du Moyen Âge, presque tous s'accordent sur l'existence d'une différence *de nature* entre lui et les bêtes, et non simplement de degré : l'homme n'est pas seulement un être dont les capacités seraient plus développées que celles des animaux, mais un être d'une essence différente, ou au moins qui posséderait des facultés totalement absentes chez les autres espèces. De l'avis général, ce serait l'intelligence et la raison qui le distinguent. Selon d'autres, comme Rousseau, ce serait plutôt la liberté de la volonté et la perfectibilité. Et pour Descartes et son école, ce serait le fait même d'avoir une âme et donc d'être doué de conscience et de sensibilité. L'anthropocentrisme médiéval n'avait donc pas disparu, il avait seulement changé de forme, et à certains égards s'était même renforcé (voir la fiche n° 15, « Du monde clos à l'univers infini »).

Mais parallèlement à cette théorie majoritaire de l'exception humaine, il existait aussi une minorité de penseurs qui récusaient cette idée d'une différence de nature entre l'homme et les animaux. Ainsi de Montaigne et de Charron, qui affirmaient qu'il n'y a pas de hiérarchie absolue entre eux, dans la mesure où

les bêtes surpassent les humains dans bien des domaines (voir la fiche n° 23, « Les animaux ont-ils une âme ? »). Ou de quelques empiristes comme Gassendi et Condillac, qui pensaient que les animaux possèdent les mêmes facultés que l'homme, raison comprise, quoiqu'à un moindre degré (voir aussi la fiche n° 23). Pour autant, chez ces auteurs, le rejet de l'idée d'exception humaine n'allait en fait jamais complètement jusqu'au bout, car il y avait un point essentiel sur lequel, malgré tout, ils s'accordaient avec les partisans de la théorie majoritaire : le fait que, seul parmi les êtres vivants, l'homme possède une âme purement spirituelle, et donc immortelle. Car ceux-là même qui admettaient sans réserve que les animaux ont aussi une âme considéraient néanmoins que celle-ci était mortelle, et vouée à disparaître avec le corps. « On ne peut pas dire que l'âme brutale[1] soit immortelle comme l'âme humaine, ni que notre âme soit mortelle comme celle des bêtes. Ce sont de mauvaises déductions. » écrivait ainsi Charron dans *De la sagesse* (1676). Ainsi, ces auteurs demeuraient pour la plupart spiritualistes, ce qui limitait la portée de leur critique de l'idée l'exception humaine.

Matérialisme et déterminisme au XVIIIe siècle

Définition

Le déterminisme est la doctrine selon laquelle, dans un ordre de phénomènes donné, tout ce qui arrive est déterminé selon un enchaînement nécessaire de causes et d'effets, et pourrait donc en théorie être prévu à l'avance.

C'est donc en fait chez d'autres penseurs que l'on va trouver la plus profonde (et en un sens la seule véritable) remise en cause de l'exception humaine : les philosophes matérialistes, qui nient la spiritualité de l'âme. Présent dans l'Antiquité, quoique très minoritaire (Épicure et son école sont quasiment les seuls à défendre cette position), le matérialisme disparaît complètement au Moyen Âge, évidemment proscrit par l'Église catholique. Il va resurgir à l'époque moderne, d'abord de façon discrète voire semi-clandestine chez certains penseurs du XVIIe siècle comme les libertins athées ou le philosophe anglais Thomas **Hobbes** (1588-1670), puis de façon un peu plus ouverte, quoique toujours prudente, chez certains libres penseurs des Lumières comme les philosophes Denis **Diderot** (1713-1784), Julien Offray de **La Mettrie** (1709-1751) et Paul Thiry **d'Holbach** (1721-1789).

---

1. L'âme brutale : l'âme des brutes, c'est-à-dire des bêtes (*brute* et *bête* sont des synonymes, jusqu'au XIXe siècle environ).

Tous ces auteurs sont non seulement matérialistes, mais aussi athées et déterministes. Ils ne croient ni en Dieu, ni en la liberté humaine : puisqu'à leurs yeux seule la matière existe et que le monde est infini et éternel, il n'est pas légitime de postuler un Être suprême purement spirituel qui aurait créé et organisé l'univers ; et puisque tout dans la nature obéit à des lois, comme en attestent les sciences, puisque tout événement est le produit d'un enchaînement nécessaire de causes et d'effets, il n'y a pas de place pour le libre arbitre tel qu'il était traditionnellement conçu, c'est-à-dire comme un pouvoir d'effectuer des actions contingentes[1] et imprévisibles. Car « l'homme n'est pas un empire dans un empire », comme le disait le philosophe **Spinoza** (1632-1677), grand inspirateur des matérialistes du XVIIIe siècle, il n'est qu'un fragment de l'univers et ne saurait donc faire exception aux lois qui régissent celui-ci ; si bien que « la prétendue liberté humaine consiste en cela seul que les hommes ont conscience de leurs désirs mais sont ignorants des causes qui les déterminent » (*Éthique*, 1675). Dès lors, plus rien ne peut fonder la prétendue supériorité de l'homme sur les animaux : ni la spiritualité de son âme, qui n'est qu'une illusion engendrée par l'angoisse de la mort, ni le libre arbitre ou l'indépendance par rapport aux instincts, qui ne font que masquer les forces qui le gouvernent souterrainement.

C'est peut-être **La Mettrie** qui donnera à ces idées leur expression la plus fameuse. Dans *L'Homme-machine* (1748), il radicalise la théorie cartésienne des animaux-machines au point de l'étendre aux hommes eux-mêmes. Inspiré par les prouesses techniques de son époque, comme les grandes horloges astronomiques de Lyon et de Strasbourg ou les célèbres automates de Vaucanson (« le flûteur », en 1738, « le canard digérateur », en 1744), il affirme que tous les êtres vivants ne sont que des machines plus ou moins complexes produites par la nature, de même type que les machines artificielles produites par l'homme, quoique capables de « se remonter elles-mêmes » à la différence de ces dernières. Contrairement à Descartes cependant, il ne nie pas l'existence d'une conscience chez les animaux. Mais, en bon matérialiste, il affirme précisément que cette conscience n'est que le produit de la matière organisée, aussi bien chez l'homme que chez la bête : « Être machine, sentir, penser, savoir distinguer le bien du mal [...] et n'être qu'un

1. *Contingent* : qui peut aussi bien être que ne pas être ; ex : un événement contingent est un événement qui s'est produit mais qui aurait pu ne pas se produire. La *contingence* est le contraire de la *nécessité* (caractère de ce qui ne peut pas ne pas être, de ce qui doit nécessairement exister ou arriver). Pour les déterministes, rien n'est contingent, tout est nécessaire, en vertu de la loi de causalité. Ainsi, tous nos actes sont théoriquement prévisibles.

animal sont des choses qui ne sont pas plus contradictoires qu'être un singe ou un perroquet et savoir se donner du plaisir ». Dès lors, la conclusion s'impose : « ces êtres fiers et vains, plus distingués par leur orgueil que par le nom d'hommes, quelque envie qu'ils aient de s'élever, ne sont au fond que des animaux et des machines perpendiculairement rampantes » (*L'Homme-machine*, 1749).

À retenir

La remise en cause la plus radicale de l'exception humaine vient des penseurs matérialistes et déterministes, qui nient la spiritualité de l'âme et l'existence du libre arbitre. Pour eux, l'homme n'est qu'un composé physique intégralement soumis aux lois de la matière.

L'émergence de la biologie et les prémisses de l'évolutionnisme

Pour l'essentiel, la vision du monde des matérialistes du XVIIIe siècle découle des succès de la science moderne, et en particulier de la physique mécaniste d'Isaac **Newton** (1642-1727), qui, avec son ouvrage *Principia mathematica philosophiae naturalis* (1687), avait beaucoup contribué à accréditer l'idée que tous les phénomènes physiques obéissent à des lois rigoureuses et sont théoriquement prévisibles. Mais le XVIIIe siècle fut aussi le théâtre d'une autre mutation scientifique majeure concernant, non plus le domaine de l'inanimé, mais celui de la connaissance du vivant : l'émergence de la biologie comme science à part entière, et la mise en place des prémisses de l'évolutionnisme, qui éclaterait au début du siècle suivant.

Jusqu'au milieu de ce siècle en effet, les êtres vivants ne constituaient pas un objet d'étude à part, mais étaient englobés dans le vaste champ d'investigation de « l'histoire naturelle », qui se consacrait à la description de tous les corps de la nature en général, animaux, végétaux et minéraux compris. En outre, les travaux qui leur étaient consacrés étaient souvent parcellaires et isolés les uns des autres : les espèces n'étaient pas comparées entre elles, et les organes d'un même individu faisaient souvent l'objet d'analyses anatomiques indépendantes ; les seules esquisses de synthèse disponibles se bornaient à dresser la liste des êtres connus, sans tenter d'élaborer une classification digne de ce nom. Enfin, les naturalistes acceptaient sans discussion le récit créationniste de la *Genèse*, dans le lecture littérale et selon la datation que l'Église imposait : selon celle-ci, l'âge de la Terre était d'environ 6 000 ans, et toutes les espèces vivantes avaient été créées en même temps par Dieu et n'avaient pas varié depuis (cette doctrine porte le nom de *fixisme*, puisqu'elle affirme que les espèces sont fixes dans le temps).

Mais tout change au cours du XVIIIe siècle. Les naturalistes se mettent à étudier les rapports que les différents organes d'un même vivant entretiennent les uns avec les autres, la façon dont leurs fonctions s'intègrent entre elles pour permettre le fonctionnement unifié de la totalité, et les propriétés qui en découlent (respiration, nutrition, croissance, métabolisme…). La notion d'*organisme* ou d'« être organisé » apparaît ainsi, et avec elle la démarcation entre les domaines de l'organique et de l'inorganique parmi les corps de la nature : la biologie[1], c'est-à-dire la science du vivant ou de la vie (*bios* en grec), se constitue ainsi comme discipline séparée au sein de « l'histoire naturelle ». D'autre part, les premières tentatives de classification systématique des êtres vivants voient le jour, fondées sur les similitudes anatomiques et morphologiques entre les différentes espèces. La plus célèbre est celle du naturaliste suédois Carl Von **Linné** (1707-1778), dont le *Système de la Nature* (1738) fera autorité jusqu'au milieu du XXe siècle. Enfin, le dogme créationniste et fixiste commence à être remis en cause : l'idée commence à se faire jour que la Terre pourrait avoir une histoire beaucoup plus ancienne et beaucoup plus mouvementée que ne le dit le récit biblique, et que toutes les espèces vivantes ne sont sans doute pas apparues simultanément mais plutôt de façon progressive, au cours d'une longue série de transformations géologiques. Ces théories audacieuses, étayées par la découverte de nombreux fossiles d'espèces disparues, furent notamment défendues par Georges-Louis Leclerc de **Buffon** (1707-1788) et Pierre-Louis Moreau de **Maupertuis** (1698-1759). Dans sa monumentale *Histoire naturelle*, publiée de 1748 à 1789, Buffon fait ainsi remonter l'âge de la Terre à près de 3 millions d'années, et distingue six grandes périodes géologiques scandées par des événements cataclysmiques (éruptions volcaniques, dislocation des continents…), au cours desquelles les espèces vivantes seraient apparues de façon progressive. De son côté, Maupertuis, inspiré par les atomistes de l'Antiquité, proposa une théorie de l'apparition des espèces vivantes fondée sur l'hypothèse de la *génération spontanée*, c'est-à-dire sur l'idée que de nouvelles espèces peuvent apparaître par la combinaison aléatoire et spontanée de molécules inorganiques ; selon cette théorie, la nature produirait donc sans cesse et à profusion de nouvelles espèces, dont seules les plus viables arriveraient à se pérenniser. L'idée que les espèces sont immuables et ont été créées en une fois par Dieu en fonction d'un plan délibéré se voyait ainsi radicalement récusée.

1. En français, le mot est employé par la première fois par Jean-Baptiste Lamarck dans ses *Recherches sur l'organisation des corps vivants* (1802). Mais il vient nommer après coup une discipline qui avait commencé de se constituer dans les décennies antérieures.

Ces mutations scientifiques avaient évidemment des implications philosophiques majeures pour la pensée de l'homme et de ses rapports avec les animaux. Tout d'abord, elles battaient en brèche l'idée que l'homme est une exception absolue, en montrant qu'on pouvait l'étudier comme une espèce animale parmi d'autres, localisable dans la classification d'ensemble du vivant. Ainsi, chez **Linné**, l'homme, rebaptisé *Homo sapiens*, se voit rangé dans l'ordre des primates, au sein de la famille des mammifères, et rapproché des grands singes dits « anthropomorphes ». L'antique distinction entre « l'homme » d'un côté et « les animaux » de l'autre, qui sous-entendait que celui-là ne faisait pas vraiment partie de ceux-ci, se voyait ainsi pour la première fois contestée sur une base scientifique et non plus seulement philosophique. D'autre part, le rejet du fixisme ouvrait la porte à ce qui allait constituer la révolution scientifique majeure du début du XIXe siècle : le surgissement de *l'évolutionnisme biologique*, c'est-à-dire des théories selon lesquelles non seulement les espèces ne sont pas fixes et sont apparues progressivement au cours de l'histoire géologique, mais surtout sont reliées les unes aux autres dans un processus de transformation continuelle qui fait qu'elles partagent des ancêtres communs et sont toutes apparentées à un certain degré. Cette idée n'était pas encore présente au XVIIIe siècle, mais fut largement préparée par les travaux de Buffon et Maupertuis. Les théories évolutionnistes, qui seront développées par Jean-Baptiste **Lamarck** en France (1744-1829) et Charles **Darwin** en Angleterre (1809-1882), achèveront de réintégrer complètement l'homme dans « le fleuve du vivant » (Konrad Lorenz), en le destituant de sa place d'être créé à part et « à l'image de Dieu ». Ramené au rang de rejeton provisoire d'une longue lignée d'espèces antérieures, et définitivement apparenté aux autres primates (notamment par Darwin, dans *De la descendance de l'homme*, en 1871), l'homme ne sera dès lors plus qu'un animal parmi d'autres aux yeux des sciences de la nature (biologie, éthologie, psychologie évolutionniste, neurosciences…), qui développeront ainsi une perspective concurrente à celles des sciences humaines et de la philosophie, encore largement attachées aujourd'hui à l'idée, sinon d'une exception, du moins d'une *singularité* humaine particulièrement significative (voir la fiche n° 24, « La nature, la culture et l'histoire »)…

À retenir

Au XVIIIe siècle, l'émergence d'une science nouvelle, la biologie, contribue à affaiblir sur le plan scientifique l'idée d'exception humaine, en attribuant une place spécifique à l'homme dans la classification du vivant et en jetant les bases de l'évolutionnisme qui éclora au siècle suivant.

TOP CHRONO
C'est l'interro !

Exercice 1 (5 pts) ***10 min***

Quelles sont les deux caractéristiques traditionnellement attribuées à l'homme mais rejetées par les philosophes matérialistes et déterministes ? Définissez ces deux qualificatifs (« matérialiste » et « déterministe »).

Exercice 2 (5 pts) ***10 min***

Quels sont les points communs et les différences entre la théorie de la Mettrie et la théorie cartésienne des animaux-machines ?

Exercice 3 (5 pts) *10 min*

Expliquez sur quel point fondamental la biologie se distingue de l'histoire naturelle, au niveau des objets étudiés.

Exercice 4 (5 pts) *10 min*

Quelles sont les deux conséquences majeures des théories biologiques du XVIIIe siècle pour la pensée de l'homme ?

SCORE

...... pts

TROISIÈME PARTIE

MÉTHODE DE L'ÉPREUVE

26 PRÉSENTATION DE L'ÉPREUVE

Présentation générale

L'épreuve de fin de première consiste en une évaluation d'une durée de **deux heures** qui prend appui sur un texte à partir duquel vous devez répondre à **deux questions, l'une étant d'orientation littéraire, l'autre d'orientation philosophique**. Le texte proposé est en lien avec les deux parties du programme (les pouvoirs de la parole / représentations du monde). Les **deux réponses à ces questions sont distinctes** et sont notées chacune sur 10. La somme des deux notes constitue la note globale sur 20. Ces deux réponses doivent, de plus, être de **longueur équivalente**. Chaque question sera corrigée soit par un professeur de philosophie, soit par un professeur de lettres. On attend donc que vous respectiez **la méthode propre à chacune de ces disciplines** dans vos réponses.

Chacune de vos réponses doit être intégralement rédigée dans une **langue claire**, syntaxiquement correcte. On attend également pour chaque question **une réponse argumentée et construite, qui s'appuie sur les connaissances vues en cours**. Pour chacune des réponses, vous pouvez mobiliser les connaissances acquises dans les deux disciplines.

Si le texte de l'épreuve est d'orientation philosophique

Dans ce cas, vous aurez à répondre à une première **question d'interprétation philosophique** : vous devrez comprendre et analyser un enjeu majeur du texte en utilisant la méthode requise pour **l'explication de texte philosophique**. Vous devrez donc repérer la thèse de l'auteur, la problématique, le mouvement du texte, ses différents arguments, etc. (cf. fiches n° 33, 34)

La deuxième question, quant à elle, consistera en une **question de réflexion littéraire.** À partir d'un problème soulevé par le texte, ou d'un thème étudié par l'auteur du texte, vous devrez répondre à une **question qui s'interroge sur des enjeux proprement littéraires** (la création, le style, l'utilisation de certains procédés... cf. fiches n° 30, 31, 32). Pour répondre à cette question, on attend des références littéraires précises, toutes époques confondues : vous devez réutiliser ce que vous avez vu en cours pour étayer vos arguments.

Si le texte de l'épreuve est d'orientation littéraire

Vous aurez alors à répondre à une première **question d'interprétation littéraire** qui s'interroge sur un aspect, un enjeu du texte. La forme de la réponse attendue est celle d'un **petit commentaire littéraire** (dont vous avez vu la méthode pour l'épreuve anticipée de Français) : à savoir une analyse de texte construite à partir de deux axes au moins, qui permettent de répondre à la question tout en mettant en évidence les procédés littéraires du texte (cf. fiches n° 27, 28, 29)

Quant à la deuxième **question de réflexion philosophique**, elle propose une **interrogation sur un problème philosophique soulevé par le texte**. La réponse attendue est celle d'une **argumentation dialectique**, qui constitue une initiation à l'exercice de dissertation que vous aurez dans vos cours de philosophie en terminale. Il s'agit de proposer des arguments et des exemples (philosophiques et littéraires) qui étayent ou infirment l'énoncé proposé par la question (cf. fiches n° 35, 36).

TOP CHRONO
C'est l'interro !

Exercice 1 (5 pts) ***5 min***

Vrai ou faux ?

a. La durée de l'épreuve de première est de 4 heures.
b. Quatre questions seront posées sur le texte.
c. Je peux réutiliser des connaissances philosophiques et littéraires pour chaque question.
d. La note globale est sur 20.
e. L'épreuve tout entière est soit philosophique, soit littéraire.
f. Je peux choisir la question que je veux traiter.
g. Si la question d'interprétation est littéraire, alors la question de réflexion est philosophique.
h. Le texte de l'épreuve peut être un discours de Cicéron qui souligne la force de la rhétorique.
i. Il est possible d'insérer les titres de mes parties dans chaque réponse.
j. Je ne dois pas utiliser de langage familier dans mes réponses.

Exercice 2 (5 pts) ***5 min***

a. Expliquez en une phrase comment répondre à la question d'interprétation littéraire.

....

....

b. Expliquez en une phrase comment répondre à la question d'interprétation philosophique.

....

....

c. Expliquez en une phrase comment répondre à la question de réflexion littéraire.

....

....

d. Expliquez en une phrase comment répondre à la question de réflexion philosophique.

....

....

SCORE

...... pts

27 ANALYSER LA QUESTION D'INTERPRÉTATION LITTÉRAIRE

Rappel et texte d'exemple

Si le texte est d'orientation littéraire, la première des deux questions posées sur le texte est une question d'interprétation littéraire. Elle conduit le candidat à une analyse précise d'un enjeu majeur du texte proposé. La question oriente alors le travail vers une démarche d'interprétation qui touche aussi bien les effets stylistiques du texte que ses caractéristiques d'écriture.

Afin de clarifier l'explication théorique de la méthode de la question d'interprétation, nous illustrerons chacune de ses étapes d'exemples tirés d'un sujet portant sur un extrait de *Candide* :

Chapitre « Découvrir de nouvelles cultures » (cf. fiche n° 17)

En approchant de la ville, ils rencontrèrent un nègre étendu par terre, n'ayant plus que la moitié de son habit, c'est-à-dire d'un caleçon de toile bleue ; il manquait à ce pauvre homme la jambe gauche et la main droite. « Eh, mon Dieu ! lui dit Candide en hollandais, que fais-tu là, mon ami, dans l'état horrible où je te vois ? – J'attends mon maître, M. Vanderdendur, le fameux négociant, répondit le nègre. – Est-ce M. Vanderdendur, dit Candide, qui t'a traité ainsi ? – Oui, monsieur, dit le nègre, c'est l'usage. On nous donne un caleçon de toile pour tout vêtement deux fois l'année. Quand nous travaillons aux sucreries, et que la meule nous attrape le doigt, on nous coupe la main ; quand nous voulons nous enfuir, on nous coupe la jambe : je me suis trouvé dans les deux cas. C'est à ce prix que vous mangez du sucre en Europe. Cependant, lorsque ma mère me vendit dix écus patagons sur la côte de Guinée, elle me disait : "Mon cher enfant, bénis nos fétiches, adore-les toujours, ils te feront vivre heureux, tu as l'honneur d'être esclave de nos seigneurs les blancs, et tu fais par là la fortune de ton père et de ta mère." Hélas ! je ne sais pas si j'ai fait leur fortune, mais ils n'ont pas fait la mienne. Les chiens, les singes et les perroquets sont mille fois moins malheureux que nous. Les fétiches hollandais qui m'ont converti me disent tous les dimanches que nous sommes tous enfants d'Adam, blancs et noirs. Je ne suis pas généalogiste ; mais si ces prêcheurs disent vrai, nous sommes tous cousins issus de germains. Or vous m'avouerez qu'on ne peut pas en user avec ses parents d'une manière plus horrible.

– O Pangloss ! s'écria Candide, tu n'avais pas deviné cette abomination ; c'en est fait, il faudra qu'à la fin je renonce à ton optimisme. – Qu'est-ce qu'optimisme ? disait Cacambo. – Hélas ! dit Candide, c'est la rage de soutenir que tout est bien quand on est mal. » Et il versait des larmes en regardant son nègre, et en pleurant il entra dans Surinam.

Voltaire, *Candide*, chapitre 19

- *Question d'interprétation littéraire*

Quels sont les procédés de la dénonciation du colonialisme utilisés ici par Voltaire ?

• *Question de réflexion philosophique à partir du texte*

En quoi la rencontre avec l'autre transforme-t-elle l'idée d'« être humain » en problème ?

Comprendre les mots clefs

Il est primordial, dans un premier temps, de lire très attentivement la question et de s'assurer de sa compréhension optimale. Pour ce faire, il est judicieux de repérer les mots clefs et de contrôler qu'on en saisit le *sens littéral.*

Dans un deuxième temps, l'analyse des mots clefs invite à *découvrir les enjeux de la question* et à comprendre quelle problématique ou quelle orientation de réflexion les mots clefs suggèrent.

Exemple

→ Quels sont les **procédés** de la **dénonciation** du **colonialisme** utilisés ici par Voltaire ?

• ***Sens littéral***

- **Procédé** : manière de s'y prendre, éléments utilisés
- **Dénonciation** : critique, condamnation
- **Colonialisme** : fait de conquérir un autre peuple au motif qu'on lui est supérieur par la culture, la religion, les mœurs.

• ***Découvrir les enjeux de la question***

Le terme « dénonciation » recouvre tout ce qui va permettre de saisir l'avis de Voltaire sur la colonisation et sa condamnation. Le candidat est alors invité à chercher à la fois les moyens stylistiques, mais également les arguments donnés dans le texte par Voltaire pour exposer son point de vue mais aussi convaincre le lecteur d'y adhérer.

Trouver des éléments de réponse

Lorsque la question est comprise, l'étape suivante consiste à chercher dans le texte les premiers éléments de réponse. On procède alors à un relevé au brouillon de tout ce qui semble se rattacher avec pertinence aux enjeux de la question.

On prendra bien soin, pour chaque élément, de développer son rapport avec la question du sujet.

Exemple

- *La position du nègre et son vêtement en haillons* → « étendu » : fatigue, épuisement, mais aussi position de dominé. « N'ayant plus que la moitié de son habit » : pauvreté, état d'extrême dénuement, homme qui n'a pas seulement de quoi être dignement vêtu.
- *Les mutilations du personnage* → « il manquait [...] jambe gauche et main droite ». Homme ayant subi les violences du son maître. A été mutilé, ce qui signifie que le maître a le droit de disposer du corps de son esclave, d'en user comme bon lui semble.
- *Le nom de Vanderdendur*, proche de l'expression « avoir la dent dure », c'est-à-dire être très critique, jamais satisfait.
- *Les explications données par le nègre*, qui mettent en avant une grande et cruelle disproportion entre les actes et les châtiments → « quand la meule nous attrape un doigt on nous coupe la main » : pour un acte de maladresse involontaire, une punition qui amplifie la perte et la douleur ; « quand nous voulons nous enfuir, on nous coupe la jambe » : répondre à la peur et aux mauvais traitements par encore plus de cruauté.
- *La cause dérisoire de toutes ces souffrances* : « c'est à ce prix que vous mangez du sucre en Europe » → or le sucre n'est pas une nécessité mais un luxe.
- *La lucidité du nègre sur les causes religieuses de cette domination* → « nous sommes tous enfants d'Adam [...] on ne peut pas en user avec ses parents d'une manière plus horrible » : le prétexte religieux est intenable, car ni Dieu ni la religion ne peuvent exiger de telles cruautés. Le nègre en a conscience et met en doute la pertinence des causes de l'esclavage. Il nous invite à en douter avec lui.
- *Les larmes de Candide* → il se désespère de cette situation cruelle et fort peu optimiste.

Attention

- Un simple relevé ne suffit pas ! Pour chaque exemple, précisez le lien de pertinence avec la question du sujet et expliquez pourquoi vous avez relevé tel ou tel passage.
- Au terme de l'analyse du texte, relisez le sujet. Vous vous rendrez peut-être compte que certains éléments n'y répondent pas directement. Dans ce cas, ne les conservez pas.

Exemple

« Ma mère me vendit dix écus » → les peuplades sauvages sont elles aussi intéressées par l'argent.

Je relis le sujet → cet exemple n'est pas une critique du colonialisme. J'y renonce.

TOP CHRONO
C'est l'interro !

Exercice 1 (10 pts) ***12 min***

Trouvez les mots clefs des sujets suivants et expliquez-les :

a. En quoi la forme du sonnet se met-elle au service du sens du texte ?

....

....

....

....

b. Quels sont les effets produits par la personnification des animaux dans cette fable ?

....

....

....

....

c. Comment l'auteur donne-t-il à son poème une tonalité à la fois lyrique et élégiaque ?

....

....

....

....

d. Par quels procédés Tartuffe trompe-t-il Orgon ?

....

....

....

....

e. Quels sont, dans ce texte, les moyens de l'argumentation ?

....

....

....

....

Exercice 2 (6 pts) 6 min

Voici un sujet de question d'interprétation littéraire. Il porte sur le poème de Ronsard vu dans le « Top chrono c'est l'interro » de la fiche n° 13.

Comment les images permettent-elles de mettre en valeur la femme aimée ?

Dites si l'analyse des mots clefs proposée ci-dessous vous semble pertinente. Expliquez votre réponse.

- **Images** : concerne ce qui est visuel, ce qui se voit (ex. « comme on voit » v. 1)
- **Mettre en valeur** : faire l'éloge, valoriser, montrer les caractéristiques mélioratives
- **Femme aimée** : femme aimée par le poète

....

....

....

....

....

....

....

....

Exercice 3 (4 pts) 2 min

Vrai ou faux ?

a. L'analyse des mots clefs doit apparaître dans ma rédaction.

b. La question d'interprétation littéraire porte sur un texte à orientation littéraire.

c. Une question sur les procédés invite surtout à analyser le style du texte.

d. Lorsque j'ai analysé les mots clefs, je peux passer directement à l'étape suivante : faire le plan

SCORE

...... pts

28 CONSTRUIRE UN PLAN POUR LA QUESTION D'INTERPRÉTATION LITTÉRAIRE

Les deux types de plan possible

Construire un plan

Lorsque le texte a été complètement exploité et que tous les éléments de réponse ont été trouvés et analysés, il convient de les organiser. La réponse attendue doit en effet suivre un plan qui est préalablement défini au brouillon.

Il n'existe pas de plan type qu'il serait possible d'appliquer à toutes les questions. Chaque plan doit en effet être conçu d'après les éléments relevés, afin de proposer une réponse cohérente et qui permette de mettre clairement en lumière les enjeux du texte.

Quelques exigences sont cependant à respecter :

- les différents paragraphes doivent être de longueurs sensiblement équivalentes ;
- une même idée ne peut pas apparaître dans deux paragraphes différents.

Dans le cas du texte de Voltaire, deux plans sont possibles. Bien qu'ils soient différents, ils permettent tous deux de répondre à la question de manière organisée et pertinente, en prenant en compte tous les aspects du texte.

1re possibilité : le plan thématique

1. Faire un portrait pitoyable du nègre
   a. sa position et ses vêtements
   b. ses mutilations
2. Montrer la cruauté du colon
   a. le nom de Vanderdendur
   b. la cruauté du maître
3. Dénoncer les causes de la colonisation
   a. le sucre
   b. la religion

Il s'agit d'un **plan thématique**. Les trois axes proposés reprennent les trois grands arguments utilisés ici par Voltaire, de manière directe ou indirecte.

2e possibilité : organiser d'après la réception du texte

1. Susciter la pitié : le choix de l'argumentation indirecte
    a. la position du nègre et ses vêtements
    b. ses mutilations
    c. les larmes de Candide
2. Susciter l'indignation : le choix de l'argumentation directe
    a. le nom de Vanderdendur, la cruauté du maître : un comportement inacceptable
    b. le sucre et la religion : des causes récusables

Il s'agit ici d'un plan reposant davantage sur **la réception du texte** et les procédés mis en œuvre par Voltaire pour faire accéder le lecteur à sa propre dénonciation.

Astuce

Le titre de chacune des parties est une réponse à la question. S'en assurer, au moment de la conception du plan au brouillon, est un bon moyen d'éviter le hors-sujet.

À éviter

- le catalogue de remarques sur le texte sans lien entre elles ;
- le catalogue de remarques non explicitées, et sans lien avec la question.

TOP CHRONO
C'est l'interro !

Exercice 1 (3 pts) ***3 min***

Questions de cours

a. Pour un texte, n'y a-t-il qu'un seul plan de commentaire possible ?

b. Comment puis-je m'assurer que mes paragraphes sont en cohérence avec la question posée ?

c. Puis-je écrire un paragraphe de 15 lignes et un autre de 18 lignes ?

Exercice 2 (6 pts) ***15 min***

Le plan de la réponse à la question d'interprétation littéraire suivante vous paraît-il pertinent ? Expliquez.

- **Texte :** *Montaigne raconte à la fin du chapitre, sa rencontre avec trois brésiliens présentés à Rouen au roi Charles IX, en 1562.*

Trois d'entre eux, ignorant combien coûtera un jour à leur repos et à leur bonheur la connaissance des corruptions de deçà, et que de ce commerce naîtra leur ruine, comme je présuppose qu'elle soit déjà avancée, bien misérables de s'être laissé piper au désir de la nouvelleté et avoir quitté la douceur de leur ciel pour venir voir le nôtre, furent à Rouen, du temps que le feu roi Charles neuvième y était. Le Roi parla à eux longtemps ; on leur fit voir notre façon, notre pompe, la forme d'une belle ville. Après cela, quelqu'un en demanda leur avis, et voulut savoir d'eux ce qu'ils y avaient trouvé de plus admirable ; ils répondirent trois choses, d'où j'ai perdu la troisième, et en suis bien marri ; mais j'en ai encore deux en mémoire. Ils dirent qu'ils trouvaient en premier lieu fort étrange que tant de grands hommes, portant barbe, forts et armés, qui étaient autour du Roi (il est vraisemblable qu'ils parlaient des Suisses de sa garde), se soumissent à obéir à un enfant, et qu'on ne choisisse plutôt quelqu'un d'entre eux pour commander ; secondement (ils ont une façon de leur langage telle, qu'ils nomment les hommes moitié les uns des autres) qu'ils avaient aperçu qu'il y avait parmi nous des hommes pleins et gorgés de toutes sortes de commodités, et que leurs moitiés étaient mendiants à leurs portes, décharnés de faim et de pauvreté ; et trouvaient étrange comme ces moitiés ici nécessiteuses pouvaient souffrir une telle injustice, qu'ils ne prissent les autres à la gorge, ou missent le feu à leurs maisons.

Je parlai à l'un d'eux fort longtemps ; mais j'avais un truchement qui me suivait si mal et qui était si empêché à recevoir mes imaginations par sa bêtise, que je n'en pus tirer guère de plaisir. Sur ce que je lui demandai quel fruit il recevait de la supériorité qu'il avait parmi les siens (car c'était un capitaine, et nos matelots le nommaient roi), il me dit que c'était marcher le premier à la guerre ; de combien d'hommes il était suivi, il me montra une espace de lieu, pour signifier que c'était autant qu'il en pourrait en une telle espace, ce pouvait, être quatre ou cinq mille hommes ; si, hors la guerre, toute son autorité était expirée, il dit qu'il lui en restait cela que, quand il visitait les villages qui dépendaient de lui, on lui dressait des sentiers au travers des haies de leurs bois, par où il pût passer bien à l'aise.

Tout cela ne va pas trop mal : mais quoi, ils ne portent point de hauts-de-chausses !

Montaigne, *Essais*, I, 31 (orthographe modernisée par nos soins)

- **Question** : comment le récit de Montaigne permet-il de voir la rencontre avec les Indiens comme une scène marquante ?
- **Plan**

  I. Par un récit détaillé

  – le cadre

  – la volonté d'être précis : donne des précisions, fait de longues phrases

  – l'importance du dialogue : donner à entendre, prendre le temps de faire vivre la scène

  II. Par la curiosité de Montaigne

  – rester seul avec un Indien et son interprète, ne pas suivre le groupe

  – poser des questions, chercher à comprendre les différences de culture

  III. Par la dénonciation de la société occidentale

  – comparer la société indienne et la société occidentale

  – le regard étranger

Exercice 3 (11 pts) *15 min*

Trouvez, pour les arguments des deux premières parties de l'exercice précédent, des exemples dans le texte qui illustrent les idées.

ARGUMENTS	EXEMPLES
• le cadre	• précisions données sur le cadre spatio-temporel : « Rouen », « temps du roi Charles le IXe » Volonté également de cerner l'atmosphère : présence de nombreuses personnes de la cour « on leur fit voir », « quelqu'un » et de la garde « les Suisses »
• la volonté d'être précis	•
• l'importance du dialogue	•
• rester seul avec un indien et ne pas suivre le groupe	•
• poser des questions	•

SCORE

...... pts

29 RÉDIGER LA RÉPONSE POUR LA QUESTION D'INTERPRÉTATION LITTÉRAIRE

On attend, pour la question d'interprétation comme d'ailleurs pour la question de réflexion, une réponse rédigée. Il va sans dire que plus la langue utilisée est claire et soignée, plus la copie est valorisée. Ainsi, le candidat doit s'efforcer d'utiliser un langage soutenu et une syntaxe correcte. Au-delà de cette exigence, différents points sont également à prendre en compte.

Citer et expliquer

- La rédaction permet d'étayer la réponse en développant les idées et en expliquant les exemples choisis. Il est donc impératif de citer des passages du texte. Pour ce faire, le candidat doit impérativement insérer ses citations dans le cours de la rédaction, sans recourir aux parenthèses, et en s'efforçant de varier la façon dont il cite :
  - en utilisant la proposition incise : « Quand la meule nous attrape le doigt, **dit le nègre**, on nous coupe la main » ;
  - en insérant la citation dans la phrase qui la commente : Le nègre, s'adressant à Candide, lui fait remarquer que c'est au prix de souffrances infligées aux esclaves que « vous mangez du sucre en Europe » ;
  - en utilisant un verbe introducteur de parole : Le nègre **déclare** : « On nous donne un caleçon de toile pour tout vêtement ».
- La citation doit toujours être commentée d'après l'idée que l'on est en train de développer. Il convient d'expliquer pourquoi l'on cite tel passage du texte et ce qu'il apporte dans la réponse que l'on est en train d'apporter à la question posée.

Attention

Expliquer une citation ne veut jamais dire expliquer son sens littéral. Si le candidat se contente de l'explication du sens des mots, il produira ce que l'on appelle de la **paraphrase**, c'est-à-dire la reformulation du texte avec d'autres mots.

Exemple

- Voltaire écrit que Candide « versait des larmes » : cela signifie qu'il pleure et qu'il est triste → **paraphrase**

- Voltaire écrit que Candide « versait des larmes » puis répète qu'il entre dans Surinam « en pleurant » : cette insistance sur la douleur de Candide nous permet de comprendre qu'il souffre de la situation du nègre et nous invite, nous lecteur, à éprouver la même compassion que lui pour cet esclave infortuné.

➠ La mise en forme

La mise en forme du devoir est importante : elle montre l'organisation des idées dans l'espace de la copie et permet de suivre clairement le déroulement de la réflexion. Là encore, certaines règles s'imposent :

- chaque grande idée ou axe de réflexion correspond à un paragraphe ;
- entre les paragraphes, on va à la ligne ;
- tout paragraphe commence par un alinéa ;
- il se compose de :
  - un argument qui justifie l'idée directrice du paragraphe ;
  - la citation et le commentaire d'au moins un exemple, éventuellement de l'analyse des procédés de style utilisés par l'auteur.

  Un paragraphe est ainsi un bloc rédigé, d'une dizaine de lignes, et développant une idée ;
- le devoir commence par une petite **introduction**. Elle présente le texte à l'étude ainsi que le thème de la question (1re étape), donne la problématique d'étude (2e étape) puis annonce le plan (3e étape) ;
- le devoir s'achève par une brève **conclusion**, qui reprend les grandes idées du devoir afin de répondre à la question posée lors de l'introduction.

Rappel : consignes d'écriture

- Les citations doivent toujours se trouver entre guillemets ;
- les titres d'œuvre sont soulignés. Cela permet souvent de différencier l'œuvre du personnage principal :
  - Candide → l'œuvre (dans les textes tapés à l'ordinateur, le soulignement devient de l'italique) ;
  - Candide → le personnage ;
- il n'est pas permis d'utiliser des abréviations, sauf pour les numéros de vers ou de ligne (l. 20 ; v. 2) ;
- les chiffres sont écrits en lettres, sauf pour les numéros de vers ou de ligne et les dates (Voltaire est né en 1694) ;
- on évite de se servir du pronom « je » pour lui préférer, lorsque c'est nécessaire, « on » ou « nous ».

TOP CHRONO
C'est l'interro !

Exercice 1 (3 pts) ***5 min***

Écrivez l'introduction de la question d'interprétation littéraire d'après les éléments suivants :

- **Texte** : extrait de Choderlos de Laclos, *Les Liaisons dangereuses*, 1782. Roman épistolaire où les deux personnages principaux, le vicomte de Valmont et la marquise de Merteuil, manipulent les autres par le langage. Lettre 81 de la marquise de Merteuil faisant son portrait.
- **Question** : Comment le discours traduit-il l'orgueil et la supériorité de la marquise ?
- **Plan**
  I. Parler longuement de soi-même
  II. Une rhétorique de l'éloge

Exercice 2 (8 pts) ***8 min***

Voici quelques phrases issues d'un commentaire de la lettre de la marquise de Merteuil. Les citations sont maladroitement insérées. Corrigez chacune d'elles.

a. Mme de Merteuil explique que les autres ont une fausse image d'elle comme le montre « on me croyait étourdie ».

b. La marquise, « observer et réfléchir », énonce ses grands principes de vie.

c. L'affirmation hyperbolique montre les capacités d'analyses du personnage : « Je possédais déjà les talents [...] réputation ».

d. Pour opposer l'apparence et la réalité, l'auteur écrit : « tandis que », « mais », la parataxe.

Exercice 3 (12 pts)

20 min

En vous aidant des fiches n° 27 à 29, rédigez la réponse à la question posée sur le texte de Voltaire (fiche n° 27 pour le texte et la question) :

Quels sont les procédés de la dénonciation du colonialisme utilisés ici par Voltaire ?

Vous choisirez pour votre rédaction le premier plan proposé (cf. fiche n° 28).

SCORE

...... pts

30 ANALYSER LA QUESTION DE RÉFLEXION LITTÉRAIRE

Rappel et texte d'exemple

Si le texte est d'orientation philosophique, vous aurez à répondre à une question de réflexion littéraire, après avoir analysé le texte proposé dans la réponse à la question d'interprétation philosophique. La question de réflexion littéraire a pour but de vous amener à vous interroger sur un thème, un enjeu, une question soulevés par le texte étudié. Toutefois, vous ne devez pas répondre à cette question de réflexion en ne vous appuyant que sur le texte proposé : au contraire, il s'agit de montrer que vous avez des connaissances philosophiques et littéraires à l'aide desquelles vous êtes capable d'argumenter, de vous interroger et de réfléchir au sujet que l'on vous propose.

Pour plus de clarté, voici le sujet à partir duquel nous travaillerons la méthode de la question de réflexion littéraire. Ce sujet est en lien avec la deuxième partie : Représentations du monde.

Jean-Jacques Rousseau, *Rousseau juge de Jean-Jacques,* « Deuxième dialogue ».

Les hommes livrés à l'amour-propre et à son triste cortège ne connaissent plus le charme et l'effet de l'imagination. Ils pervertissent l'usage de cette faculté consolatrice, et au lieu de s'en servir pour adoucir le sentiment de leurs maux, ils ne s'en servent que pour l'irriter. Plus occupés des objets qui les blessent que de ceux qui les flattent, ils voient partout quelque sujet de peine, ils gardent toujours un souvenir attristant [...] Les concurrences, les préférences, les jalousies, les rivalités, les offenses, les vengeances, les mécontentements de toute espèce, l'ambition, les désirs, les projets, les moyens, les obstacles remplissent de pensées inquiétantes les heures de leurs courts loisirs [...]

Mais celui qui, franchissant l'étroite prison de l'intérêt personnel et des petites passions terrestres, s'élève sur les ailes de l'imagination au-dessus des vapeurs de notre atmosphère, celui qui sans épuiser sa force et ses facultés à lutter contre la fortune et la destinée sait s'élancer dans les régions éthérées, y planer et s'y soutenir par de sublimes contemplations, peut de là braver les coups du sort et les insensés jugements des hommes. [...] Enfin tel est en nous l'empire de l'imagination et telle en est l'influence, que d'elle naissent non seulement les vertus et les vices, mais les biens et les maux de la vie humaine [...].

1. Question d'interprétation philosophique

Selon Rousseau, faut-il se fier à notre imagination pour appréhender le monde ?

2. Question de réflexion littéraire

Pour créer une œuvre artistique ou littéraire, suffit-il de « s'élev[er] sur les ailes de l'imagination » ? Vous répondrez de manière argumentée en illustrant votre réponse par des exemples tirés de vos connaissances vues en classe et de vos connaissances personnelles.

Repérer et expliquer les mots-clés de la question

Il s'agit des mots importants du sujet, qui en font la spécificité et grâce auxquels vous pouvez répondre à la question. Au brouillon, vous devez définir et expliquer chaque mot-clé, c'est de cette manière que vous parviendrez à comprendre les attentes de la question (et que vous ne tomberez pas dans le hors sujet !), que vous arriverez à cerner le domaine étudié et à mobiliser des connaissances en lien avec le sujet.

Voici les mots-clés de la question :

- **créer :** il s'agit de se placer du point de vue de l'artiste et de l'écrivain en réfléchissant à la manière dont ils trouvent l'inspiration et construisent leur œuvre.
- **œuvre artistique ou littéraire** : on s'intéresse aux œuvres des écrivains (romancier, poètes, philosophes…), mais pas seulement : vous pouvez également évoquer les peintres, les musiciens…
- **suffit-il :** doit on se contenter uniquement de cela ? ou peut-on envisager d'autres modalités ?
- **les ailes de l'imagination** : l'imagination est la faculté de fabriquer des images, d'inventer. Si elle a des « ailes », c'est qu'elle nous transporte vers un ailleurs, loin de la réalité existante, ce que Rousseau appelle dans la suite les « régions éthérées » (c'est-à-dire un pays idéal, supérieur, divin peut-être).

Comprendre les enjeux de la question

Au brouillon toujours, relisez votre analyse des mots-clés et essayez de reformuler le sujet de différentes manières. Grâce à cela, vous vous approprierez la question et surtout, cela vous permettra de voir à quels éléments du cours vous devez faire appel pour répondre à la question :

- L'artiste ou l'écrivain doivent-ils faire appel à leurs facultés d'invention uniquement ou bien peuvent-ils créer sans elles ?
- Si l'imagination n'est pas convoquée par l'artiste lorsqu'il crée, comment parvient-il à faire une œuvre d'art ? Comment peut-il s'y prendre ?
- L'œuvre artistique et littéraire est-elle totalement éloignée de la réalité ?
- L'artiste peut-il créer une œuvre d'art entièrement, à partir de rien et de sa seule imagination, ou bien s'inscrit-il dans une tradition, une imitation des autres ?

Trouver des éléments de réponse

Une fois que la question est bien comprise, vous faites, au brouillon, une liste des éléments du cours, mais surtout des exemples précis (auteurs, textes, artistes) que vous pouvez convoquer pour votre réponse. En effet, il est toujours plus facile de partir des exemples précis pour ensuite trouver des arguments généraux que de faire l'inverse. Vous avez bien évidemment le droit de faire appel à des connaissances vues les années précédentes ou dans vos cours de français de cette année. La règle d'or est que chaque élément puisse se rattacher au sujet.

Voici quelques exemples qui peuvent vous aider pour votre réponse :

- Thomas More, *Utopia* : une cité idéale imaginaire servant à critiquer la société dans laquelle vit More.
- Mme de Lafayette, *La Princesse de Clèves* : le refus de l'imagination débordante des romans précieux au profit d'une vraisemblance et d'un réalisme psychologiques.
- Les romans de chevalerie : célébration d'un idéal pour corriger le monde réel.
- Le *Roman comique* de Scarron : tenter de reproduire le réel.
- La Pléiade : inventer un langage nouveau. Mais imiter l'Antiquité.
- Diderot et l'invention du drame bourgeois qui refuse les règles classiques pour privilégier l'invention (nouvelles intrigues, nouveaux personnages…).
- L'invention de la perspective grâce à l'imagination (Alberti, Brunelleschi).

N'hésitez pas ensuite à relire cette liste et à barrer les exemples qui vous semblent finalement trop éloignés de la question.

Enfin, vous pouvez reprendre des arguments du texte étudié, s'ils correspondent à la question posée :

Rousseau explique que l'imagination bien utilisée est une « force consolatrice » : elle nous permet donc d'échapper à l'amertume du réel. La *Nouvelle Héloïse* est par exemple une œuvre inventée par Rousseau afin de converser avec des personnages fictifs qui correspondent à ses idéaux.

Il faut que l'analyse du sujet et la recherche des éléments de réponse ne dure pas plus de 15 minutes.

TOP CHRONO
C'est l'interro !

Exercice 1 (10 pts) ***15 min***

Soulignez et analysez les mots-clés des questions de réflexion littéraire suivantes :

a. Pensez-vous que les paroles qui visent uniquement à séduire soient toujours condamnables ?

b. En quoi les œuvres de fiction sont-elles un outil efficace au service de la vérité ?

c. « Mon imitation n'est point un esclavage » affirme La Fontaine. Souscrivez-vous à ce jugement ?

d. Selon vous, la littérature doit-elle embellir la réalité ou, au contraire, la montrer telle qu'elle est ?

e. On dit souvent que le roman est le reflet de la société. Vous discuterez cette affirmation en vous appuyant sur vos connaissances.

Exercice 2 (10 pts) **15 min**

Reprenez les questions de l'exercice 1 et essayez de rattacher chaque sujet à une ou plusieurs fiches de cours. Vous indiquerez ensuite un exemple précis que vous pourrez utiliser pour répondre à la question.

SCORE

...... *pts*

31

CONSTRUIRE UN PLAN POUR LA QUESTION DE RÉFLEXION LITTÉRAIRE

Les deux types de plan possibles

Une fois que la question est analysée et que vous avez listé des éléments de réponse, il convient d'organiser ces éléments à l'intérieur d'un plan. Il est nécessaire de réfléchir rapidement au type de plan à adopter dans la mesure où cela vous aidera à trouver d'autres arguments pour votre réponse.

Première possibilité : le plan thématique

Il est souvent utilisé lorsque la question posée est très ouverte, qu'elle vous demande de définir une notion, d'explorer un aspect. Bien souvent les questions qui attendent un plan thématique commencent par « pourquoi », « comment », « de quelle manière », « en quoi »… Vous devez donc répondre en proposant plusieurs thèmes (2 ou 3) qui construiront vos paragraphes et vous permettront de renforcer l'affirmation proposée par le sujet. Il s'agit donc de faire un petit exposé sur la notion de la question.

Deuxième possibilité : le plan dialectique

Dans ce cas, la question qui vous est posée propose un avis tranché sur un sujet, avis qu'il semble nécessaire de nuancer ou de contrebalancer. Pour savoir s'il faut une réponse dialectique à la question posée, demandez-vous si on peut spontanément répondre par oui ou par non à cette même question. Si c'est le cas, c'est que la question réclame un plan dialectique, c'est-à-dire un plan qui examinera les arguments en faveur de la thèse (= paragraphe I : la thèse), et les arguments qui cherchent à nuancer cette thèse (= paragraphe II : l'antithèse). Souvent, la question est très fermée et peut commencer par « pensez-vous que », « selon vous »…

Attention : les plans à éviter

La réponse à la question constitue une réflexion argumentée. Il est donc inenvisageable que vous proposiez un plan chronologique (ex : I : l'Antiquité / II. Le Moyen Âge). Soyez attentifs à utiliser des exemples qui balaient l'ensemble des périodes littéraires. On ne vous demande pas d'être des historiens de la littérature, mais bien de réfléchir activement à une question.

Enfin, vous ne pouvez pas non plus proposer une liste d'exemples et de textes en guise de parties. On vous reprocherait alors de ne pas répondre à la question de

manière construite et pertinente. Il faut vous assurer que les titres des parties que vous avez trouvées au brouillon répondent clairement à la question.

➡ Construction du plan à partir de la question sur le texte de Rousseau

La question de réflexion littéraire est la suivante : pour créer une œuvre artistique ou littéraire, suffit-il de « s'élev[er] sur les ailes de l'imagination » ?

Le plan à adopter est nécessairement dialectique dans la mesure où le verbe « suffit-il » vous incite à envisager l'autre possibilité : l'imagination seule ne suffit pas à créer une œuvre. Vos deux paragraphes devront donc être formulés de manière à répondre explicitement à la question posée :

I. L'imagination semble suffisante pour créer une œuvre artistique et littéraire

II. Mais en réalité, l'artiste et l'écrivain ne font pas uniquement appel à elle lorsqu'ils veulent créer.

À l'intérieur de ces grands paragraphes, vous devrez développer des arguments étayés par des exemples précis qui permettront de développer votre réflexion. Dans chaque paragraphe, il est demandé au minimum un argument. Mais vous pouvez proposer plusieurs exemples, cela sera valorisé car cela montrera que vous avez des connaissances. Les exemples utilisés peuvent être tirés des périodes de référence du programme, mais pas seulement : vous avez la possibilité de faire appel à des références contemporaines. Enfin, vos deux paragraphes doivent être de longueur sensiblement équivalente.

Voici les différents arguments et exemples que l'on peut développer dans les paragraphes.

I. L'imagination semble suffisante pour créer une œuvre artistique et littéraire

1er argument : l'imagination joue un rôle essentiel dans la création puisqu'elle permet l'**invention** d'une intrigue, de personnages fictifs, d'une nouvelle langue…

Exemple : la *Nouvelle Héloïse* de Rousseau donne naissance à des personnages idéaux grâce auxquels l'écrivain et son lecteur échappent à la réalité. Le monde chimérique ainsi créé se déploie sur des centaines de pages et offre à l'écrivain un refuge bienfaisant.

2e argument : l'imagination permet à la création artistique de se renouveler en permanence et **d'ouvrir des chemins inconnus**.

Exemples : l'invention de la perspective en peinture révolutionne l'art pictural / l'invention d'un nouveau genre théâtral comme le drame bourgeois par Diderot, qui met sur scène des personnages nouveaux, donne un nouvel essor à l'esthétique théâtrale.

II. Mais en réalité, l'artiste et l'écrivain ne font pas uniquement appel à leur imagination lorsqu'ils veulent créer

1er argument : une œuvre, quelle qu'elle soit, ne naît pas de rien, elle s'inscrit dans une tradition et la création est aussi une **imitation**, quand bien même l'artiste n'en aurait pas conscience.

Exemples : le génie de Molière et ses inventions comiques doivent beaucoup à Plaute dont il a repris certaines répliques / La Fontaine s'inspire des fables d'Ésope / Proust a exercé sa plume en faisant des pastiches / dans les ateliers de peinture de la Renaissance, les artistes s'inspirent des grands maîtres pour créer.

2e argument : l'échappée hors de la réalité, lors de la création d'une œuvre est illusoire. **L'imagination prend appui sur le réel**.

Exemples : les utopies (Rabelais, More) prennent justement comme point de départ une réalité décevante / le roman classique inventé par Mme de Lafayette refuse l'imagination du roman précieux pour privilégier la vraisemblance psychologique et le réalisme / Zola et le travail journalistique auquel il se livre avant d'écrire ses romans : la réalité des différents milieux est son matériau premier pour créer / Scarron et l'importance de la réalité dans son *Roman comique*.

Il faut que la construction de votre plan au brouillon ne dure pas plus de 20 minutes.

TOP CHRONO
C'est l'interro !

Exercice 1 (2 pts) ***2 min***

Quelles sont les différences entre un plan dialectique et un plan thématique ?

....

....

....

Exercice 2 (5 pts) ***3 min***

Indiquez pour chaque question proposée quel type de plan est attendu.

a. Pensez-vous que les paroles qui visent uniquement à séduire soient toujours condamnables ?

....

....

....

b. En quoi les œuvres de fiction sont-elles un outil efficace au service de la vérité ?

....

....

....

c. « Mon imitation n'est point un esclavage » affirme La Fontaine. Souscrivez-vous à ce jugement ?

....

....

....

d. Selon vous, la littérature doit-elle embellir la réalité ou, au contraire, la montrer telle qu'elle est ?

....

....

....

e. On dit souvent que le roman est le reflet de la société. Vous discuterez cette affirmation en vous appuyant sur vos connaissances.

....

....

....

Exercice 3 (3 pts) — *2 min*

Associez chaque exemple à son argument

ARGUMENTS	EXEMPLES
a. La parole poétique est considérée comme une parole inspirée par les dieux.	**1.** Cicéron utilise de nombreuses figures de rhétorique.
b. Le discours qui cherche à persuader est très efficace.	**2.** du Bellay se lamente dans les *Regrets* parce que les Muses se détournent de lui, ce qui l'empêche de créer.
c. À la Renaissance, de nombreux écrivains partent à la découverte de l'Autre.	**3.** Jean de Léry a fait le récit de son voyage au Brésil et en a rapporté un témoignage capital sur les mœurs des Tupinambas.

Exercice 4 (5 pts) — *3 min*

Voici différents exemples qu'un élève souhaite utiliser pour la question d de l'exercice 2. Certains sont hors sujet : lesquels ?

a. Le roman de chevalerie propose un amour idéalisé.

b. Selon la mythologie, la poésie lyrique est née d'Orphée.

c. Au XVIIe siècle, un auteur comme Sorel s'attache à retranscrire la réalité.

d. La poésie de Ponge, parce qu'elle décrit les objets quotidiens d'une façon totalement nouvelle, propose un autre regard sur le monde qui nous entoure.

e. Molière dans *Tartuffe* critique Orgon en soulignant sa naïveté et sa crédulité. Ce personnage reflète les défauts d'une partie de la société du XVIIe siècle.

f. La puissance de persuasion du conte philosophique *Zadig* vient du fait qu'il met en scène une série d'anecdotes très ironiques.

Exercice 5 (5 pts) **5 min**

Ajoutez un argument et son exemple aux deux paragraphes proposés pour la question de réflexion littéraire.

SCORE

...... pts

32 RÉDIGER LA RÉPONSE POUR LA QUESTION DE RÉFLEXION LITTÉRAIRE

Les attentes concernant la rédaction de cette réponse sont les mêmes que pour la réponse à la question d'interprétation littéraire : la langue doit être claire et soignée, la syntaxe correcte. Ce sont des éléments qui seront valorisés. Mais d'autres points sont essentiels.

Développer les arguments à l'aide d'exemples précis

Tout l'enjeu de cette réponse va être de montrer à votre correcteur que vous avez bien travaillé les thèmes du programme et que vous savez exploiter les exemples vus en cours. Il faudra donc que vous développiez ces exemples et que vous ne vous contentiez pas de les évoquer rapidement.

Voici deux propositions rédigées, l'une à éviter, l'autre à prendre pour modèle. Ces deux propositions permettront de mieux comprendre la façon dont il faut exploiter un exemple. Elles entendent développer l'argument selon lequel l'écrivain doit s'appuyer sur la réalité pour créer :

À ne pas faire

« L'imagination n'est pas l'unique recours offert à l'écrivain lorsqu'il s'agit de créer. En effet, les œuvres prennent aussi appui sur la réalité qu'elles cherchent à montrer avec précision. C'est le cas chez Jean de Léry dans son *Histoire d'un voyage fait en la terre du Brésil* »

→ ici l'exemple souligné n'est pas du tout développé et n'étaye pas suffisamment l'argument évoqué dans la phrase précédente.

À faire

« L'imagination n'est pas l'unique recours offert à l'écrivain lorsqu'il s'agit de créer. En effet, les œuvres prennent aussi appui sur la réalité qu'elles cherchent à montrer avec précision. C'est le cas chez Jean de Léry dans son *Histoire d'un voyage fait en la terre du Brésil*. Dans ce récit de voyage, l'explorateur décrit avec minutie les Indiens Tupinambas : il explique par exemple que leur corps n'est pas monstrueux, mais au contraire beaucoup plus robuste que la plupart des Occidentaux, que leur nudité n'est pas honteuse, que l'environnement dans lequel ils vivent contribue à fortifier leur condition physique… C'est sur de tels détails réalistes que l'œuvre de Jean de Léry se construit tout entière ».

→ l'exemple est bien développé parce qu'il s'appuie sur un passage précis de l'œuvre utilisée.

La mise en forme

C'est un point très important car la mise en forme permet de structurer votre devoir et vos idées. Votre examinateur pourra ainsi mieux suivre votre raisonnement si vous respectez certaines règles :

- Le devoir commence par une **petite introduction** qui amorce le sujet en faisant le lien entre la question posée et le thème du programme concerné (1re étape). Elle rappelle ensuite la question posée (2e étape) puis annonce le plan (3e étape).
- Le **développement** se compose de deux paragraphes au moins, qui correspondent aux deux axes ou grandes idées de votre plan.
- À l'intérieur de chaque paragraphe, vous devez développer au moins un argument et les exemples qui lui sont associés.
- Chaque paragraphe commence par un alinéa.
- Le devoir se termine par une **petite conclusion** qui rappelle les grandes idées de votre réponse et permet ainsi de répondre à la question posée.

Les consignes d'écriture sont les mêmes que pour la question d'interprétation littéraire (cf. fiche n° 29 « Rappel : consignes d'écriture »)

TOP CHRONO
C'est l'interro !

Exercice 1 (3 pts) ***2 min***

Quelles sont les trois étapes de l'introduction ?

....

....

....

Exercice 2 (5 pts) ***10 min***

Rédigez et développez chaque exemple de manière à ce qu'il explique l'argument auquel il se rattache :

a. Argument : la création est une imitation.
Ex : Molière s'inspire de Plaute.

....

....

....

....

....

....

b. Argument : la création relève de l'imagination.
Ex : Rousseau imagine de toutes pièces des personnages dans la *Nouvelle Héloïse.*

....

....

....

....

....

....

Exercice 3 (12 pts) **20 min**

En vous aidant des fiches n° 30, 31, 32, rédigez intégralement la réponse à la question de réflexion en utilisant le plan proposé à la fiche n° 31.

Question : pour créer une œuvre artistique ou littéraire, suffit-il de « s'élev[er] sur les ailes de l'imagination » ?

....

....

....

....

....

....

....

....

....

....

....

....

....

....

....

....

....

....

....

....

....

SCORE

...... pts

33 ANALYSER LA QUESTION D'INTERPRÉTATION PHILOSOPHIQUE

➡ Rappel et texte d'exemple

Si le texte est d'orientation philosophique, la première des deux questions posées sur le texte est une question d'interprétation philosophique. Il sera demandé soit d'expliquer la thèse centrale du texte, soit d'en faire ressortir les implications par rapport à un thème ou une question philosophique donnée.

Dans tous les cas, l'écueil à éviter est celui de la simple paraphrase ou répétition du texte : il ne s'agit pas seulement de redire *ce que dit* l'auteur (= paraphrase) mais aussi d'expliquer **ce que cela veut dire** (définir les concepts, expliquer les arguments), et **pourquoi** l'auteur dit cela (dégager les sous-entendus et les intentions de l'auteur, tirer les conséquences de ce qui est dit). Enfin, les meilleurs copies arriveront à montrer **quel est le problème philosophique** sous-jacent (la question sur laquelle le texte amène à réfléchir, le problème qu'il invite à soulever).

Pour illustrer le travail d'analyse préparatoire à effectuer, reprenons le texte utilisé comme exemple dans la fiche n° 30 (« Analyser la question de réflexion littéraire »).

Jean-Jacques Rousseau, *Rousseau juge de Jean-Jacques,* « Deuxième dialogue ».

Les hommes livrés à l'amour-propre et à son triste cortège ne connaissent plus le charme et l'effet de l'imagination. Ils pervertissent l'usage de cette faculté consolatrice, et au lieu de s'en servir pour adoucir le sentiment de leurs maux, ils ne s'en servent que pour l'irriter. Plus occupés des objets qui les blessent que de ceux qui les flattent, ils voient partout quelque sujet de peine, ils gardent toujours un souvenir attristant [...] Les concurrences, les préférences, les jalousies, les rivalités, les offenses, les vengeances, les mécontentements de toute espèce, l'ambition, les désirs, les projets, les moyens, les obstacles remplissent de pensées inquiétantes les heures de leurs courts loisirs [...]

Mais celui qui, franchissant l'étroite prison de l'intérêt personnel et des petites passions terrestres, s'élève sur les ailes de l'imagination au-dessus des vapeurs de notre atmosphère, celui qui sans épuiser sa force et ses facultés à lutter contre la fortune et la destinée sait s'élancer dans les régions éthérées, y planer et s'y soutenir par de sublimes contemplations, peut de là braver les coups du sort et les insensés jugements des hommes. [...] Enfin tel est en nous l'empire de l'imagination et telle en est l'influence, que d'elle naissent non seulement les vertus et les vices, mais les biens et les maux de la vie humaine [...].

Question d'interprétation philosophique

Selon Rousseau, faut-il se fier à notre imagination pour appréhender le monde ?

Comprendre la question et dégager ses enjeux

Dans un premier temps, il faut s'assurer que l'on comprend bien la question posée : pour cela, on repère les **mots clefs** et on analyse leur sens littéral, puis on cherche des **reformulations** de la question pour se l'approprier.

Exemple

Selon Rousseau, **faut-il se fier** à notre **imagination** pour **appréhender le monde** ?

- **Mots clefs**
  - **Faut-il** : *doit-on... / est-il légitime de... / a-t-on raison de...*
  - **Se fier** : *faire confiance à..., ne pas douter de...*
  - **L'imagination** : l*a faculté de créer des images mentales d'objets réels (imaginer un être absent) ou irréels (imaginer un être fictif).*
  - **Appréhender le monde** : *percevoir et penser la réalité, s'en faire une représentation, chercher à la connaître.*
- **Reformulations du sujet**

  Selon Rousseau, l'imagination est-elle un instrument fiable pour connaître la réalité ? Peut-elle nous permettre de comprendre ce qui existe ? Est-il légitime de l'utiliser pour se représenter le monde ? Ou bien est-elle au contraire une puissance trompeuse dont il faut toujours se méfier ?

N.B. : il faut comparer les reformulations entre elles et avec le libellé du sujet pour s'assurer qu'il y a bien **équivalence sur le plan du sens**, la même interrogation revenant sous des formes différentes : on s'assure ainsi d'**éviter le hors sujet**, et on fait apparaître les **enjeux centraux** de la question, que l'on va ensuite analyser.

Cette problématique fait en effet apparaître que le problème philosophique posé par le texte est celui de **la valeur de l'imagination**, tant du point de vue de la recherche de la vérité que du point de vue de la quête du bonheur. Les meilleures copies seront celles qui dégageront cet enjeu et l'utiliseront comme problématique de lecture du texte (à présenter dans l'introduction, voir fiche n° 34).

(**Remarque** : il est néanmoins important de remarquer que le texte n'est pas centré sur la question du rapport imagination / vérité, qui n'apparaît pas

explicitement sous la plume de Rousseau, mais sur le rapport imagination / bonheur. Le sujet est donc légèrement décalé par rapport à l'objet principal du texte, afin de mieux correspondre au programme de l'année, où l'imagination aura surtout été envisagée du point de vue de la recherche de la vérité. Cependant, il est possible de mettre en lien le sujet avec le thème du bonheur qui est au cœur du texte, et il est indispensable de le faire. De manière générale, il faut partir du principe que **le sujet a toujours un lien (direct ou indirect) avec la question directrice du texte**. Même si ce lien n'est pas évident, il faut tout de même le chercher).

TOP CHRONO
C'est l'interro !

Exercice 1 (10 pts) ***20 min***

Trouvez les mots clefs des sujets suivants et expliquez-les :

a. Quelle est l'utilité de la parole pour l'homme, selon l'auteur ?

....

....

b. La rhétorique est-elle un art véritable, d'après l'auteur ?

....

....

c. Pourquoi la prise de conscience de l'infinité du monde doit-elle nous amener à méditer sur la condition humaine, d'après l'auteur ?

....

....

d. Peut-on être certain que les animaux pensent, selon l'auteur ?

....

....

Exercice 2 (10 pts) ***20 min***

Pour chacun des sujets de l'exercice 1, trouvez au moins deux reformulations de la question.

....

....

....

....

....

....

....

SCORE

...... pts

34

PLAN ET RÉDACTION DE LA QUESTION D'INTERPRÉTATION PHILOSOPHIQUE

Dégager la thèse et le plan du texte

Une fois la question d'interprétation analysée, il est bon de dégager la thèse et le plan du texte.

Identifier la thèse du texte

« La » thèse du texte, c'est son idée directrice, le point principal que l'auteur veut mettre en évidence dans son discours. Souvent, il sera possible de trouver une ou plusieurs phrases qui l'expriment de façon directe et explicite, et votre travail consistera alors à repérer ces passages. Mais parfois la thèse n'est pas explicitement formulée et doit donc être dégagée en faisant la synthèse de plusieurs idées disséminées dans le texte.

Pour savoir à quel cas de figure l'on a affaire, il n'existe pas de recette miracle : c'est affaire de jugement et d'entraînement. Mais l'on peut tout de même s'aider de la méthode suivante : lire le texte plusieurs fois de suite, puis se poser la question suivante : « Si je devais résumer le texte en une ou deux phrases pour en faire comprendre l'essentiel à quelqu'un qui ne l'a pas lu, que devrais-je dire ? ». On verra alors s'il suffit de citer tel quel l'un ou l'autre des passages du texte (= cas où la thèse est explicitement énoncée par l'auteur), ou bien s'il est nécessaire d'élaborer soi-même une formulation synthétique mettant en évidence ce que l'auteur veut établir par son propos.

Ex. Dans le texte de Rousseau (voir la fiche n° 33), la thèse du texte est donnée dans la dernière phrase : « tel est en nous l'empire de l'imagination et telle en est l'influence, que d'elle naissent [...] les biens et les maux de la vie humaine ». Cette thèse affirme donc que l'usage que nous faisons de l'imagination conditionne notre bonheur ou notre malheur.

Attention !

Ne pas confondre la *thèse* et le *thème* d'un texte. Le thème est ce dont parle le texte, l'objet sur lequel il porte (ex : l'imagination et le bonheur, pour le texte de Rousseau). La thèse est l'opinion de l'auteur, le point de vue qu'il défend à propos du thème dont il parle : elle doit pouvoir être introduite par la phrase « L'auteur pense que... ».

Dégager le plan du texte

L'étape suivante consiste ensuite à mettre au jour le plan du texte, c'est-à-dire sa structure argumentative, et à bien saisir l'enchaînement des idées. Pour ce faire, on découpe le texte en plusieurs parties (entre deux et quatre), chaque partie devant correspondre à un moment précis de la progression argumentative. Par exemple : la formulation d'une question, la position d'une thèse, l'énoncé d'un argument, la réfutation d'une objection, etc. Pour ce faire, on peut s'aider du découpage du texte en paragraphes et des connecteurs logiques présents dans le texte.

Au brouillon, on numérote ensuite les parties et on résume chacune d'elles (éventuellement en citant certains passages clefs), et l'on marque les connecteurs logiques qui les relient entre elles (y compris les connecteurs sous-entendus).

Ex. On peut distinguer trois parties dans le texte de Rousseau :

1. **Premier argument (§ 1)**
   Sous l'effet de l'amour propre, les hommes font un mauvais usage de l'imagination, alors qu'elle pourrait avoir une fonction « consolatrice ». **En effet**, ils l'utilisent pour ressasser « les sujets de peine » plutôt que pour « adoucir le sentiment de leurs maux ».
2. **Deuxième argument** (§ 2, jusqu'à « … les insensés jugements des hommes »).
   Mais il est possible d'en faire un meilleur usage, pour s'élever aux « régions éthérées » et s'y adonner à de « sublimes contemplations ». Un tel usage rend capable de supporter les malheurs de l'existence (« braver les coups du sort ») et de faire abstraction des opinions malveillantes (« les insensés jugements des hommes »).
3. **Conclusion : énoncé de la thèse** (fin du § 2).
   En conclusion (« Enfin »), l'usage bon ou mauvais que nous faisons de l'imagination conditionne notre malheur (§ 1) ou notre bonheur (§ 2).

➡ Construire un plan pour la réponse

Il reste enfin à préparer la réponse proprement dite. Pour cela, il faut :

Repérer les éléments du texte pertinents par rapport à la question

La plupart du temps, la question d'interprétation correspondra à la question directrice du texte. Tout texte peut en effet être lu comme la réponse à une question directrice, et la thèse du texte correspond à la réponse donnée à cette

question. Pour répondre au sujet, il vous faudra alors expliquer comment l'auteur argumente sa thèse et analyse les concepts qu'il utilise. Dans ce cas de figure, les éléments pertinents du textes seront donc simplement les arguments qu'il contient, pris de façon immédiate.

Mais parfois, comme dans notre exemple, le sujet donné ne coïncidera pas directement avec la question directrice du texte, mais avec une question connexe. Il faut alors se souvenir du principe que **le sujet est toujours en lien (direct ou indirect) avec la question directrice du texte** (voir la fiche n° 33), et repérer ce lien.

Ex. Même si la thèse du texte de Rousseau ne répond pas directement à la question posée par le sujet, il y a tout de même un lien car c'est en représentant le monde d'une certaine façon que l'imagination peut faire notre malheur ou notre bonheur. Il faut donc lire ce que dit Rousseau à la lumière de la problématique de « l'appréhension du monde », et interpréter ses arguments sur cette base :

Argument 1 : l'imagination fait notre malheur en ressassant les « sujets de peine » → elle nous donne une représentation erronée du monde, biaisée par l'amour-propre : elle n'est alors pas un instrument fiable d'appréhension du monde.

Argument 2 : l'imagination peut faire notre bonheur en nous procurant de « sublimes contemplations » → elle nous permet de fuir un certain niveau de réalité (le monde des soucis et des bassesses quotidiennes) pour nous élever à un niveau plus élevé (« les régions éthérées ») : elle est alors à la fois un moyen d'évasion hors du monde et un moyen d'accéder à des vérités supérieures et d'appréhender la vie avec plus sagesse.

Conclusion / thèse : l'imagination conditionne notre bonheur ou notre malheur selon le type de représentation du monde que l'on produit par son usage. Elle devrait nous permettre d'appréhender l'existence avec plus de hauteur et de sagesse, et faire ainsi notre bonheur ; mais la plupart des hommes en font un mauvais usage et elle devient alors un pouvoir d'illusion et de malheur. Dans le premier cas, il faut se fier à elle, mais pas dans le second.

Réunir des connaissances extérieures susceptibles d'enrichir le commentaire

Pour faire un bon commentaire, il est indispensable de mobiliser des connaissances extérieures au texte, que vous aurez acquises durant l'année à travers vos cours et vos lectures. Ce peut être des définitions de notions, des citations d'auteur,

des références artistiques ou littéraires, des exemples concrets, etc. : bref, tout ce qui permettra d'éviter la simple paraphrase et d'éclairer véritablement le texte à la lumière de la problématique posée.

Ex. Pour expliquer le texte de Rousseau, on pourra mobiliser :

- la définition de l'imagination comme faculté de produire des images et la distinction imagination créatrice / imagination reproductrice ;
- la citation de Pascal sur « L'imagination, maîtresse d'erreur et de fausseté », et la conception rationaliste de l'imagination, qui dévalorise celle-ci ;
- des références à d'autres textes de Rousseau, qui valorisent l'imagination comme moyen d'évasion dans la fiction et la rêverie, et des utopies littéraires et philosophiques comme *l'Utopia* de Thomas More ou *Les Aventures de Télémaque* de Fénelon (*idem*), qui illustrent sa fécondité pour mettre la réalité en perspective et penser un autre monde possible. (Pour toutes ces références, voir la fiche n° 22, « Imaginer des cités idéales »).

Organiser un plan à partir des matériaux récoltés

Pour terminer le travail préparatoire, on prendra soin de faire un plan de la réponse au brouillon, en suivant un schéma simple :

- Une **introduction** présentant le texte, la question qu'il pose, et la problématique que l'on peut élaborer à partir de là.

- Un **développement** de deux ou trois paragraphes, expliquant la réponse que l'on peut apporter à la question à la lumière de la problématique. Le plus simple est alors de suivre les arguments de l'auteur et de les expliquer en les mettant en lien avec la problématique.

- Une **courte conclusion**, faisant la synthèse des éléments du développement et formulant clairement la réponse à la question d'interprétation.

Ex. Introduction : le texte de Rousseau invite à réfléchir sur la valeur de l'imagination comme moyen d'appréhender la monde.

Développement

§ 1 : l'imagination comme faculté déformante qui appréhende le monde à travers le filtre de l'amour-propre et fait ainsi notre malheur (→ explication du § 1 du texte)

§ 2 : l'imagination comme faculté d'évasion et d'élévation qui permet à la fois de fuir le monde (oubli des petites passions terrestres / fuite dans

le rêve et les régions éthérées) et de mieux l'appréhender (contemplations de vérités supérieures, vision de la beauté et de l'ordre de la nature), faisant ainsi notre bonheur (→ explication du § 2).

Conclusion : L'ambivalence de l'imagination : nécessité d'en faire un bon usage pour pouvoir s'y fier.

➠ La rédaction finale

La rédaction finale de la réponse obéira aux mêmes principes que la rédaction de la question d'interprétation littéraire, aussi bien pour l'insertion des citations qu'en ce qui concerne la mise en forme graphique : voir la fiche n° 29.

La seule différence réside dans l'analyse des procédés stylistiques : pour l'explication d'un texte philosophique, celle-ci n'est pas indispensable, et ne se justifie que si les procédés stylistiques en question ont directement une portée argumentative ou conceptuelle (ex. : l'usage d'une antithèse pour marquer l'opposition de deux idées, la présence d'une métaphore ayant des implications philosophiques, etc.).

Enfin, les connaissances extérieures permettant d'éclairer le texte devront être insérées au fur et à mesure de la réponse, toujours en lien avec la notion ou le passage qu'ils permettent de clarifier ou de mettre ne perspective

TOP CHRONO
C'est l'interro !

Exercice 1 (3 pts) ***3 min***

Questions de cours

a. Qu'est-ce que la thèse d'un texte ?

b. Qu'est-ce que la question directrice d'un texte, et quel rapport entretient-elle avec la thèse de ce texte ?

c. La question d'interprétation porte-t-elle nécessairement sur la thèse du texte ?

Exercice 2 (7 pts) ***15 min***

Dégagez la thèse et le plan du texte suivant :

Il fut un temps où les hommes, errant dans les campagnes comme les animaux, n'avaient pour soutenir leur vie qu'une nourriture sauvage et grossière. La raison avait peu d'empire ; la force décidait de tout. Ces barbares n'avaient nulle idée de leurs devoirs envers la Divinité ni envers leurs semblables ; point de mariage légal point d'enfants dont on pût s'assurer d'être le père ; on ne sentait point encore les avantages de l'équité. Aussi, au milieu des ténèbres de l'erreur et de l'ignorance, les passions aveugles et brutales asservissaient l'âme, et abusaient, pour se satisfaire, des forces du corps, leurs pernicieux satellites. Sans doute, dans ces temps de barbarie, un homme s'est rencontré d'une sagesse et d'une vertu supérieures, qui reconnut combien l'esprit humain était propre aux plus grandes choses, si l'on pouvait le développer et le perfectionner en l'éclairant. À sa voix, les hommes dispersés dans les champs, ou cachés dans le fond des forêts, se rassemblent et se réunissent dans un même lieu. Il inspire tous les goûts honnêtes et utiles à ces cœurs farouches, qui veulent rejeter d'abord un joug dont la nouveauté les révolte mais qui pourtant, sensibles à l'éloquence de la sagesse, deviennent enfin humains et civilisés, de féroces et barbares qu'ils étaient auparavant. Et ce n'était point, ce me semble une sagesse muette et sans éloquence, qui pouvait opérer une révolution si prompte, arracher les hommes à l'empire de l'habitude, et les amener à un genre de vie si différent du premier. [...] Oui, sans doute, il fallut tout le charme d'une éloquence à la fois profonde et séduisante, pour amener sans violence la force à plier sous le joug des lois [...]. Tels furent l'origine et les progrès de l'éloquence, qui, par la suite, décida des plus grands intérêts, et dans la paix et dans la guerre, et rendit aux hommes les plus importants services. Mais quand une facilité dangereuse cachée sous le masque du talent, dédaignant les sentiers de la sagesse, se livra tout entière à l'étude de la parole, alors la perversité des orateurs abusa des dons de l'esprit pour bouleverser les villes, et faire le malheur de leurs concitoyens.

Cicéron, *De L'invention oratoire*, éd. Désiré Nisard, trad. M. Liez (1891)

Exercice 3 (10 pts) ***35 min***

Rédiger la réponse à la question d'interprétation sur le texte de Rousseau, en vous appuyant sur les éléments donnés dans cette fiche.

SCORE

...... pts

35 ANALYSER LA QUESTION DE RÉFLEXION PHILOSOPHIQUE

Rappel et texte d'exemple

Si le texte est d'orientation littéraire, après l'avoir analysé en répondant à la première question, vous aurez ensuite à répondre à une question de réflexion philosophique. Cette question a pour but de vous amener à vous interroger sur un thème, un enjeu, un problème soulevés par le texte étudié. Mais pour y répondre il ne faudra pas seulement s'appuyer sur le texte proposé : au contraire, il s'agit de montrer que vous avez acquis en cours d'année des connaissances philosophiques et littéraires à l'aide desquelles vous êtes capable de vous questionner et d'argumenter sur le sujet que l'on vous propose.

En guise d'illustration, reprenons le texte donné en exemple dans la fiche n° 27, en lien avec la deuxième partie : Représentations du monde.

Chapitre « Découvrir de nouvelles cultures » (cf. fiche n° 17)

En approchant de la ville, ils rencontrèrent un nègre étendu par terre, n'ayant plus que la moitié de son habit, c'est-à-dire d'un caleçon de toile bleue ; il manquait à ce pauvre homme la jambe gauche et la main droite. « Eh, mon Dieu ! lui dit Candide en hollandais, que fais-tu là, mon ami, dans l'état horrible où je te vois ? – J'attends mon maître, M. Vanderdendur, le fameux négociant, répondit le nègre. – Est-ce M. Vanderdendur, dit Candide, qui t'a traité ainsi ? – Oui, monsieur, dit le nègre, c'est l'usage. On nous donne un caleçon de toile pour tout vêtement deux fois l'année. Quand nous travaillons aux sucreries, et que la meule nous attrape le doigt, on nous coupe la main ; quand nous voulons nous enfuir, on nous coupe la jambe : je me suis trouvé dans les deux cas. C'est à ce prix que vous mangez du sucre en Europe. Cependant, lorsque ma mère me vendit dix écus patagons sur la côte de Guinée, elle me disait : "Mon cher enfant, bénis nos fétiches, adore-les toujours, ils te feront vivre heureux, tu as l'honneur d'être esclave de nos seigneurs les blancs, et tu fais par là la fortune de ton père et de ta mère." Hélas ! je ne sais pas si j'ai fait leur fortune, mais ils n'ont pas fait la mienne. Les chiens, les singes et les perroquets sont mille fois moins malheureux que nous. Les fétiches hollandais qui m'ont converti me disent tous les dimanches que nous sommes tous enfants d'Adam, blancs et noirs. Je ne suis pas généalogiste ; mais si ces prêcheurs disent vrai, nous sommes tous cousins issus de germains. Or vous m'avouerez qu'on ne peut pas en user avec ses parents d'une manière plus horrible.

– O Pangloss ! s'écria Candide, tu n'avais pas deviné cette abomination ; c'en est fait, il faudra qu'à la fin je renonce à ton optimisme. – Qu'est-ce qu'optimisme ? disait Cacambo. – Hélas ! dit Candide, c'est la rage de soutenir que tout est bien quand on est mal. » Et il versait des larmes en regardant son nègre, et en pleurant il entra dans Surinam.

Voltaire, *Candide*, chapitre 19

Question d'interprétation littéraire

Quels sont les procédés de la dénonciation du colonialisme utilisés ici par Voltaire ?

Question de réflexion à partir du texte

En quoi la rencontre avec l'autre transforme-t-elle l'idée d'« être humain » en problème ?

Repérer et expliquer les mots-clés de la question

Comme pour toutes les autres questions, il faut d'abord analyser les mots clés qui la constituent pour bien en saisir le sens.

Exemple

- **En quoi :** *dans quelle mesure, à quel(s) point(s) de vue est-ce que...*

N.B. : la proposition qui suit le « En quoi » (« la rencontre avec l'homme transforme l'idée d'"être humain" en problème ») est implicitement présentée comme vraie, et on vous demande d'expliquer pourquoi elle l'est, et non de la discuter.

- **la rencontre avec l'autre** : *la rencontre avec celui qui est différent, étranger, inconnu* (par sa culture et son aspect physique, ici).
- **transforme... en problème...** : *rend problématique quelque chose qui ne l'était pas auparavant* (un problème est une question ou une difficulté que l'on a du mal à résoudre).
- **l'idée d'« être humain »** : la définition de l'homme, de l'appartenance au genre humain (sens descriptif) / la définition de la conduite humaine, du fait de faire preuve d'humanité (sens moral).

Comprendre les enjeux de la question et faire une problématique

Au brouillon toujours, relisez attentivement votre analyse des mots-clés et essayez de reformuler le sujet puis tentez de chercher *les autres questions* qu'il invite à se poser. Le but est de « déplier » les différents aspects de la question et d'en faire apparaître les enjeux.

Exemple

- Dans quelle mesure la découverte d'une autre culture peut-elle remettre en cause notre définition de l'humanité ? (Reformulation du sujet).
- Cela signifie-t-il que notre conception de l'homme et de la « conduite humaine » est modelée par nos habitudes et notre culture, et que la découverte de la diversité culturelle peut venir la mettre en danger ? (Autre question n° 1)
- Mais la rencontre avec l'autre doit-elle fatalement déboucher sur le rejet et la domination ? Ou bien est-il possible de s'ouvrir à lui et de tenter de le comprendre ? (Autre question n° 2)
- Finalement, y a-t-il une unité du genre humain par-delà les différences culturelles ? Quel sens faut-il donner à l'expression : « être humain », tant au sens descriptif qu'au sens moral ? (Autre question n° 3)

Comme on le voit, il faut ici aller au-delà de la question initiale tout en restant en lien avec elle. Les autres questions ainsi dégagées constitueront ce que l'on appelle **la problématique** de votre réponse. Cette étape est cruciale et ne doit pas être négligée.

Attention !

Le sujet n'est <u>pas</u> la problématique (erreur commise par de nombreux candidats). Le sujet est la question qui vous est donnée ; la problématique est le groupe de questions que vous formulez à partir du sujet : elle ne vous est pas donnée, mais c'est à vous de la trouver.

TOP CHRONO
C'est l'interro !

Exercice 1 (10 pts) ***20 min***

Soulignez et analysez les mots-clés des questions de réflexion philosophiques suivantes :

a. La parole peut-elle être un instrument de domination ?

....

....

b. Qu'est-ce que « bien parler » ?

....

....

c. L'imagination peut-elle jouer un rôle dans la construction de la connaissance ?

....

....

d. L'homme n'est-il qu'un animal comme les autres ?

....

....

Exercice 2 (10 pts) ***20 min***

Faites une problématique pour chacune des questions de l'exercice précédent.

....

....

....

....

....

....

....

....

SCORE

...... pts

36 PLAN ET RÉDACTION DE LA QUESTION DE RÉFLEXION PHILOSOPHIQUE

Une fois la question de réflexion analysée et problématisée, il vous reste à trouver des éléments de réponse, à faire un plan, puis à passer à la rédaction finale.

Trouver des éléments de réponse

En premier lieu, faites, au brouillon, une liste des éléments du cours (auteurs, textes, artistes) que vous pouvez convoquer pour votre réponse. En effet, il est toujours plus facile de partir d'exemples précis pour ensuite trouver des arguments généraux que de faire l'inverse. Il n'est pas obligatoire que tous vos exemples soient philosophiques (vous pouvez utiliser des exemples littéraires), mais il est fortement souhaitable que certains au moins le soient. La règle d'or est que chaque élément puisse se rattacher au sujet.

En guise d'illustration, voici quelques exemples qui peuvent aider à répondre à la question posée à partir du texte de Voltaire (voir fiche n° 28) :

- Le concept d'ethnocentrisme (Lévi-Strauss, *Race et histoire*, 1953), la controverse de Valladolid (1550), le colonialisme occidental : la difficulté à reconnaître l'humanité de ceux qui appartiennent à une culture étrangère. On doute à la fois de leur nature humaine (appartenir au genre humain) et de leur humanité au sens moral (« se conduire humainement »).
- Montaigne : « chacun appelle barbarie ce qui n'est pas de son usage » : la relativité culturelle du concept de barbarie.
- Les récits de voyage de Jean de Léry (1578), Lahontan (1703), Bougainville (1771) : tentatives pour comprendre d'autres cultures, malgré des réactions parfois partagées face à leur différence.
- La définition de la nature humaine par la raison (« l'homme est un animal raisonnable », Aristote) et par « l'ouverture ontologique » liée à la liberté et à la perfectibilité (Rousseau).

(Voir les fiches n° 16, 17, 18 et 24 pour toutes ces références).

N'hésitez pas ensuite à relire cette liste et à barrer les exemples qui vous semblent finalement trop éloignés de la question.

Enfin, vous pouvez reprendre des arguments du texte étudié, s'ils correspondent à la question posée.

- Voltaire : la rencontre du nègre de Surinam fait prendre conscience à Candide de la cruauté du colonialisme européen et de la contradiction entre les valeurs affichées par l'Église catholique et les pratiques esclavagistes.

Faire un plan

Deux types de plans sont possibles :

- le plan dialectique ;
- le plan thématique.

(Pour plus de précisions, cf. la fiche n° 31, « Les deux types de plan possibles »).

Les questions de réflexions philosophiques sont le plus souvent formulées sous forme de questions fermées, et appellent dans ce cas un plan dialectique. Mais il peut arriver que le sujet soit une question ouverte, comme dans l'exemple considéré (« *En quoi* la rencontre de l'autre... ») : un plan thématique est alors indiqué, même s'il est toujours possible de donner une allure dialectique au développement (voir l'exemple ci-dessous).

Dans tous les cas, il est recommandé de se limiter à un développement en deux parties en raison du peu de temps dont vous disposerez pour rédiger le devoir (ou alors de faire trois parties relativement courtes). Si c'est un plan dialectique qui a été adopté, ce sera alors dans la conclusion qu'il faudra tirer les conséquences de l'opposition des arguments qui auront été examinés dans les parties du développement.

Astuce

Une technique simple pour construire le plan consiste à reprendre l'ordre des questions figurant dans la problématique, pour les traiter successivement dans le développement.

Exemple : « En quoi la rencontre de l'autre transforme-t-elle l'idée d'"être humain" en problème ? »

Reprenons les questions de notre problématique :

- Dans quelle mesure la découverte d'une autre culture peut-elle remettre en cause notre définition de l'humanité ? (Reformulation du sujet).

- Cela signifie-t-il que notre conception de l'homme est modelée par nos habitudes et notre culture, et que la découverte de la diversité culturelle peut venir la mettre en danger ? (Autre question n° 1)
- Mais la rencontre avec l'autre doit-elle fatalement déboucher sur le rejet et la domination ? Ou bien est-il possible de s'ouvrir à lui et de tenter de le comprendre ? (Autre question n° 2)
- Finalement, y a-t-il une unité du genre humain par-delà les différences culturelles ? Quel sens faut-il donner à l'expression : « être humain » ? (Autre question n° 3)

Nous allons adopter un plan thématique pour traiter le sujet (induit par le « *En quoi...* »). Les trois « autres questions » vont servir d'axes directeurs aux deux parties du développements (« autres questions » n° 1 et 2) et à la conclusion (« autre question » n° 3).

I. **La confrontation avec une culture étrangère heurte la définition de l'humanité inscrite dans notre culture d'origine.**

   Argument 1 : l'attitude spontanée, la plus répandue dans l'Histoire, est le rejet des cultures différentes de la nôtre.

   Exemple : le concept d'ethnocentrisme (Lévi-Strauss, *Race et histoire*, 1952).

   Argument 2 : Cette attitude conduit même à douter de la pleine appartenance de l'autre au genre humain.

   Exemple : la controverse de Valladolid (1550).

   Argument 3 : Ce doute est souvent lié à la condamnation morale de l'autre en raison de ses pratiques jugées « inhumaines », c'est-à-dire contraires aux principes et aux sentiments censés définir la valeur universelle d'humanité.

   Exemple : Jean de Léry, *Histoire d'un voyage en terre du Brésil* (1578) : désapprouve la « cruauté des sauvages » envers leurs ennemis.

II. **Mais le rejet n'est pas une fatalité : la découverte de l'altérité peut aussi mener à une volonté d'ouverture et à un retour critique sur sa propre culture**.

   Argument 1 : les récits de voyage et l'ethnologie témoignent d'une démarche d'ouverture et d'une tentative de compréhension des autres cultures.

   Exemples : Jean de Léry, qui apprend la langue des Indiens et loue leur hospitalité. Bartholomé de Las Casas, qui défend leur droit à rester libres et à être traités dignement.

Argument 2 : cette démarche peut aboutir à porter un regard critique sur sa propre culture, qui en repère les défauts et la propre part d'inhumanité.

Exemples : la réaction de Candide dans le texte de Voltaire. Les réflexions de Montaigne dans *Des cannibales* (1590).

Conclusion

La rencontre de l'autre fait surgir un problème, mais il n'est pas insurmontable. Finalement, ce qui définit le mieux l'idée d'« être humain », c'est la raison et la liberté, facultés universellement possédées par tous les hommes (= « être humain » au sens descriptif), et de les utiliser pour se détacher des préjugés hérités et pour respecter les devoirs universels (= « être humain » au sens moral).

Remarque : bien que ce plan soit un plan thématique, il a néanmoins aussi un aspect dialectique, dans la mesure où les aspects de la réponse évoqués dans les parties I et II sont en tension mutuelle, et que la conclusion vient tirer les conséquences de cette tension et en quelque sorte la résoudre.

Enfin, n'oubliez pas que chaque partie doit correspondre à un paragraphe de votre réponse finale, et que les exemples appuyant les arguments doivent être développés de façon précise. (Pour une explication plus détaillée de ces consignes, cf. la fiche n° 31 « Construire le plan de la réponse » et la fiche n° 32 « Développer les arguments à l'aide d'exemples précis »).

➠ La rédaction finale

Les consignes de mise en forme sont ici les mêmes que pour la question de réflexion littéraire (cf. fiche n° 32 : « La mise en forme ») sauf pour **l'introduction**, qui doit introduire la question posée (1re étape) et présenter la problématique (2e étape), l'annonce du plan n'étant pas nécessaire.

Les consignes d'écriture sont les mêmes que pour la question d'interprétation littéraire (cf. fiche n° 29 « Rappel : consignes d'écriture »).

TOP CHRONO
C'est l'interro !

Exercice 1 (2 pts) ***1 min***

Quelles sont les deux étapes de l'introduction pour la question de réflexion philosophique ?

....

....

....

....

Exercice 2 **(10 pts)** **35 min**

En reprenant le plan donné dans cette fiche n° 36, rédigez la réponse à la question de réflexion pour le texte de Voltaire : « En quoi la rencontre de l'autre transforme-t-elle l'idée d'"être humain" en problème ? »

....

....

....

....

....

....

....

....

....

....

....

....

....

....

....

SCORE

...... pts

QUATRIÈME PARTIE

CORRIGÉS DES EXERCICES

1 ENJEUX ET DÉFINITIONS

1. **a.** Les mots sont essentiels à la construction de la pensée car ils permettent de former des concepts (idées générales) et de les relier entre eux. Autrement dit, ils sont indispensables pour préciser nos pensées, saisir des idées abstraites et articuler des raisonnements logiques.

   b. La citation de Platon « La pensée est le dialogue de l'âme avec elle-même » signifie que la pensée est un discours intérieur (elle est donc articulée en mots) qui doit se déployer comme une discussion de soi-même avec soi-même, dans laquelle on examine arguments et contre-arguments pour parvenir à former un jugement réfléchi.

2. La parole rend possible l'existence de la culture, car elle permet l'éducation et la transmission des savoirs et des savoir-faire d'une génération à l'autre. Au sens anthropologique, la culture désigne en effet l'ensemble des représentations et des comportements inventés par l'homme dans le cadre de la vie en société et transmis au cours de l'histoire. Elle suppose donc que les hommes puissent communiquer entre eux et apprendre les uns des autres.

3. L'organisation des sociétés animales est fixée par la nature : le rôle et le statut de chaque animal individuel dans la collectivité découle de ses instincts. Le même type d'organisation se retrouve donc partout dans l'espèce considérée, puisque les mêmes instincts sont communs à tous ses membres. Au contraire, chez l'homme, l'organisation de la société fait l'objet d'un choix qui peut varier d'une société à l'autre, en fonction de son histoire et de ses valeurs, et en particulier de sa conception de la justice. Elle est donc intimement liée à l'usage de la parole, car c'est par elle qu'un groupe d'individus peut se mettre d'accord sur les principes qui organiseront la vie commune.

4. La parole a un pouvoir de persuasion plus grand que l'écriture car elle est un discours incarné, si bien que la personne de l'orateur et le contexte d'énonciation peuvent renforcer l'impression que les mots produisent sur l'esprit des auditeurs. *A contrario*, l'écriture décontextualise le discours et favorise ainsi sa mise à distance et son examen critique.

5. Les deux grands pouvoirs de la parole sont *dire le monde* et *agir*. L'enjeu du premier est la question de la vérité et du mensonge ; celui du second la question de l'efficacité persuasive.

2 QU'EST-CE QUE LA RHÉTORIQUE ?

1. **a.** L'éloquence est la partie pratique de la rhétorique, celle qui s'intéresse à la mémorisation du discours et à sa prononciation.

   b. La rhétorique réunit deux aspects : à la fois l'éloquence et une partie théorique qui codifie notamment les règles de composition du discours. La rhétorique a pour synonyme « l'art oratoire ».

   c. Le rhéteur : à l'origine il s'agit d'un orateur public de l'Assemblée du peuple à Athènes, puis le mot désigne un professeur d'éloquence.

   d. Le style attique est le style qui caractérise certains orateurs de l'Antiquité : il se définit par une simplicité et une clarté dans le discours. Les phrases sont souvent brèves.

2. La rhétorique est née en Sicile au ve siècle av. J.-C. À cette époque, un mouvement démocratique chasse les tyrans au pouvoir ce qui engendre de nombreux procès pour savoir, par exemple, à qui les terres doivent être données. Corax et Teisas décident de théoriser et d'enseigner les règles des discours qui ont lieu lors de ces procès.

3. La rhétorique est une composante essentielle de la démocratie. Elle naît avec elle (cf. question précédente) et subsiste grâce à elle : dans une démocratie, en effet, les hommes politiques doivent s'adresser aux citoyens pour les convaincre. La démocratie est aussi le lieu des débats et des controverses : savoir bien parler et parvenir à défendre son opinion est donc essentiel.

4. Les arguments d'Aristote en faveur de la rhétorique sont les suivants :
   - l'orateur ne doit pas se servir de la rhétorique pour défendre l'injustice, ce n'est pas son rôle ;
   - si l'orateur est amené à réfléchir à des arguments contraires à la morale, c'est précisément pour produire un discours visant à détruire les arguments de ceux qui prônent l'injustice ;
   - la rhétorique, en elle-même, n'est ni bonne ni mauvaise, tout dépend de l'usage que l'on en fait.

3 LES RÈGLES DE LA RHÉTORIQUE

1. Genre judiciaire - passé - plaidoyer / réquisitoire - discours qui accuse quelqu'un.
   Genre délibératif - futur - discours politique - discours qui s'interroge sur ce qu'il faut faire.
   Genre épidictique - Éloge / blâme - présent - discours qui fait le portrait d'un honnête homme.

2. **a.** Exorde : du début à « notre cité » / narration : de « je la vois diriger » à « qu'il en tirera » / confirmation : de « pourtant, si vous m'en croyez » à « sur ce qu'elles devront faire » / péroraison : de « Laissons-les gouverner » à la fin.

b. L'oratrice, déguisée en homme, se présente comme une personne soucieuse du bien-être de sa cité et cherchant à mettre tout mettre en œuvre pour la sauver. Elle veut également apparaître comme une personne raisonnable : la liste des qualités des femmes est là pour prouver la solidité de son argument principal selon lequel la cité doit être gouvernée par les femmes. Enfin la répétition de « comme autrefois » crée l'image d'un personnage conservateur et respectueux des traditions. L'ethos créé dans ce discours est habile car en se présentant comme un être soucieux de la tradition, l'orateur (l'oratrice) parvient à montrer que laisser les femmes gouverner la cité n'est pas du tout une innovation dangereuse, mais qu'au contraire, faire ce choix, c'est respecter les traditions.

4 LES FIGURES DE RHÉTORIQUE

1. **a.** On les nomme des figures du discours, des figures de rhétorique, des figures ou procédés de style, ou encore des tropes. (1 pt)

b. L'allégorie est la représentation concrète d'une abstraction ; l'asyndète est l'absence de mot de liaison entre deux propositions. (1 pt)

c. Elles rendent le discours vivant et imagé dans le but de susciter l'intérêt de l'auditeur et de remporter son adhésion. (1 pt)

d. « Épidictique » désigne un registre qui cherche à provoquer l'admiration par l'éloge ou le dégoût par le blâme. (1 pt)

e. Les lieux communs garantissent la mémoire du locuteur et permettent d'établir une connivence avec l'auditoire en passant par des motifs appartenant à la culture collective. (1 pt)

2. « La vérité n'était pas du goût des premiers siècles ; un **mensonge utile**, une **fausseté heureuse**, faisait l'intérêt des imposteurs et le plaisir des crédules. C'était le secret des <u>grands et des sages</u>, pour gouverner <u>les peuples et les simples</u>. Le vulgaire, qui respectait <u>des erreurs mystérieuses</u>, eût méprisé des <u>vérités toutes nues</u> et la sagesse était de l'abuser. [...] »

a. En gras : deux oxymores associent des termes qui *a priori* ne fonctionnent pas ensemble. Cette figure permet de suggérer que les temps anciens manquent de logique et reposent sur des associations peu cohérentes. (2 pts)

Soulignées : deux antithèses (« des grands et des sages » / « les peuples et les simples » ; « des erreurs mystérieuses » / « des vérités toutes nues »). L'antithèse a ici la même fonction et fait ressortir par le jeu des oppositions la dimension incompréhensible de l'époque antique (2e antithèse). (2 pts)

b. La périphrase « cette demeure éternelle de tant de divinités » insiste sur le caractère sacré attribué au ciel sous l'Antiquité. Le vocabulaire religieux « éternelle » et « divinités » en témoigne. (2 pts)
Le soleil est personnifié à travers les actions « s'aller coucher » et « va éclairer ». Cette personnification tend à en réduire l'importance et à faire du soleil un homme comme le lecteur (et non une divinité). Cette idée va dans le sens du discours de Saint-Évremond. (2 pts)
L'hyperbole « rien n'est égal à la rapidité de son mouvement » va dans le même sens en montrant la force et la grandeur de la Terre, mise en valeur par l'auteur, par opposition aux croyances des anciens. (2 pts)
L'extrait s'achève par l'énumération « les dieux, la nature, la politique, les mœurs, les goûts, les manières » montrant l'évolution radicale entre le monde d'aujourd'hui et le monde antique. (2 pts)

3. Le registre satirique est ici reconnaissable à la critique virulente portée contre le serrurier. Elle apparaît :
- dans la métaphore l'assimilant à Vulcain, dieu des enfers ;
- le reproche de sa cupidité (« l'ardente soif du gain ») ;
- les hyperboles utilisées pour lui reprocher le bruit qu'il fait : « grand bruit », « cent coups de marteaux », « fendre la tête ».

5 LA DIALECTIQUE

1. Pour Socrate et Platon, la dialectique s'oppose à la rhétorique car pour eux elle est une démarche de connaissance, alors que la rhétorique n'est qu'une technique de mensonge et de manipulation. De plus, elle ne vise pas seulement la vérité mais aussi la vertu, alors que la rhétorique n'est qu'un savoir-faire formel qui ne rend pas meilleurs ceux qui le maîtrisent.

2. La maïeutique socratique est l'art d'accoucher les esprits, en les amenant à remettre en question leurs idées reçues et à chercher par eux-mêmes leur vérité intérieure. Une aporie est une impasse dans une discussion : elle se produit lorsque aucune des réponses envisagées ne paraît complètement satisfaisante et que la question initiale reste par conséquent irrésolue.

3. La dialectique est pour Platon la méthode suprême de connaissance car elle permet au philosophe de s'élever à la connaissance des Idées, qui constituent la réalité véritable cachée derrière les apparences sensibles, puis de redescendre des Idées vers les choses sensibles particulières pour comprendre leur fonctionnement et leur organisation.

4. La « véritable rhétorique » serait pour Platon l'art du discours qui s'adapterait au type d'âme particulier de chaque auditeur pour le persuader de vérités susceptibles de l'aider à progresser sur le chemin de la vertu.

5. Aristote revient à la signification originelle de la dialectique comme art du dialogue ; elle doit prioritairement s'occuper des questions où il n'y a que des opinions probables et non des vérités démontrables. Au Lycée (école d'Aristote), puis dans les universités médiévales, la dialectique sera pratiquée comme un exercice scolaire de débat argumenté en public sur une question choisie.

6 L'AUTORITÉ DE LA PAROLE

1. Une parole autorisée est une parole qui émane d'un locuteur reconnu comme légitime et dont le contenu impose *a priori* le respect : elle a un poids et produit des effets significatifs sur ceux qui la reçoivent. Elle implique une relation circulaire entre parole et pouvoir car l'autorité de cette parole est à la fois la source et la conséquence du pouvoir de son locuteur. La source car elle fonde en partie la légitimité de ce pouvoir (il acquiert son pouvoir grâce à elle), la conséquence car c'est aussi le pouvoir préexistant du locuteur qui la rend efficace (on la juge digne d'attention car le locuteur occupe une position sociale qui impose le respect).

2. Les trois principaux types de parole autorisée sont :
   - la parole politique (qui se fonde sur la loi, la tradition ou le charisme personnel de celui qui parle) ;
   - la parole sacrée ou religieuse (qui se fonde sur le divin, l'ordre cosmique ou l'autorité de la tradition) ;
   - la parole savante (qui se fonde sur la raison, l'expérience ou l'autorité d'une référence).

3. La parole autorisée est au cœur de l'idée de « culture » au sens humaniste de « processus de perfectionnement de l'esprit par l'instruction et la connaissance des grandes œuvres du passé », car la culture ainsi définie repose sur l'existence d'un corpus de textes de référence (littéraires, philosophiques, scientifiques), considérés comme faisant autorité dans les domaines considérés, et devant servir de base à l'éducation de l'esprit.

4. Pour l'anthropologue Claude Lévi-Strauss, l'écriture a d'abord été un facteur d'asservissement car elle a été utilisée par les pouvoirs politiques pour organiser et pour justifier la mise en place de structures sociales très hiérarchisées sur de vastes échelles de population. Elle permet en effet la transmission des ordres, la centralisation des informations et la propagande de masse.

7 LES LIEUX DE LA PAROLE PUBLIQUE DANS L'ANTIQUITÉ

1. (Un point par bonne réponse)
    1. *Orchestra* (autel et lieu du chœur)
    2. *Skèné* (arrière-scène servant de coulisses)
    3. *Theatron* (gradins)
    4. *Parodos* (entrées du chœur)
    5. *Proskénion* (scène)
2. Cette parole peut être prononcée dans un lieu où la parole est publique (« Athéniens ») et où elle sert un discours de nature judiciaire (« accusateurs »). Il peut s'agir de l'Héliée. (2 pts)
Ce préambule laisse attendre un discours de défense, puisque Socrate évoque ici ses « accusateurs » : il s'agira donc d'une plaidoirie prononcée pour soi-même. (2 pts)
3. Il s'agit de la Boulè, l'assemblée législative, et du Conseil des stratèges, lieu du pouvoir exécutif. (2 pts)
4. Différents critères semblent importants pour les philosophes antiques. Ils doivent donc apparaître dans votre description :
    - un lieu extérieur, qui permette de parler (c'est-à-dire réfléchir) tout en marchant ;
    - un lieu proposant calme et sérénité : la fontaine d'un jardin, l'ombre des arbres, l'étendue d'une prairie, les fleurs de massifs peuvent donc servir de cadre à la réflexion philosophique ;
    - cependant, la chaleur de la Grèce impose peut-être que la déambulation puisse se faire dans un lieu ombragé ou frais : on pense donc à un bois, une forêt, une terrasse, un bassin, un étang, etc.

8 LA PAROLE POLITIQUE

1. La satire du discours politique se manifeste par la prononciation violente avec laquelle l'orateur éructe son discours (satire de la langue allemande et de ses consonnes très nombreuses), lorsqu'il parle des juifs notamment : à ce moment, même les micros semblent effrayés par la violence des propos. Voir aussi la discordance entre ce qui est

dit à la fin (désir de paix) et la manière dont c'est dit (visage déformé par la haine) : c'est la preuve que le discours politique peut être double et manipulateur. Est critiqué également l'enthousiasme débordant des auditeurs qui acclament Hynkel et qu'il parvient à commander d'un seul geste : la fascination de l'auditoire qui obéit comme un seul homme à Hynkel révèle le pouvoir absolu de la parole politique. Le jeu avec le verre d'eau montre à quel point le discours politique peut s'assimiler à un acte sexuel : l'ardeur dont fait preuve l'orateur est de même nature que la pulsion érotique, il doit donc la refroidir s'il veut poursuivre (d'où l'eau dans le pantalon).

2. – La description de Falsaron permet de mettre en valeur par contraste Olivier : les hyperboles « félon plus endurci » et « un si large front qu'on pouvait y mesurer un demi-pied » décrivent un personnage d'une laideur morale et physique sans précédent.
– Olivier ne supporte pas les paroles de Falsaron sur la France, c'est ce qui provoque sa fureur. Il apparaît donc comme un chevalier soucieux de l'honneur de Charlemagne et fidèle à son seigneur, ce qui est renforcé par l'expression « vrai baron » ou encore par le cri de guerre de Charlemagne qu'il prononce après avoir tué son adversaire.
– Sa force physique est extraordinaire comme le prouvent les nombreuses hyperboles : « brise son bouclier » « fend son haubert » « de toute la longueur de sa lance ».

9 LA PAROLE PUBLIQUE AU THÉÂTRE

1. a. Le chorège est le citoyen désigné par la cité chargé de financer le chœur pour les fêtes et les concours de théâtre. (1 pt)

b. Eschyle, Sophocle et Euripide. (1 pt)

c. Confronté à des questionnements et des doutes, dans son rapport à la loi et à la cité, et à ses passions souvent néfastes, le personnage de tragédie n'a plus la perfection ou la grandeur du héros épique. Il ne peut plus être nommé « héros ». (2 pts)

2. Extrait 1. La pitié : Œdipe souffre, se dit « malheureux » alors que son sort est une décision des dieux dont il n'est pas responsable.
Extrait 2. La terreur : Oreste perd la tête, tient des propos incohérents, a tué pour rien.
En faisant éprouver au spectateur des passions violentes qui lui inspirent terreur ou pitié, le théâtre désamorce ces passions et garantit la paix sociale. Les spectateurs craignent de vivre les mêmes situations que les personnages et régulent donc leur passion.

3. **a.** Le préambule des vers 1 à 14 insiste bien sur le caractère divin de la Peste, envoyée par les Dieux pour punir les péchés des hommes : « mal que le Ciel en sa fureur / Inventa pour punir les crimes de la terre » (v. 2-3). Le lion reprend cette idée dans son discours : « Je crois que le Ciel a permis / Pour nos péchés cette infortune » (v. 16-17).

   b. Le Lion, roi des animaux, invite chacun à se confesser : « Voyons sans indulgence / L'état de notre conscience » (v. 23-24) et « Il est bon que chacun s'accuse ainsi que moi » (v. 31). Cette confession générale a pour but de découvrir le plus coupable des animaux afin de le sacrifier : « Que le plus coupable de nous / Se sacrifie aux traits du céleste courroux » (v. 18-19). Ce sacrifice est envisagé dans le but d'apaiser les Dieux.

   c. L'âne est le bouc émissaire, non parce qu'il est le plus coupable (il s'est contenté de manger un peu d'herbe dans un pré qui ne lui appartient pas), mais parce qu'il est le plus faible et le plus éloigné des pratiques de la cour, où chacun ment et flatte le roi pour se protéger.

   d. La fable a une portée sociale critique : elle dénonce le fait que la justice repose non pas sur la faute commise, mais sur l'appartenance sociale.

4. (Un point par réponse)
   - Tout le monde peut s'y rendre car le prix des places n'est vraiment pas cher.
   - Le théâtre met en scène des légendes communes que chacun connaît.
   - Le théâtre remplit une fonction de catharsis : il permet de modérer la violence dans la cité par la représentation des passions. Il est dès lors important que chacun y participe.
   - Le chœur guide les citoyens dans la compréhension des lois sociales et des comportements humains.

10 LA PAROLE SACRÉE

1. **Enthousiaste** : qui exprime une joie extrême pour quelque chose / qui est habité par dieu. **Performatif** : fonction du langage qui réalise l'énoncé en même temps que celui-ci est prononcé. **Le charisme** : don reçu de dieu / autorité naturelle qu'exerce quelqu'un. **Un oracle** : lieu dans l'Antiquité où se déroulent les divinations / la divination elle-même.

2. **Hésiode** reçoit un appel des muses lorsqu'il garde des moutons : il décide donc de décrire l'origine de l'humanité. **Saint Augustin** entend une comptine enfantine qui le conduit à lire une page de la Bible et à abandonner la vie de plaisirs charnels qui était la sienne. **Parménide** raconte qu'il a rencontré une déesse qui le conduit à la vérité : il abandonne ainsi les faux raisonnements pour les vrais.

3. a. **Le poète est un homme supérieur aux autres**

- « au peuple non commune » : v. 4 : d'emblée, se place au-dessus de la mêlée. Voir l'antéposition « au peuple » qui insiste sur l'orgueil du poète.
- ce mépris de Fortune » : v. 1 : Fortune allégorisée avec la majuscule, donne impression que poète est au-dessus de ce qui gouverne le monde. Le terme« mépris » montre là encore l'orgueil du poète.
- « ce cœur vainqueur » : le poète échappe à tous les aléas de la vie, ne subit pas le sort des autres. Image d'un poète courageux.

Un poète enthousiaste

- « désir de l'immortalité » v. 3 : ambition divine du poète, accéder à l'immortalité grâce à l'œuvre, le but étant de défier le temps
- « Les Muses » : pluriel qui montre intensité de l'inspiration du poète autrefois.
- « Les muses me donnaient » : v. 6 : élection du poète (me). Réciprocité entre les 2, échange transparent : « Les Muses me » / « Je les menais ».
- « divine ardeur » : importance de l'adjectif qui insiste sur la qualité de l'inspiration : vient directement des dieux.

Un poète déchu

- « est serf » : v. 11 : enjambement qui le met en évidence. Est désormais plus bas que le peuple, le poète a perdu totalement de sa superbe.
- « je n'ai plus » v. 12 et repris vers 13 : négation de l'avoir. Le poète connaît désormais une perte irrémédiable.
- « et mon cœur » : v. 10 : « et » qui montre l'accumulation des pertes. Voir aussi v. 11 « mille maux et regrets » : hyperbole.
- « de la postérité » v. 12 : antéposition qui met en avant le refus d'immortalité désormais / « cette divine ardeur » v. 13 : là aussi antéposition. Vient mettre en évidence, dans le rythme du vers, ce qui est de l'ordre du passé.
- « Les Muses de moi » : séparation de poète et des muses illustrée par la préposition « de » qui concrétise cette séparation dans la phrase.

b. **Un passé fait de relations amoureuses entre le poète et les Muses**

Du Bellay emploie tout un vocabulaire amoureux pour évoquer l'inspiration. Reprend là tradition du sonnet qui veut qu'il s'agisse d'un poème d'amour. Mais renouvelle en en faisant un poème à la gloire de la poésie.

- « flamme » / « ardeur » v. 13 : qui sous entend relation passionnelle à la poésie. À la fois amour + ardeur dévorante : ambiguïté de cette passion qui brûle, comme un amour.

- « maîtresse » : v. 9 : métaphore amoureuse qui se poursuit mais désormais amour négatif, tyrannie des rapports amoureux.
- « doux plaisirs » v. 5 : changement de ton avec le 1er quatrain : on entre dans l'intimité du poète qui se veut moins conquérant et plus amant. Voir aussi « plaisirs » fait partie du vocabulaire amoureux.
- « au soir sous la nuit brune » : idée d'un rendez-vous nocturne et amoureux
- « je les menais danser » = acte sexuel qui est ici métaphorisé par l'idée de danse.
- « les muses me donnaient » : COD très haut, et « donnaient » à l'hémistiche → Muses font don de l'inspiration au poète. Idée de fécondité.

Un présent douloureux : les Muses fuient le poète

- dernier vers : perte de l'inspiration qui est point final du poème. Perte de leur amour puisque poète est désormais rejeté « de moi », et mise en évidence avec les virgules du rythme particulier du dernier vers. Apposition « comme étranges » insistent sur aliénation : étranges = étrangère. Désormais Muse et poète ne se reconnaissent plus.
- Rimes en « i » qui accentuent le cri du poète dans le dernier vers.

11 LES CHARMES DE LA PAROLE

1. La toile conserve les éléments du mythe : on reconnaît Orphée à gauche, qui tient sa lyre et qui est couronné de lauriers, symbole de son statut de poète. Les dieux des enfers sont représentés à droite du tableau, dans un environnement plus sombre et l'on reconnaît même Cerbère, le chien à trois têtes au pied du trône qui garde la porte des enfers. Le tableau représente le moment où Orphée repart avec Eurydice après avoir charmé de son chant Hadès et Perséphone. La blancheur d'Eurydice est éclatante et anticipe peut-être sur la mort qui ne tardera pas à venir la prendre une seconde fois : cette blancheur est peut-être celle du cadavre qu'elle redeviendra bientôt. Quant à Orphée, il semble sur le point de se retourner, ce qu'indique son regard inquiet ainsi que sa main qui accroche le linge d'Eurydice. Là encore, Rubens semble suggérer que les amants sont voués à se quitter pour jamais : Orphée se retournera et perdra son épouse pour toujours.

2. Selon Perrault, la parole peut conférer un pouvoir beaucoup plus grand que la monnaie sonnante et trébuchante (« diamants et pistoles »). Celui qui sait manier le discours avec habileté parviendra donc à ses fins et saura persuader son auditoire (« les Esprits »). Le pouvoir de l'argent est important, certes, mais bien plus grande est la force de

la parole qui, grâce à la flatterie et à la persuasion, permet à celui qui l'utilise d'acquérir une puissance bien supérieure. Perrault joue sur le mot « prix », à la fin de la morale, pour signifier que la valeur de la parole habile est incomparable. Comme exemple, nous pouvons citer Shéhérazade, qui parvient à dominer le sultan en lui racontant des histoires haletantes. On peut également citer Orphée, qui parvient à ressusciter son épouse, donc à vaincre la mort, ce que l'argent ne parvient pas à faire.

3. a. D'après Mentor, les paroles de Calypso sont dangereuses, ce que soulignent les adjectifs « trompeuses » et « flatteuses ». Ce danger est d'autant plus périlleux que Calypso est passée maîtresse dans l'art de la rhétorique puisqu'elle habille son langage de « douceurs ». Le mot est répété avec son dérivé adjectival « douces », ce qui met en valeur cette faculté du discours de Calypso. Enfin la comparaison avec le « serpent sous les fleurs » et la métaphore du « poison caché » renforcent encore cette idée d'un langage dangereusement ambivalent, qui recèle une puissance néfaste derrière une apparence de douceur.

b. Cet extrait illustre bien le *docere* classique : la littérature possède un but moral et Mentor se fait le porte-parole de Fénelon. On peut en effet remarquer que le registre didactique est très présent à travers les impératifs utilisés : « Craignez », « Gardez-vous bien », impératifs qui sont eux-mêmes répétés en fin de texte : « gardez-vous » et « craignez ». On peut relever également l'utilisation du présent de vérité générale lorsque Mentor s'attache à définir la jeunesse : « la jeunesse est présomptueuse... ». Enfin, le but de Mentor est de préserver la vertu de son jeune élève, en mettant en garde Télémaque contre les « plaisirs ». Pour cela, il généralise le cas particulier de Télémaque en parlant de « la jeunesse » : le déterminant défini « la » tend à rendre la leçon universelle.

4. a. Le lyrisme : il désigne d'abord des poésies chantées, puis en vient à définir les textes qui mettent en avant l'expression subjective des sentiments.

b. Dans le sonnet de Louise Labé, le lyrisme se manifeste par l'omniprésence du pronom « je » ou « me », à tous les vers. Seuls les vers 7 et 13 ne possèdent pas le pronom, mais alors la subjectivité de la poétesse est soulignée par l'emploi du déterminant possessif « mon ». De plus, le poème exalte des sentiments intenses de douleur et de joie. La totalité du sonnet est construite sur des antithèses (« je vis / je meurs », « je ris / je larmoie », etc.) qui viennent dire les conséquences oxymoriques de la passion amoureuse.

12 PLAIRE À SON PUBLIC

1. (Un demi-point par bonne réponse)

TITRE	GENRE
• Nicolette	• la chantefable
• *La Farce du cuvier*	• la farce
• Lancelot	• le roman de chevalerie (*Le Conte du Graal*)
• Renart	• le roman (*Le Roman de Renart*)
• Démodocos	• l'épopée (*L'Odyssée*)
• Iseult	• le roman (*Tristan et Iseut*)

2. a. Le locuteur cherche d'abord à provoquer notre rire. La naïveté du vilain qui prend au sens propre la parole symbolique de la messe et le paradoxe de l'homme d'église qui n'a pas les valeurs qu'il prêche font rire. De même, la chute en faveur du vilain assure une fin amusante à l'histoire.

Le fabliau a ici une fonction divertissante qu'il remplit en étant un petit récit, utilisant des personnages simples et peu nombreux autour d'une narration rythmée. (4 pts)

b. Mais ce texte a également des intentions morales. Dans votre exercice, le fabliau a été donné intentionnellement sans sa morale, que voici : « Par cet exemple, ce fabliau nous montre que fou est celui qui ne se résigne pas. Le bien est à celui à qui Dieu le donne et non à celui qui le cache et l'enfouit. Nul ne doublera son avoir sans grande chance. C'est par chance que le vilain eut deux vaches, et le prêtre aucune. Tel croit avancer qui recule. »

Ainsi, l'auteur formule plusieurs morales :

- il faut se résigner, accepter les choses ;
- la générosité est une valeur capitale, quand la cupidité (qui consiste à entasser le bien et à l'enfouir) est un défaut puni ;
- le plus malin n'est pas celui qui croit l'être. (4 pts)

3. Plusieurs arguments existent pour défendre les poètes :

- ils sont inspirés par Dieu, ce qui leur confère une place à part parmi les hommes ;
- ils donnent du plaisir par leurs textes ; ils permettent d'entendre parler de la vie d'une autre façon, ou de s'échapper pour quelques vers de ce qui fait le quotidien du lecteur. Ils sont des créateurs de beauté ;
- ils parlent du monde, de la société et de ses problématiques, permettant ainsi de mieux comprendre ou de mieux réfléchir ;

– ils ont une fonction exutoire en parlant de douleurs ou de sentiments que nous partageons et qu'ils nous permettent ainsi d'apaiser ou de soulager.

Votre réponse devra prendre la forme d'un discours et s'adresser directement à Socrate. Il faut donc le prendre à parti, lui reprocher sa vision négative des poètes, avant de donner deux ou trois arguments pour le convaincre de changer de point de vue.

(Forme et respect du discours et de son contexte : 3 pts + 3 pts par argument).

13 LA PAROLE POÉTIQUE AMOUREUSE

1. a. La poésie amoureuse médiévale est narrative : elle raconte des histoires d'amour et analyse les sentiments amoureux de personnage. À partir de la Renaissance, la poésie s'adresse plus directement à l'être aimé afin de le convaincre d'aimer en retour. Elle devient plus argumentative. (1 pt)

b. L'hyperbole désigne une figure de style qui consiste à exagérer, à dire avec excès. Elle appartient à la rhétorique de l'éloge amoureux. Exemple : « Pressé de <u>mille ardents désirs</u> / Je laisse [...] / Avec toi dormir mes plaisirs » (Théophile de Viau, « La Belle endormie », *Stances*). (1 pt)

c. Le stéréotype est un motif littéraire connu d'un grand nombre de lecteurs et fréquemment employé par les écrivains, appartenant à la culture et à l'imaginaire collectifs. (1 pt)

2. a. Il s'agit d'un sonnet : deux quatrains, deux tercets et un système de rimes italien (ABBA ABBA CCD EED). (2 pts)

b. La rose permet au poète :
- de célébrer la beauté de la femme : « belle jeunesse » (v. 2), « vive couleur » (v. 3), « la grâce de sa feuille » (v. 5)
- mais aussi de suggérer la fragilité de cette beauté, qui ne sera pas capable de résister au temps : « Languissante elle meurt » (v. 8). (4 pts)

c. La ponctuation forte (un point à la fin du vers 8) montre que les quatrains composent une entité syntaxique autonome.

De plus, à partir du v. 9 (1er tercet), le poète cesse la description de la rose pour passer à l'adresse directe à la femme aimée : on comprend donc que la description des quatrains était métaphorique de la destinataire du poème.

Enfin, la tonalité relativement douce des quatrains devient beaucoup plus sombre dans les tercets qui mentionnent explicitement la mort de la femme aimée. (6 pts)

4. Le premier stéréotype utilisé est celui du carpe diem. Il est implicite dans la mesure où Ronsard ne le formule pas clairement, mais divers indices nous invitent néanmoins à le reconnaître : la métaphore de la rose pour la femme (souvent utilisé par Ronsard), la mort de cette dernière et la souffrance du poète (« mes larmes et mes pleurs » v. 12).
   Le second stéréotype est celui de la femme plus belle que la nature. Il est employé ici de manière explicite, comme le montre le vers « Quand la terre et le ciel honoraient ta beauté » (v. 10). (3 pts)

3. **a.** Béatrice (0,5 pt)
   b. Elvire (0,5 pt)
   c. Gala (0,5 pt)
   d. Elsa Triolet (0,5 pt)

14 PAROLE ET MENSONGE

1. – Ulysse dans l'*Odyssée* d'Homère : il ment sur son identité pour duper et tuer les prétendants de Pénélope.
- Le renard de la fable *Le Corbeau et le renard* de La Fontaine qui flatte le corbeau en lui disant qu'il doit être un bon chanteur ce qui lui permet de s'emparer de son fromage.
- Mascarille dans *Les Précieuses ridicules* : il utilise le langage précieux pour se faire passer pour un marquis.
- L'Injuste dans *Les Nuées* d'Aristophane : il parvient à persuader le Juste qu'être débauché est la meilleure des conditions.

2. La parole poétique donne une illusion de la réalité (*mimesis*) et n'atteint pas la vérité. De même, le discours du sophiste reste cantonné au domaine du vraisemblable puisqu'il s'agit de trouver des arguments susceptibles de donner l'illusion du vrai et non de chercher la vérité. Le poète manipule les esprits et envoûtent ceux qui l'écoutent par la beauté de sa parole. Quant au sophiste, outre qu'il possède un pouvoir de manipulation semblable, il peut facilement faire passer une action injuste pour une action juste : l'art oratoire est donc fondamentalement immoral.

3. **a.** Toute l'argumentation de Tartuffe sert à justifier l'amour qu'il dit éprouver pour Elmire (là encore, rien ne dit qu'il s'agit d'une passion sincère) en faisant concilier ses sentiments amoureux avec sa dévotion religieuse, ce qui est un tour de force rhétorique.
   Dans les 4 premiers vers, Tartuffe établit un parallèle entre l'amour envers Dieu et l'amour envers les biens terrestres. Dans les 8 vers suivants, Tartuffe complimente Elmire pour sa beauté en rappelant qu'elle est de nature divine, ce qui justifie l'amour qu'il ressent

pour elle : en réalité, à travers Elmire, Tartuffe ne ferait que rendre hommage à Dieu (v. 10). Enfin, Tartuffe retrace les étapes de sa passion : il dit avoir voulu l'étouffer dans un premier temps car il y a vu une épreuve envoyée par le diable (« ne fût du noir esprit une surprise adroite »), puis il y a cédé dans la mesure où cette passion n'est pas coupable : au contraire, elle le rapproche de Dieu, selon lui.

b. La métaphore filée du texte dresse une comparaison implicite entre l'amour de Dieu et l'amour pour Elmire. Le vocabulaire religieux soutient cette métaphore tout au long de la tirade avec les termes suivants : « Ciel », « éternelles », « salut », « confesse », « offrande », « béatitude ». La description d'Elmire est également sujette au même traitement puisque Tartuffe suggère que sa beauté est d'origine divine grâce à l'emploi répété de l'adjectif « parfait » (v. 4 et v. 9) : Elmire devient dans ces vers un miroir de Dieu ce que révèlent les verbes qui ont Dieu pour sujet (« il étale en vous », « où lui-même il s'est peint »). Ainsi, aimer Elmire est-ce aimer Dieu lui-même ; plus encore, ces verbes sous-entendent que Dieu aurait voulu susciter l'amour que Tartuffe éprouve pour Elmire. Le blasphème est extrêmement choquant puisque cela revient à dire que l'amour pour une femme et le désir charnel sont de même nature que l'amour pour Dieu. Enfin, la dernière partie du texte va encore plus loin puisqu'Elmire a totalement remplacé Dieu : c'est à elle que s'adresse la prière de Tartuffe (« en vous est mon espoir, mon bien, ma quiétude »), c'est à elle encore qu'il fait une « offrande ». L'hypocrisie du personnage éclate ici par l'utilisation éhontée du vocabulaire religieux alors qu'il s'agit d'une déclaration amoureuse. L'habileté de Tartuffe, et le scandale de cette tirade, vient de ce que la religion sert précisément à justifier des sentiments qui n'ont rien de dévots : Tartuffe affirme lui-même que « cette passion peut n'être point coupable » parce qu'elle est en parfaite adéquation avec la ferveur religieuse.

15 DU MONDE CLOS À L'UNIVERS INFINI

1. Le cosmos médiéval a trois caractéristiques principales :
- il est **fini** (limité dans l'espace) ;
- il est **géocentré** (la Terre occupe le centre d'un système de sphères concentriques, porteuses des planètes et des astres) ;
- il est **hiérarchique** (chaque niveau du système correspond à un degré de perfection graduelle, depuis la Terre jusqu'au Ciel Empyrée).

2. Les deux grands changements introduits par la « philosophie nouvelle » dans la représentation de l'univers sont :
- **L'héliocentrisme** : la Terre est destituée de sa position centrale dans le système solaire, et remplacée par le Soleil (Copernic, Kepler, Galilée).

– **L'infinité et l'homogénéité de l'espace :** l'univers commence à être conçu comme potentiellement illimité, et la soleil comme une étoile parmi une infinité d'autres, avec leurs propres planètes habitées (Giordano Bruno) ; toute notion de hiérarchie ontologique entre les régions de l'espace disparaît (Descartes).

3. La mutation intellectuelle ayant permis l'essor rapide de la « philosophie nouvelle » comporte deux aspects :
– **Une nouvelle conception de la vérité** : l'autorité de la tradition est mise en question, la vérité est redéfinie comme devant être acceptable pour la conscience individuelle du sujet rationnel qui la soumet à un examen critique (Descartes).
– **Une nouvelle démarche de connaissance** : dans l'explication de la nature, la méthode expérimentale (formulation d'hypothèses rationnelles et confrontation de ces hypothèses à l'expérience) prend le pas sur le commentaire des ouvrages d'Aristote et le respect de la lettre du texte biblique.

4. Les deux sentiments contradictoires engendrés par cette révolution intellectuelle sont d'une part l'angoisse et le désespoir (causés par le décentrement de l'univers et la perte de toute hiérarchie dans l'univers), d'autre part l'enthousiasme et l'optimisme (causés par l'accroissement du champs des possibles et les progrès de la science moderne).

16 DÉCOUVRIR DE NOUVEAUX PEUPLES ET DE NOUVEAUX LIEUX

1.

EXPLORATEUR	TERRE DÉCOUVERTE
• Jacques Cartier	• Canada
• Christophe Colomb	• Amérique (Indes)
• Vasco de Gama	• Inde et Chine
• Magellan	• Tour du monde

2. a. Le Nouveau Monde n'est pas instruit comme l'Ancien : ses acquisitions en matière de lecture, de calcul et d'agriculture sont récentes. Elles datent de moins de cinquante ans, ce qui à l'échelle de l'humanité est très peu. On peut néanmoins remarquer que ce que les Indiens ne savent pas appartient uniquement à la culture occidentale…

b. Le texte est apparemment favorable aux Européens. Mais une lecture attentive permet de déceler l'ironie de l'auteur qui ne cesse en réalité de faire leur critique. Ainsi, il faut comprendre comme de l'antiphrase les propos suivants : « si ne l'avons-nous pas fouetté et soumis à notre discipline, par l'avantage de notre valeur, et forces naturelles : ni l'avons pratiqué par notre justice et bonté : ni subjugué par notre magnanimité ». En effet, les actions niées par l'auteur sont bien celles commises par le monde occidental : soumettre les Indiens à notre discipline et par l'effet non de notre bonté et de notre magnanimité, mais au contraire de notre cruauté et de notre supériorité. De même, la dernière phrase est ironique puisqu'elle prétend faire passer pour un bienfait d'avoir peu de dévotion, de bonté, etc. Les Indiens, explique Montaigne, en ont plus que nous et c'est à cause de cela qu'ils nous ont ouvert leurs portes... et que nous les avons colonisés sans scrupule.

3. a. D'abord, les Indiens restent en retrait et manifestent de la peur : « ils se mirent à fuir ». Pour apaiser cette tension, les deux peuples communiquent par signe : « nous faisant signe que... nous leur fîmes pareillement signe que... ». Ensuite, deux Européens descendent de bateau avec des objets à offrir ; alors, les Indiens les rejoignent et entament un moment de trafic joyeux.

Si la rencontre est difficile d'abord, à cause de l'appréhension provoquée par l'inconnu, très vite, les deux peuples se rapprochent et la joie domine.

b. La présence de la mer et des bateaux rappelle le récit de voyage : « neuf barques, nos navires, la pointe et l'entrée de l'anse ».

De même, l'incapacité à communiquer par le langage reproduit également une scène habituelle de la rencontre d'une autre civilisation.

L'emploi du « nous » invite aussi à comprendre que la relation passe par une première personne collective, qui cherche à rendre compte d'une expérience et laisse place à une forme de subjectivité.

Enfin, les premiers mots du texte, « Le lendemain », montrent le choix d'un récit chronologique, où la rencontre est racontée étape après étape.

c. Le regard des Européens est à la fois condescendant et bienveillant :

- condescendant car les Indiens sont nommés « sauvages » ; ils sont les seuls à éprouver une apparente appréhension (eux seuls se mettent à « fuir » tandis que les Occidentaux descendent de leur barque sans marquer aucune crainte) ;
- cependant, le désir de commercer avec eux et d'échanger des objets et la remarque sur leur « grande et merveilleuse joie » sont tout à fait valorisants. Ils montrent une peuplade curieuse et enthousiaste, qui manifeste très vite des sentiments amicaux.

17 DÉCOUVRIR DE NOUVELLES CULTURES

1. Questions de cours
   a. Elle souhaite répandre la religion chrétienne, pensant qu'il est de son devoir de convertir les peuples qui n'observent pas la « vraie » religion.
   b. De nombreux fruits et légumes comme la tomate, l'ananas, la banane, la pomme de terre (mais aussi la courge, la courgette, le maïs, les haricots) ont été découverts et rapportés sur nos tables européennes.
   c. Ils sont jugés naturels dans différents domaines, mais toujours parce que leur façon de faire semble correspondre davantage à ce que la nature de l'homme laisse attendre : ainsi, ils vivent nus car ils ne connaissent pas les lois morales de la pudeur et estiment n'avoir pas à se cacher ; ils n'ont pas de lois car ils respectent naturellement le bien et le mal ; ils vivent dans la sobriété, consommant le nécessaire sans se créer de besoins supplémentaires.
2. a. Ils découvrent ce que les Indiens offrent : des perroquets, du coton en pelote, des sagaies.
   b. Ils vont nus ; ils instaurent immédiatement une relation d'amitié avec les occidentaux, sans agressivité, d'accord pour échanger leurs possessions et en découvrir de nouvelles. Christophe Colomb souligne ainsi qu'ils donnent « tout » et « de bonne volonté », traduisant ainsi l'amitié immédiatement instaurée par les Indiens envers les Européens.
3. a. La première réaction des Occidentaux est une réaction de supériorité : ils sont d'abord surpris qu'un Huron puisse correctement parler le Français. Mlle de Kerkabon va surtout exprimer sans détour l'avis général en déclarant que les plus belles langues sont le français et le bas-breton. Cette remarque démontre un avis étriqué (le bas-breton est un patois parlé par fort peu de gens) et peu objectif : comment peut-elle affirmer cette suprématie quand elle ne connaît aucune autre langue ?
   La chute de notre texte revient sur cette prétendue supériorité de la langue française. Le mythe de Babel est le mythe qui explique la diversité des langues : les hommes ayant voulu construire une tour pour égaler les dieux, ceux-ci les ont divisés en inventant les différentes langues. Mais la petite société est ici certaine que sans cet événement, c'est le Français qui aurait été choisi comme langue universelle.
   b. Les personnages désirent néanmoins entendre parler huron. Ils manifestent une forme de curiosité intellectuelle en demandant à l'Ingénu de traduire un certain nombre de mots et en le complimentant sur leur beauté phonétique.

De même, le personnage du prieur possède une grammaire huronne, ce qui signifie un désir de s'instruire et de comprendre.

18 LE MYTHE DU BON SAUVAGE

1. – Voltaire, *Candide* : le nègre de Surinam.
– Voltaire, *l'Ingénu* : le Huron.
– Daniel Defoe, *Robinson Crusoé* : Vendredi.
– Marmontel, *Les Incas.*

2. **a.** Le mythe sert à critiquer la civilisation européenne et à imaginer une nature idéale.

b. Le bon sauvage n'existe pas car aucun homme ne vit à l'état de nature. Dans toute société humaine, même les plus reculées, des techniques existent qui révèlent une intelligence fine et complexe de la part des hommes. Enfin, le personnage du « bon sauvage » est inventé par les philosophes et les écrivains pour être un porte-parole de leurs idées.

c. Selon Hobbes, l'état de nature est un état de guerre qui conduit les hommes à attaquer leurs semblables. Pour Rousseau, dans l'état de nature, l'homme vit en solitaire, il ne cherche qu'à contenter des besoins primitifs (manger, dormir…), il est heureux car il n'a aucun désir superficiel. Il n'est ni bon ni méchant car il ne sait pas ce qu'est la morale.

3. Ronsard fait des Brésiliens des bons sauvages en réutilisant des éléments du mythe :
– **L'innocence primitive** : les indigènes décrits par Ronsard vivent nus et n'ont pas de connaissance du bien ou du mal (v. 4 à 6). La référence intertextuelle est celle de la Genèse et du jardin d'Éden où vivent Adam et Ève. L'adjectif « docte » pour désigner Villegagnon sonne de manière ironique : tout le savoir de l'explorateur pèse bien peu en comparaison de l'innocence des indigènes, d'autant qu'en voulant les éduquer, l'explorateur risque de les rendre méchants. C'est ce que suggère l'avant-dernière strophe : l'intelligence (« fins ») conduit à la méchanceté (« connaître le mal »).
– **L'absence de lois et de gouvernement** (v. 7) : au contraire l'indigène est à lui-même sa propre loi, il obéit à ses propres désirs sans que soit fait mention des conséquences négatives que pourrait engendrer une telle liberté. On peut remarquer la reprise entre le vers 8 et le vers 12 des mots « Sénat » et « roi » qui souligne la différence entre une société civile et l'état de nature qui est celui du « bon sauvage ». Cette différence est accentuée par le verbe « errer » v. 4 dont le but est de montrer l'absence de toute organisation sociale chez les indigènes.

- **Le bonheur** : les deux derniers vers permettent au poète d'évoquer avec envie le bonheur de la condition « sauvage », ce que met en évidence la présence du pronom « je ». L'anaphore « vivez » laisse supposer une existence pleine, qui se contente du moment présent. Enfin, on peut noter l'omniprésence du bonheur dans ces derniers vers : « heureuse », « sans peine », « sans souci », « joyeusement »

19 LE LIVRE AU SERVICE DE LA CONNAISSANCE DU MONDE

1. **a.** Livre imprimé avant 1501 → incunable
   b. Ensemble de cahiers de parchemin pliés et cousus → codex
   c. Livre écrit à la main → manuscrit
   d. Combinaison de caractères mobiles métalliques → typographie
   e. Format de livre où les feuilles sont pliées en huit → in octavo

2. **a.** Ce sont la guerre et la violence qui s'opposent à l'étude des lettres et qui sont ici représentées par les Goths, peuple barbare. Leurs exactions sont évoquées par un champ lexical du malheur : « ténébreux », « malheur », « calamités ». S'y ajoute « mise à sac » qui donne une idée de la violence de ce peuple. Ce champ lexical, très sombre et très péjoratif, invite à comprendre que toute forme de conquête armée est à bannir pour la remplacer par l'apprentissage et la culture. En effet, la littérature se situe dans ce texte du côté du « prestige » et de la « dignité ».
   Les lettres et les langues désignent alors les « humanités » car elles sont ce qu'on estime nécessaire, voire fondamental, à la constitution d'un être humain. Il n'est pas possible d'être un homme, au sens noble du terme, sans être instruit et cultivé. Les axes majeurs de cette culture appartiennent alors à la maîtrise des lettres et des langues.
   b. L'imprimerie est mise en rapport avec la divinité. Rabelais déclare en effet qu'elle a été inventée par une « inspiration divine », quand la guerre, elle, est l'œuvre du diable. On retrouve dans le 2e paragraphe l'opposition du premier, confrontant l'humanité et sa culture d'une part, la barbarie et sa violence d'autre part. Les livres issus de l'imprimerie sont qualifiés au moyen de termes positifs comme « élégants » et « corrects », ce qui confirme que cette invention est jugée comme un moyen exceptionnel pour répandre le savoir.

3. **Dans le premier paragraphe**, pensez bien à rappeler que le livre est perçu comme le moyen de véhiculer des idées nouvelles et subversives. À ce titre, il inquiète l'église, qui redoute de perdre de sa puissance et de voir se répandre de nouvelles religions, comme le protestantisme. Mais il inquiète également le pouvoir en invitant les lecteurs à réfléchir

par eux-mêmes, à former leur esprit critique et à ne plus tout accepter venant de la monarchie ou de la noblesse.

Dans le deuxième paragraphe, il conviendra de rappeler que, simultanément ou presque à la naissance de l'imprimerie, on a inventé les moyens de sa répression. Les privilèges contraignent les imprimeurs à demander l'autorisation d'imprimer ; la censure autorise le gouvernement à refuser la publication d'un livre – voire à emprisonner son auteur, comme ça a été le cas pour Diderot et sa *Lettre sur les aveugles* qui l'a envoyé pour quelques temps à la Bastille.

20 RENOUVEAUX ESTHÉTIQUES

1. – Renaissance : invention de la perspective, la réalité devient mesurable par l'homme et la toile devient un récit.
– Classicisme : vraisemblance prime sur le vrai, importance de l'imitation d'une belle nature qui correspond à des critères esthétiques bien définis. Utilité morale de l'art.
– Lumières : accent mis sur émotion du récepteur et subjectivité de la création.

2. Règle des trois unités (temps, lieu, action) / règle de vraisemblance (respecter ce qui aurait pu avoir lieu ainsi que la cohérence des caractères des personnages) / règle de bienséance (refuser les scènes violentes et indécentes)
Le but de ces règles est de construire une illusion théâtrale pour que le spectateur trouve du plaisir dans l'imitation qu'il contemple et qu'il soit plus réceptif à l'enseignement moral dispensé.

3. – Des éléments d'analyse de la toile (« portion du ciel » / « dégradation de la lumière » / « masse ») mais vite évacués par un jugement sensible et subjectif au point qu'on a du mal à se représenter la toile en question.
– Importance des points d'exclamation tout au long de l'extrait pour marquer l'admiration de Diderot. Remarquer aussi tous les termes mélioratifs (« sublime », « fermeté », « grandeur »...). Registre lyrique très présent ici.
– Jugements de valeur : « l'étonnante » « prodigieuse »...
– Mais surtout la critique de la toile est l'occasion d'une interrogation existentielle sur le temps qui passe. Noter la prédominance du « je » et les réflexions mélancoliques que la vision des ruines suscite chez Diderot : caractère éphémère de la jeunesse, présence de la mort...
– Confusion entre le commentaire artistique et le commentaire philosophique : pour Diderot, la vision de la toile engage entièrement celui qui la contemple : l'art agit dans sa propre vie.

21 LE ROMAN MIROIR DU MONDE

1. L'enfant est ici représenté dans une scène de la vie quotidienne : il joue à la toupie, au « toton ». Il ne pose pas : le peintre ne veut pas le conformer aux stéréotypes du portrait d'enfant de l'époque (joues roses, grâce, sourire tendresse envers la mère), mais le montrer en train d'accomplir une action conforme à son âge. L'enfant est concentré et un léger sourire montre le plaisir qu'il prend à ce jeu.
Le décor lui-même montre que la scène se passe dans le quotidien le plus réaliste : les accessoires sont simples (plumes et livres), les murs sont nus et la tapisserie est d'une couleur neutre, plutôt froide. La pièce est sans raffinement ni recherche particulière.

2. **Extrait 1.** L'hyperbole domine largement le texte : « merveilleuse », « surpassent de beaucoup », « n'a pas de bornes », « n'a point d'égale ». Il s'agit ici d'idéaliser le personnage – il s'agit encore de Cléomire, dont nous avons parlé dans la leçon – et de donner à voir l'image d'une personnalité parfaite. (2 pts)
Extrait 2. L'image ici est résolument banale : Balzac veut donner à voir un être ordinaire, sans beauté, qui inspire même un léger dégoût. La comparaison « jaune comme ceux d'une fouine » établit ainsi un lien péjoratif entre le personnage et l'animal. Le reste du portrait se fonde sur un vocabulaire courant, montrant l'aspect banal du personnage : « cheveux plats », yeux sans cils, « vieille casquette ». (2 pts)

3. **a.** L'inscription du roman dans un univers réaliste est à lire dans le préambule choisi par Scarron. Le roman s'ouvre de fait sur une allégorie mythologique signifiée par la personnification du Soleil, effectuant le tour de la terre dans un char tiré par chevaux fougueux. Cette image s'accompagne dans les deux premières phrases de la grandiloquence du roman précieux qui utilise ce genre d'images : « penchant du monde », « eussent », l'image des chevaux s'amusant à faire des courbettes et la syntaxe longue et déliée traduisent un style riche et élevé.
Or, Scarron introduit une rupture brutale avec « Pour parler plus humainement… » :
- la syntaxe se simplifie. La phrase est plus brève, sa construction est beaucoup moins recherchée ;
- le vocabulaire est plus prosaïque : « entre cinq et six » (la tournure est rendue familière par l'ellipse du mot « heures ») ; le char allégorique devient une charrette entrant dans les halles, lieu de travail lié à la nourriture. Les bœufs « fort maigres » remplacent les chevaux. Leur maigreur laisse d'ailleurs supposer leur difficulté à avancer, alors que les chevaux, eux, allaient vite malgré eux (« roulait plus vite qu'il ne voulait… eussent achevé en moins d'un demi-quart d'heure »).

L'effet de rupture est ici significatif : il dit le rejet de Scarron de la littérature précieuse et de son écriture ampoulée et allégorique. La parodie des premières lignes montre la volonté de l'auteur de s'inscrire au contraire dans l'écriture du réel et de dire l'existence sans embellissement, avec ses laideurs et ses difficultés.

b. L'impression de réel est donnée ici par différents éléments qui vont tous dans le sens du refus de l'idéalisation :

- La pauvreté : il est « pauvre d'habits » ; il a braconné les oiseaux qu'il porte en bandoulière, ce qui signifie qu'il doit chasser illégalement pour se nourrir ; il porte un bonnet de nuit « au lieu de chapeau ». La syntaxe négative ou restrictive employée par Scarron confirme par ailleurs l'idée de manque : « il n'avait qu'un bonnet de nuit », un turban « qui n'était encore que » l. 20, auquel « on n'avait pas encore donné la dernière main ». L'impression donnée est donc péjorative.
- Le disparate : le costume semble en effet de bric et de broc. Le jeune homme possède des armes (un fusil, une longue épée), ce qui souligne sa virilité ; mais son pourpoint est en revanche une pièce d'habit utilisé habituellement pour les femmes et son chapeau est pareillement fait de jarretières (pièce de vêtement féminin). Cette absence d'unité dans le costume se traduit par le procédé de l'accumulation : « pies, geais et corneilles », « une poule et un oison ». La longueur de la description induit aussi cette idée de profusion, d'accumulation d'éléments de costume disparates.

La description donne à voir un jeune homme pauvre, n'ayant pas de quoi bien se vêtir et faisant avec ce qu'il trouve.

22 IMAGINER DES CITÉS IDÉALES

1.
- Imagination : faculté de produire des images intérieures, à distinguer des idées et de la perception.
- Utopie : ville ou lieu imaginaire et irréalisable.
- Uchronie : absence de temps.
- Miroir des Princes : traité d'instruction destiné au futur souverain servant à lui expliquer la manière dont il devra gouverner.
- Libertinage : au XVIIe siècle, mouvement contestataire qui se caractérise par une liberté et une indépendance d'esprit permettant aux libertins de refuser la morale et la politique traditionnelles.

2. L'imagination est ambivalente car elle possède des aspects positifs et négatifs. Pour Pascal, elle conduit l'homme à dénigrer les choses importantes (comme Dieu) au profit de basses considérations (la maladie, l'amour-propre...). Mais d'autres font de l'imagination un principe créateur essentiel (c'est le cas de Baudelaire) ou bien ils mettent en avant sa faculté à échapper à un réel angoissant et décevant (c'est le cas de Rousseau).

3. – Symétrie parfaite.
   – Harmonie des proportions.
   – Inspiration d'une architecture antique.
   – Seul bâtiment rond est l'église et se trouve au centre de la ville, ce qui marque l'ancrage du spirituel et du religieux dans l'organisation de la cité.
   – Mais absence d'humains, vide de la cité qui en devient irréelle.

4. – Importance de l'égalité rendue possible par une distribution équitable des richesses.
   – Absence de privations ce qui permet à chacun de ne pas vouloir davantage que ses besoins et de rendre impossibles des vices tels que l'orgueil ou l'avarice.
   – Respect des lois publiques et privées.
   – Refus de la propriété ce qui donne naissance à une société juste.

23 LES ANIMAUX ONT-ILS UNE ÂME ?

1. Les trois types d'âme selon Aristote sont :
   – **L'âme végétative** : responsable de la vie organique (présente chez tous les vivants).
   – **L'âme sensori-motrice** : responsable de la sensibilité et du mouvement (présente chez tous les animaux).
   – **L'âme rationnelle** : responsable de la pensée et de la parole (présente chez l'homme uniquement).

2. Montaigne critique l'anthropocentrisme traditionnel en dénonçant l'orgueil de l'homme et en affirmant que, loin d'être supérieur aux animaux, l'homme leur est au contraire inférieur en bien des points. Sur le plan éthique, il en tire comme conséquence que nous devons faire preuve de bienveillance envers les animaux, et même envers les végétaux.

3. La théorie des animaux-machines (Descartes) affirme que les animaux ne sont que des machines dépourvues de toute âme, qui n'ont ni conscience ni sensibilité. Les trois arguments sur lesquels elle repose sont :
   – Les animaux ne parlent pas (donc ils ne pensent pas).
   – Les animaux agissent de façon instinctive et étroitement spécialisée (donc de façon mécanique).
   – Si les animaux étaient sensibles, les souffrances que l'homme leur inflige seraient immorales et Dieu serait injuste de les autoriser (or cela ne peut pas être le cas !).

4. Les philosophes des Lumières critiquent la théorie cartésienne en affirmant que les animaux sont doués de sensibilité, voire de réflexion et de conscience de soi. Ils récusent ainsi l'idée qu'il y aurait une différence radicale de nature entre l'homme est l'animal, et parlent

plutôt d'une différence de degré. Ils en tirent comme conséquence que les hommes doivent faire preuve de bonté envers eux, et ne pas les faire souffrir inutilement.

24 LA NATURE, LA CULTURE ET L'HISTOIRE

1. L'idée d'inachèvement de la nature humaine signifie que, contrairement aux animaux, l'homme est un être inachevé qui possède la faculté de se perfectionner et qui doit donc se construire lui-même en développant ses potentialités. Cette idée s'applique aussi bien à l'individu qu'à l'espèce humaine dans son ensemble. Elle peut être illustrée par la citation de Pascal : « l'homme n'est produit que pour l'infinité ».

2. « On ne naît pas homme, on le devient » (Érasme) signifie qu'à la naissance l'homme n'est pas encore complètement humain, mais qu'il ne le deviendra que par l'éducation et la culture, qui feront de lui un être civilisé et développeront ses facultés.
Les trois parties de l'éducation selon Kant sont les **soins** (subvenir aux besoins et prévenir les dangers), la **discipline** (apprendre à maîtriser ses pulsions) et **l'instruction** (acquisition de connaissances et développement des faculté).

3. La nature englobe tout qui n'est pas créé par l'homme au cours de l'histoire, alors que la culture désigne l'ensemble des choses inventées par lui après son apparition sur terre : comportements, coutumes, croyances, techniques... Chez l'individu, la nature renvoie à l'hérédité biologique (besoins, facultés naturelles) et la culture à ce qui est acquis au cours de la socialisation.

4. « L'humanité marche d'un pas ferme et sûr dans la route de la vérité, du bonheur et de la vertu » (Condorcet, *Esquisse d'un tableau historique des progrès de l'esprit humain*, 1793) : cette citation exprime parfaitement l'optimisme progressiste des Lumières, fondé dans la croyance en la perfectibilité indéfinie de l'homme et sur les avancées scientifiques et politiques accomplies au cours du XVIIIe siècle.
Rousseau (1712-1778) critiqua cet optimisme en affirmant que la civilisation avait au contraire corrompu la nature humaine, en développant les vices, l'amour propre et les inégalités entre les hommes.

25 L'HOMME DANS LE SYSTÈME DE LA NATURE

1. Les deux caractéristiques traditionnellement attribuées à l'homme sont **l'âme immortelle** (le fait de posséder un esprit immatériel distinct du corps) et le **libre arbitre** (la faculté de faire des choix réfléchis et contingents, et donc d'être véritablement l'auteur de ses actions). Ces deux caractéristiques sont récusées par les philosophes matérialistes

et déterministes. Le matérialisme signifie la négation de toute réalité spirituelle (seule la matière existe) ; le déterminisme signifie la négation de toute liberté (tout ce qui arrive peut s'expliquer par des causes et est théoriquement prévisible).

2. Le point commun entre la théorie de La Mettrie exposée dans *L'homme machine* (1748) et celle des Descartes est la réduction de la vie à des mécanismes physiques : ils considèrent tous deux les corps vivants comme de simples machines. À la différence de Descartes cependant, La Mettrie donne plus aux animaux (ils sont doués de sensibilité, voire de pensée) et moins aux hommes (ils n'ont pas d'âme immortelle), car il considère que la matière peut engendrer la conscience. Il rejette ainsi toute idée d'une différence de nature entre l'homme et l'animal.

3. La biologie, qui apparaît au XVIIIe siècle et prend le relais de « l'histoire naturelle », se distingue de cette dernière en ce qu'elle isole les êtres vivants (végétaux et animaux) des corps inanimés et étudie leurs propriétés spécifiques. Ce changement de perspective s'exprime dans l'apparition du concept **d'organisme**, qui implique de considérer chaque individu comme un tout fonctionnel ; il s'accompagne en outre de la volonté de classifier les espèces les unes par rapport aux autres.

4. Les deux conséquences majeures des théories biologiques du XVIIIe siècle pour la pensée de l'homme sont :
   - **L'effacement de la séparation homme / animal** : avec l'intégration de l'espèce humaine (*Homo sapiens*) dans la classification d'ensemble des espèces vivantes, l'homme est traité scientifiquement comme un animal parmi d'autres, sans différence radicale de nature.
   - **L'inscription de l'homme dans une histoire de la vie** : le rejet du fixisme prépare le terrain à l'évolutionnisme du XIXe siècle, qui fera de l'homme un primate cousin des grands singes et descendant d'espèces animales antérieures. L'homme se verra alors ramené au rang d'étape transitoire dans le grand courant du vivant.

26 PRÉSENTATION DE L'ÉPREUVE

1. a. Faux : 2 heures.
   b. Faux : 2 questions.
   c. Vrai.
   d. Vrai : chaque réponse est notée sur 10.
   e. Faux : si une question est d'ordre philosophique, l'autre sera forcément littéraire et inversement.
   f. Faux : il faut traiter les deux questions.

g. Vrai.

h. Vrai.

i. Faux : la réponse doit être intégralement rédigée.

j. Vrai.

2. a. Il faut s'inspirer du commentaire littéraire en proposant deux axes rédigés, étayés par des procédés littéraires du texte afin de répondre à la question.

b. Il faut faire une explication de texte philosophique.

c. Il faut répondre avec des arguments et des exemples à la question posée.

d. Il faut répondre avec des arguments et des exemples à la question posée, en prenant soin de proposer une réflexion dialectique.

27 ANALYSER LA QUESTION D'INTERPRÉTATION LITTÉRAIRE

1. Trouvez les mots clefs des sujets suivants et expliquez-les :

a. **Forme du sonnet** : la question porte sur la forme du poème, c'est-à-dire les particularité de sa structure : deux quatrains, deux tercets, des alexandrins ou des décasyllabes et un système de rimes bien précis, un effet de chute
Au service du sens : l'expression invite à réfléchir sur le lien entre forme (le sonnet) et fond (le sens du texte) et à montrer que le poète a choisi le sonnet car il lui permet de mieux exprimer ce qu'il veut dire.

b. **Effets produits** : cette expression désigne ce que le lecteur ressent à la lecture du texte, ce que l'auteur a réussi à créer, à susciter par son texte, ici particulièrement par les personnifications.
Personnification : figure de style consistant à conférer à un objet, un animal, un élément inanimé des traits, des actions et des comportements humains.

c. **Comment** : par quels moyens, quels procédés de style, de rythme, de versification.
Tonalité : sentiment dominant du poème et émotion dominante ressentie par le lecteur
Lyrique : expression de sentiments personnels, passant par une écriture de la première personne
Élégiaque : qui relève de l'élégie, c'est-à-dire d'une forme poétique qui exprime la douleur, la plainte.

d. **Procédés** : la question porte uniquement sur les procédés, c'est-à-dire les effets et figures de style. On se contentera donc ici de l'étude de l'écriture sans réfléchir au fond du texte.

e. **Moyens de l'argumentation** : procédés utilisés pour argumenter, c'est-à-dire pour convaincre le lecteur du bien-fondé de la thèse défendue. En orientant la question sur les moyens, on invite ici aussi le candidat à réfléchir sur le style du texte et sa construction.

2. L'analyse ne semble ici réellement pertinente que pour l'un des trois termes clefs :
- **Images** : l'analyse n'est pas pertinente. Dans un poème, l'image n'est pas à proprement parler visuelle. Elle désigne les figures de style qui permettent de représenter, de donner à voir par les mots à l'imagination du lecteur. Par le terme images, on désigne traditionnellement la métaphore et la comparaison.
- **Mettre en valeur** : analyse pertinente.
- **Femme aimée** : analyse inutile, dans la mesure où le syntagme « femme aimée » ne présente guère de difficulté de compréhension.

3. *Vrai ou faux ?*

a. Faux : il s'agit de la première étape du brouillon. Elle permet de s'assurer que le sujet est compris.

b. Vrai.

c. Vrai : le procédé, c'est un effet ou une figure de style.

d. Faux : je dois ensuite commencer à trouver des éléments de réponse et les lister sur ma feuille de brouillon.

28 CONSTRUIRE UN PLAN POUR LA QUESTION D'INTERPRÉTATION LITTÉRAIRE

1. Questions de cours

a. Non, il y en a plusieurs, selon l'axe de réflexion et d'analyse choisi.

b. En vérifiant que le titre de ces paragraphes est toujours un élément de réponse à la question posée.

c. Oui, je le peux. Il ne faut pas une trop grande disparité de longueur entre les paragraphes, mais on n'est pas tenu d'écrire des paragraphes ayant exactement le même nombre de lignes.

2. Les deux premiers axes sont tout à fait pertinents. Ils répondent tous deux directement à la question posée. Montaigne cherche à mettre en valeur cette scène, à s'arrêter dessus car il l'a vécue comme un moment important. Il va donc à la fois prendre le temps de l'évocation en décrivant, en faisant parler les différents personnages présents (I) et montrer son propre intérêt, sa curiosité pour les êtres nouveaux qu'il découvre (II).

En revanche, la troisième partie est sans lien avec la question. La dénonciation de la civilisation occidentale n'est pas un moyen utilisé par Montaigne pour mettre sa scène en valeur – mais plutôt une conséquence de la réflexion permise par cette scène. La critique qu'il formule découle de la scène mais ne permet pas de mettre en valeur le moment vécu.

3. Trouvez, pour les arguments des deux premières parties de l'exercice précédent, des exemples dans le texte qui illustrent les idées.

ARGUMENTS	EXEMPLES
• Le cadre	• Précisions données sur le cadre spatio-temporel : « Rouen », « temps du roi Charles le IXe ». Volonté également de cerner l'atmosphère : présence de nombreuses personnes de la cour « on leur fit voir », « quelqu'un » et de la garde « les Suisses ».
• La volonté d'être précis	• Ne raconte pas en utilisant le sommaire (résumer les faits) mais la scène (donner l'impression de vivre les choses en direct). Pour cela, multiplie les événements (les questions posées, les visites, etc.) et utilise également une syntaxe souvent longue et développée, qui permet de raconter avec précision.
• L'importance du dialogue	• Nombreux personnages qui parlent : le roi, quelqu'un, les trois hommes du nouveau monde, Montaigne en tant que « personnage » et à plusieurs reprises dans le texte, Montaigne en tant que narrateur → importance du discours direct qui montre volonté de bien reproduire la scène, de donner la parole à tous.
• Rester seul avec un indien et ne pas suivre le groupe	• Intérêt éphémère → seul Montaigne prolonge le désir de connaissance. Grande partie du texte fait le récit du moment passé seul par Montaigne avec un indien : « fort longtemps ».
• Poser des questions	• Pose des questions, cherche à dépasser les difficultés de traduction (qui le gênent) et à comprendre ce qu'expliquent l'indien et son truchement.

29 RÉDIGER LA RÉPONSE POUR LA QUESTION D'INTERPRÉTATION LITTÉRAIRE

1. Le roman épistolaire *Les Liaisons dangereuses*, de Choderlos de Laclos, montre le pouvoir de la parole écrite. La correspondance de la marquise de Merteuil sert en effet notamment à manipuler les autres personnages. Dans la lettre 81, elle explique à Valmont, en brossant son propre portrait, les atouts intellectuels qui sont les siens et qui lui permettent ce jeu de manipulation. Nous chercherons alors à comprendre comment la lettre traduit son orgueil et son sentiment de supériorité. Nous verrons dans un premier temps qu'elle produit un long texte centré sur elle-même. Puis nous constaterons qu'elle ne cesse d'y faire son propre éloge.

2. **a.** Le pronom « me » de la citation ne peut pas être conservé dans la phrase de commentaire ; il faut le modifier entre crochets. De plus, le rejet de la citation en fin de phrase impose une syntaxe un peu maladroite.
→ Mme de Merteuil, en révélant qu'« on [la] croyait étourdie », explique que les autres ont eu une fausse image d'elle-même.

   b. La citation est mal placée et n'est pas correctement insérée : la phrase n'est donc pas grammaticalement correcte.
→ En déclarant qu'elle a toujours cherché à « observer et réfléchir », la marquise énonce ses grands principes de vie.

   c. La citation est tronquée et ne permet pas de comprendre ce que l'élève veut expliquer ; de plus, la figure de style n'est pas explicitée ni mise en relation avec ce qui doit être démontré.
→ Désireuse de montrer ses grandes capacités d'analyse, la marquise emploie une affirmation hyperbolique : « je possédais déjà les talents auxquels la plus grande partie de nos politiques doivent leur réputation ». Le pluriel de « talents » et la comparaison avec les politiques, réputés pour leur finesse, consacrent l'éloge de cette qualité.

   d. Les citations sont mêlées à un procédé de style sans exemple. La démonstration manque de clarté et les deux éléments de commentaire mériteraient d'être dissociés. La notion de parataxe doit également être illustrée.
→ Pour opposer l'apparence et la réalité, l'auteur utilise des adverbes d'opposition comme « tandis que » et « mais ». Cependant, il se sert aussi d'une construction en parataxe : les deux propositions juxtaposées vont donner par elles-mêmes l'idée de l'opposition. C'est le cas dans la phrase : « Je n'avais pas quinze, je possédais déjà les talents auxquels la plus grande partie de nos politiques doivent leur réputation ».

3. Voltaire écrit *Candide* dans le but de dénoncer par la fiction un certain nombre des dysfonctionnements de la société occidentale. Parmi eux, l'esclavagisme et le colonialisme sont critiqués dans le chapitre 19 à travers l'épisode du nègre de Surinam, pauvre hère découvert mutilé et souffrant par Candide et ses comparses. Nous chercherons dès lors à comprendre quels sont les procédés de la dénonciation du colonialisme utilisés ici par Voltaire. Nous verrons dans un premier temps qu'il brosse un portrait pitoyable du nègre. Nous montrerons dans un deuxième temps la cruauté du colon. Enfin, nous terminerons en analysant les causes de la colonisation données par Voltaire.

La dénonciation du colonialisme passe tout d'abord par le portrait du pauvre nègre de Surinam. La première image qui est donnée de lui est en effet celle d'un homme « étendu par terre ». La position choisie par Voltaire souligne à la fois l'état de faiblesse dans lequel se trouve cet homme, sans force pour se relever, et la position d'infériorité qui est la sienne. Les vêtements du nègre ajoutent à la description très péjorative qui est faite de lui : la proposition restrictive « n'ayant plus que la moitié de son habit » laisse immédiatement entendre l'extrême pauvreté du personnage. Enfin, Voltaire évoque les mutilations que le nègre a eu à subir et à qui il manque « la jambe gauche et la main droite ». C'est donc un bien « pauvre homme » en effet que Voltaire nous donne à voir et c'est bien ainsi que se perçoit le nègre lui-même qui déclare : « Les chiens, les singes et les perroquets sont mille fois moins malheureux que nous ». L'esclave est en dessous des animaux, moins bien traités qu'eux. L'hyperbole « mille fois » insiste sur cette inégalité de traitement. Elle accentue l'image pathétique du nègre. La réaction de Candide, qui pleure à la fin de l'extrait, est destinée en partie à susciter celle du lecteur. Mais l'état du nègre semble davantage destiné à révolter qu'à attendrir les lecteurs. En voyant le nègre dans cet état, ce dernier ne peut en effet qu'adhérer à la thèse de Voltaire contre l'esclavagisme.

Pour étayer sa thèse, après avoir montré l'indigence et la souffrance du nègre, Voltaire va proposer une image très cruelle du colon à qui il appartient. En en soulignant la méchanceté et l'absence totale d'humanité, l'auteur vise pareillement à exposer à ses lecteurs combien l'attitude colonialiste est condamnable. Pour ce faire, il use d'abord d'ironie en nommant le colon « M. Vanderdendur ». La sonorité de ce patronyme évoque immanquablement l'expression « avoir la dent dure », ce qui signifie être très critique, n'être jamais satisfait. Les sévices qu'il fait subir à ses esclaves semblent le confirmer. L'absence totale de liberté qu'implique la notion de « maître » et d'« esclave » se double de mauvais traitements. Les mutilations du nègre ont en effet pour cause la cruauté du colon. Car si la jambe coupée répond à une cause *a priori* logique – la tentative d'évasion – ce qui ne la rend du reste pas moins cruelle, la main coupée ne repose pour sa part que sur une cause arbitraire. Lorsque les nègres se font blesser le doigt par la meule, par raffinement de cruauté et pour un surplus de douleur, on leur coupe la main : ils n'ont pourtant commis aucune faute ! Par ce fait, Voltaire dénonce toute l'absurdité et l'arbitraire du colonialisme. Il critique le peuple qui, au nom d'une prétendue supériorité, se croit autoriser à tout faire subir à un autre.

Enfin, la critique de Voltaire passe par l'exposé des causes de la colonisation. Il en existe deux dans ce texte. La première amuse par ce qu'elle peut avoir de dérisoire. C'est le nègre qui la révèle : « C'est à ce prix que vous mangez du sucre en Europe ». Ainsi, les mauvais traitements et les humiliations ne semblent pas avoir d'autre raison que le luxe et le plaisir des occidentaux. La nette disproportion entre la maltraitance et ce qui en résulte – du sucre – fait le jeu de la critique voltairienne. L'autre cause donnée à la colonisation semble plus sérieuse : il s'agit de la religion. C'est d'ailleurs une cause avérée par l'Histoire : si on a conquis d'autres peuples, c'est d'abord pour les convertir à la religion chrétienne. Mais l'image qu'en donne le nègre invite à se demander si la cause est réellement juste. La religion prétend que tous les hommes « sont les enfants d'Adam », ce qui implique qu'ils sont tous égaux. Comment, dès lors, comprendre que les uns cherchent à dominer les autres ? Le nègre, qui raisonne juste – plus juste peut-être que les occidentaux – révèle la faille de la motivation religieuse à l'entreprise coloniale. Les sermons assurent que tous les hommes sont frères ou, comme il le formule, « cousins issus de germains ». L'indignation du nègre n'en est que plus légitime : « Vous m'avouerez qu'on ne peut pas en user avec ses parents d'une manière plus horrible ». Comment concilier en effet ces deux paradoxes sans en venir à réprouver la religion et la colonisation pour des causes religieuses ? C'est ce que Voltaire fait comprendre à son lecteur par le raisonnement du nègre et par le terme « abomination » dont Candide finit par qualifier l'esclavage.

Ainsi, Voltaire utilise différents procédés pour dénoncer le colonialisme. Certains se rattachent à une accusation directe, critiquant les causes de la colonisation et la cruauté de ses colons. D'autres visent à une condamnation plus indirecte, essentiellement en essayant de toucher le lecteur et de susciter sa pitié face à ce pauvre homme qu'est le nègre de Surinam.

30 ANALYSER LA QUESTION DE RÉFLEXION LITTÉRAIRE

1. a. **paroles :** paroles prononcées oralement, mais aussi paroles écrites (penser aux paroles rapportées au style direct dans les œuvres écrites, aux lettres...).
   Vise uniquement : qui n'a pas d'autre but.

Séduire : étymologiquement « amener à part, à l'écart ». Plaire, mais aussi corrompre, tromper.
Condamnables : contraires à la morale, à la vérité, à la justice.

b. **Œuvres de fiction :** récits, poèmes, pièces de théâtre qui mettent en scène des intrigues et des personnages inventées. Si elles ont un but argumentatif, elles appartiennent alors à l'argumentation indirecte.
Outil efficace : instrument qui fonctionne. On s'interrogera donc sur les procédés mis en place pour que le texte fictif atteigne son but.
Vérité : C'est le contraire du mensonge. Mais il faut aussi entendre « vérité » au sens de « réalité ».

c. **Imitation :** qui s'inscrit dans la tradition, dans un héritage (imitation d'une forme, d'un sujet...) Cela peut aussi faire référence à l'imitation de la réalité, c'est-à-dire à ce que les Grecs nomment la mimesis.
Esclavage : qui contraint, qui donne des règles autoritaires au point de soumettre l'auteur. Celui-ci n'aurait alors plus de liberté.

d. **Littérature :** théâtre, récit, poésie, essais... tout ce qui est une œuvre d'art écrite.
Embellir la réalité : la montrer sous un jour plus beau, idéal. La réorganiser, la transformer pour qu'elle corresponde à des critères de beauté précis.
Montrer telle qu'elle est : ne pas la déformer donc montrer sa laideur et ses défauts.

e. **Roman :** il faudra n'évoquer que les œuvres romanesques et exclure de fait la poésie et le théâtre. De même, on s'intéressera essentiellement aux récits fictifs et non aux essais ou aux discours politiques par exemple.
Reflet de la société : miroir des conditions sociales, des hommes qui vivent dans cette société.

2. **a.** Les charmes de la paroles (11) / Plaire à son public (12) / La parole poétique amoureuse (13) / Parole et mensonge (14)
Exemple : dans *Phèdre*, Platon dénonce les sophistes et le mauvais usage qu'ils font de la rhétorique parce qu'ils jouent sur l'ignorance de l'auditeur et qu'ils le séduisent par des artifices éloquents. Le discours séducteur est profondément immoral selon Platon, donc condamnable.

b. Les charmes de la parole (11) : la fiction sert à instruire / Le roman miroir du monde (21) / Imaginer des cités idéales (22)
Exemple : *Les aventures de Télémaque* sont une œuvre de fiction destinée à instruire le futur roi, à lui faire prendre conscience de la responsabilité qui l'attend, et à en faire un prince épris de justice et de vérité.

c. Renouveaux esthétiques (20)
Exemple : les règles du théâtre classique sont très contraignantes et œuvrent pour une meilleure représentation du réel.

d. Roman miroir du monde (21) / Renouveaux esthétiques (20) / Imaginer des cités idéales (22)
Exemple : les romans précieux donnent une image idéalisée de l'amour. Mme de Lafayette s'en inspire en partie en imaginant une héroïne qui a toutes les qualités physiques et morales : la Princesse de Clèves.

e. Roman miroir du monde (21)
Exemple : le roman picaresque, comme *Gil Blas de Santillane* de Lesage permet à son héros de parcourir toutes les couches de la société, notamment les plus basses, pour critiquer la société.

31 CONSTRUIRE UN PLAN POUR LA QUESTION DE RÉFLEXION LITTÉRAIRE

1. Un plan dialectique défend dans un premier temps des arguments en faveur de la thèse soutenue par la question, pour mieux les réfuter et les nuancer dans un second temps.
Un plan thématique développe l'idée suggérée par la question en proposant plusieurs thèmes.

2. a. **Plan dialectique :** « pensez-vous » indique un jugement tranché qu'il convient de nuancer.

b. **Plan thématique :** « en quoi » suppose que vous développiez des explications.

c. **Plan dialectique :** non seulement l'affirmation de La Fontaine est catégorique mais en plus l'énoncé de la question « souscrivez-vous » impose que vous formuliez vous-même des réserves quant à cette citation.

d. **Plan dialectique :** la question envisage d'ailleurs les deux thèses opposées (la littérature embellit la réalité / la littérature montre la réalité telle qu'elle est)

e. **Plan dialectique :** la première phrase constitue une affirmation qu'il est facile de contester. L'énoncé du sujet « vous discuterez » vous invite également à nuancer ce propos.

3. a2 ; b1 ; c3

4. b. quel rapport y a-t-il entre l'explication de la naissance de la poésie lyrique et le fait que la littérature embellisse ou pas le réel ? Aucun. Cet exemple n'a rien à faire dans cette argumentation.

f. Cet exemple ne fait nullement référence à un embellissement ou à un enlaidissement de la réalité par le conte. Il est donc hors sujet.

5. I. **L'imagination semble suffisante pour créer une œuvre artistique et littéraire**

Argument : l'imagination exacerbée peut **créer de toutes pièces des univers** qui remettent en cause la société contemporaine de l'auteur.

Exemple : *Utopia* de Thomas More qui invente le terme « utopie » en élaborant une cité imaginaire dont le but est de critiquer les mœurs du XVIe siècle.

II. **Mais en réalité, l'artiste et l'écrivain ne font pas uniquement appel à leur imagination lorsqu'ils veulent créer**

Argument : toute œuvre est le fruit d'un travail qui peut s'avérer laborieux et difficile, ce qui remet en cause l'idée d'une force imaginative qui donnerait seule l'inspiration à l'artiste. L'imagination ne sert à rien si elle n'est pas secondée par un **travail artistique de grande ampleur**.

Exemple : les brouillons colossaux de Flaubert.

32 RÉDIGER LA RÉPONSE POUR LA QUESTION DE RÉFLEXION LITTÉRAIRE

1. Les trois étapes de l'introduction sont :
   - l'amorce du sujet (on fait le lien avec le thème étudié dans l'année) ;
   - le rappel de la question ;
   - l'annonce du plan.

2. a. Molière a largement puisé dans les sources antiques pour construire ses comédies. L'un des dramaturges qu'il a souvent imité est Plaute dont la pièce l'*Aululaire* sert de modèle à l'*Avare* : l'intrigue est quasiment identique et certaines scènes sont de véritables emprunts. Par exemple, le célèbre quiproquo entre Harpagon et Valère (l'un parlant de son or, l'autre de la fille d'Harpagon) est une réécriture de Plaute.

   b. Lorsque Rousseau écrit son roman épistolaire *Julie ou la Nouvelle Héloïse*, il convoque son imagination pour inventer des personnages qui correspondent à ses idéaux, et pour les faire évoluer dans le cadre idyllique de Clarens. Les lettres de Julie et de son amant Saint-Preux révèlent des personnages doués d'une extrême sensibilité, qui prônent la transparence des cœurs telle que Rousseau la cherche, en vain, parmi les êtres réels qui l'entourent.

3. Question : pour créer une œuvre artistique ou littéraire, suffit-il de « s'élev[er] sur les ailes de l'imagination » ?

L'imagination est cette faculté de créer des images mentales qui peuvent reproduire la réalité, mais qui permettent également de conduire l'homme vers un monde chimérique hors de toute réalité. Le rapport que l'imagination entretient avec la réalité est donc problématique.

Qu'elle soit exaltée ou remise en cause, l'imagination joue toutefois un rôle d'importance dès lors qu'il est question de création artistique ou littéraire. Suffit-il, alors, de « s'élever sur les ailes de l'imagination » pour produire une œuvre d'art ? Nous verrons dans un premier temps que l'imagination semble suffisante pour créer une œuvre artistique ou littéraire, avant de constater que cette imagination créatrice prend elle-même appui sur le réel.

C'est parce qu'il convoque son imagination que l'artiste ou l'écrivain peut inventer une histoire, des personnages, une intrigue originale, organiser sa toile comme il l'entend, créer des mondes irréels... De nombreuses peintures de la Renaissance sont de pures fictions, à l'image de *L'École d'Athènes* de Raphaël qui réunit sur une même toile toutes les figures majeures de l'Antiquité. L'œuvre ainsi produite doit beaucoup à l'imagination du peintre puisqu'au sein d'un temple idéal se retrouvent les grands penseurs et poètes de l'Antiquité, toutes époques confondues. En outre, l'imagination est une faculté essentielle pour qui souhaite faire de nouvelles découvertes ou proposer de nouvelles voies. Ainsi la perspective picturale, dont la force révolutionnaire n'est plus à démontrer, est née de l'imagination des hommes. De nouveaux genres littéraires voient également le jour grâce à la puissance imaginative de quelques écrivains. Diderot, par exemple, invente de toutes pièces le drame bourgeois en imaginant un autre théâtre, qui propose à la scène des personnages inédits dont les sentiments exacerbés et les situations nouvelles transforment radicalement les conceptions esthétiques de l'époque. Il refuse ainsi les « caractères » ou les « types » propres au théâtre classique et préfère la peinture des « conditions » et l'« étude des relations » des personnages entre eux. En mettant sur scène des personnages bourgeois qui vivent des situations pathétiques (alors que les spectateurs étaient habitués à ce que seuls les héros des tragédies vivent de tels dilemmes moraux) il propose un théâtre novateur qui inspirera les audaces du drame romantique, un siècle après.

Néanmoins, l'imagination ne peut être seule à l'origine de la création artistique et littéraire. De fait, les œuvres ne naissent pas de rien, elles s'inscrivent dans une tradition qui prend en compte les œuvres précédentes. Toute œuvre d'art est alors le produit d'influences plus ou moins conscientes. L'artiste, en effet, crée à partir d'œuvres antérieures et il peut le faire en toute connaissance de cause : il devient un imitateur, sans que cela soit considéré de façon négative jusqu'au Romantisme. La Fontaine, par exemple, lorsqu'il écrit « Le Corbeau et le Renard » s'inspire d'Ésope et de Phèdre. Le sujet de la fable est déjà présent chez ces auteurs de l'Antiquité. Le *Roman de Renart* a sans doute aussi influencé le fabuliste puisque dans cette œuvre, Renart dérobe un fromage à une vieille dame. Enfin, toute fictive qu'elle est, l'œuvre prend appui sur la réalité et l'artiste ne peut laisser entièrement les rênes à son imagination. À cet égard, les utopies sont représentatives de l'importance que prend la réalité à l'intérieur même d'une création qui semble la délaisser. Lorsqu'il décrit l'abbaye de Thélème, Rabelais imagine une utopie où les hommes et les femmes vivraient en parfaite entente, où l'éducation serait à part égale entre eux, où la devise « Fais ce que voudras » offre à chacun un épanouissement idéal. Mais cette utopie s'écrit précisément contre la réalité décevante : les caractéristiques de Thélème permettent de pallier les défaillances éducatives de la société dans laquelle vit Rabelais. Un autre exemple plus probant encore concerne la dystopie d'Orwell : *1984*. C'est parce que l'écrivain s'inspire de l'horreur des régimes totalitaires que son œuvre fictive peut voir le jour. L'imagination prend comme point d'appui l'atroce réalité du régime stalinien pour inventer Océania et le système politique qui est le sien.

En conclusion, l'imagination est certes essentielle à l'artiste dans la mesure où elle lui permet de trouver les ressources inventives nécessaires à la production de son œuvre. Cependant, cette imagination prend appui sur la réalité : que ce soit à travers l'imitation (réalité des œuvres précédentes) ou le monde qui l'entoure (réalité historique et sociologique dans laquelle vit l'artiste).

33 ANALYSER LA QUESTION D'INTERPRÉTATION PHILOSOPHIQUE

1. a. **Utilité** : fonction, rôle, finalité (au sens strict : fonction pratique ; au sens large : fonction en général)
   La parole : l'expression verbale de la pensée, l'usage du langage, expression orale ou écrite).
   Pour l'homme : pour l'être humain en général (au plan collectif : pour l'espèce humaine dans son ensemble ; au plan individuel : pour chaque homme en particulier).

   b. **La rhétorique** : l'art oratoire, l'ensemble des techniques du discours permettant de convaincre et de persuader un auditoire.
   Un art véritable : un savoir-faire efficace fondé sur une connaissance véritable de son objet (par opposition à un simple assemblage de recettes à l'efficacité hasardeuse, et ne reposant sur aucune connaissance approfondie de son objet).

   c. **Pourquoi** : pour quelle raisons / qu'est-ce qui explique, justifie.
   Prendre conscience : s'apercevoir d'une réalité, reconnaître un fait auparavant ignoré.
   L'infinité du monde : le caractère illimité de l'univers, son absence de frontière dans l'espace.

Doit-elle : rend-elle nécessaire / oblige-t-elle à...
Méditer : réfléchir longuement, approfondir par la pensée.
La condition humaine : la situation de l'homme dans le monde, l'ensemble des déterminations qui structurent son existence.

d. **Peut-on** : est-il possible / est-on capable de...
Être certain : établir de façon certaine (certitude objective).
Pensent : sont capables de réflexion, de raisonnement (pensée au sens strict : enchaînement d'idées abstraites) / sont doués de conscience (pensée au sens large : être doté d'un esprit, d'une conscience, être capable au minimum de percevoir son environnement).

2. a. *À quoi peut servir l'expression orale (ou écrite) de la pensée ? Quelles fonctions la communication verbale peut-elle remplir, pour l'humanité et pour l'individu ?*

b. *L'art du discours mérite-t-il son titre d'art, ou bien n'est-il qu'un ensemble de recettes hasardeuses et dangereuses ? La rhétorique se fonde-t-elle sur une connaissance authentique, ou bien seulement sur une contrefaçon de science ?*

c. *Pour quelles raisons le fait de réaliser que l'univers est infini nous oblige-t-il à réfléchir sur la place de l'homme dans la nature et sur la signification de son existence ? En quoi cette découverte conduit-elle inévitablement à remettre en cause les idées antérieures et les certitudes rassurantes ?*

d. *Est-il possible d'établir avec certitude que les animaux sont capables de réflexion, voire seulement doués de conscience ? Peut-on démontrer que les animaux ne sont pas de simples machines dépourvues d'intériorité ?*

34 PLAN ET RÉDACTION DE LA QUESTION D'INTERPRÉTATION PHILOSOPHIQUE

1. a. La thèse d'un texte est l'idée principale avancée dans le texte, l'assertion que l'auteur veut démontrer.

b. La question directrice d'un texte est la question principale à laquelle ce texte répond, qu'elle soit explicitement posée par l'auteur ou seulement sous-entendue. La thèse du texte est la réponse à cette question.

c. La question d'interprétation ne porte pas nécessairement sur la thèse du texte de façon directe, mais elle a toujours un lien avec elle.

2. **Thèse du texte** : L'éloquence est un instrument à double tranchant : elle a permis de civiliser les hommes et les a amenés à respecter la justice, mais elle fut ensuite utilisée pour les manipuler et faire leur malheur.

Plan :

a. **Premier argument** (Début du texte jusqu'à « de féroces et barbares qu'ils étaient auparavant »).
À l'origine, les hommes vivaient dispersés et à l'état sauvage, sans lois ni moralité, jusqu'à ce qu'un homme plus sage les persuade de se rassembler et de se doter de lois communes.

b. **Conclusion du premier argument** (de « Et ce n'était point... » jusqu'à « ... et rendit aux hommes les plus importants services »).
Ainsi, l'éloquence a été un instrument de civilisation et de progrès pour l'humanité.

c. **Deuxième argument** (de « Mais quand une facilité dangereuse... » jusqu'à la fin) :
Mais les orateurs professionnels pervertirent ensuite son usage, pour en faire un instrument de « bouleversement » et de « malheur ».

3. Selon Rousseau, faut-il se fier à notre imagination pour appréhender le monde ?
De prime abord, l'imagination n'est pas une faculté associée à la connaissance du monde, mais plutôt au rêve et à l'évasion hors de la réalité, voire à la création d'illusions. L'imagination est en effet la faculté de produire des images mentales d'objets réels ou irréels, et ces images peuvent nous empêcher d'appréhender correctement le monde. Mais ne pourrait-elle pas aussi être parfois un moyen d'avoir une vue plus juste des choses et de l'existence ? C'est cette question que le texte de Rousseau nous invite à nous poser. Nous allons donc voir quel rôle l'imagination peut jouer dans la vie humaine selon lui, et s'il est légitime de se fier ou non à elle pour appréhender le monde.
Dès le début du texte, on remarque que le point de vue de Rousseau sur l'imagination est nuancé. D'un côté en effet, il la présente comme une « faculté consolatrice », ce qui sous-entend que sa fonction naturelle serait d'apaiser nos malheurs. Mais d'un autre côté il affirme que « les hommes [...] pervertissent [son] usage, et au lieu de s'en servir pour adoucir le sentiment de leurs maux, ils ne s'en servent au contraire que pour l'irriter ». Les hommes font donc un usage de l'imagination contraire à sa destination naturelle et qui les rend malheureux. La raison est à chercher du côté de « l'amour propre », c'est-à-dire du narcissisme et de l'orgueil, qui pousse les hommes à ressasser des pensées négatives centrées sur leur petit moi égoïste : « les préférences, les concurrences... ». Ici, on peut noter que l'imagination intervient dans ses deux dimensions : <u>reproductrice</u>, parce qu'elle rappelle sans cesse le souvenir d'événements « attristants » qui se sont réellement produits (comme « les offenses » ou « les mécontentements ») ; et <u>créatrice</u>, parce qu'elle tourne en

même temps la pensée vers des événements qui sont encore à venir ou seulement imaginaires (comme « les vengeances », « les désirs », « les obstacles »). De ce point de vue là, l'imagination n'est certainement pas un instrument fiable pour appréhender le monde, puisqu'elle conduit à une vision partielle et déformée de la réalité, en se focalisant sur ses aspects négatifs, dont certains ne sont d'ailleurs qu'imaginaires. Elle apparaît donc bien ici comme cette « maîtresse d'erreur et de fausseté » que dénonçait Pascal dans ses *Pensées* (fragment 82).

Mais en même temps la deuxième partie du texte vient réhabiliter les vertus de l'imagination, en montrant qu'un usage plus conforme à sa destination naturelle est possible et nécessaire. Rousseau évoque en effet le cas d'un homme qui saurait s'extraire de « la prison des petites passions terrestres » (c'est-à-dire des sentiments négatifs inspirés par l'amour propre), pour accéder par l'imagination aux « régions éthérées » et « s'y soutenir par de sublimes contemplations ». Que veut-il désigner par là ? Peut-être veut-il renvoyer à l'usage de l'imagination créatrice dans les arts, pour forger des fictions plus belles que la réalité et qui nous aident à fuir cette dernière pour un monde imaginaire où les cœurs sont purs et la vertu récompensée, comme dans *L'Astrée* d'Honoré d'Urfé ou *La Nouvelle Héloïse* de Rousseau lui-même. Ou à son utilisation pour concevoir des utopies, comme celle de Thomas More dans *Utopia*, ou encore l'abbaye de Thélème chez Rabelais, qui offrent des modèles de sociétés où règnent la liberté, le bonheur et l'égalité entre les hommes, et qui permettent ainsi au lecteur à la fois de prendre conscience des défauts des sociétés existantes et d'espérer un futur meilleur. Mais les « sublimes contemplations » peuvent aussi bien évoquer le philosophe qui médite sur l'ordre et la beauté de la Création ou sur l'infinité de l'univers, comme Voltaire dans *Micromégas*, où la fiction du voyage interstellaire du géant de Sirius permet de critiquer l'anthropocentrisme naïf des savants terriens. Toutes ces hypothèses de lecture sont d'ailleurs complémentaires, et soulignent le point suivant : l'imagination peut faire notre bonheur si on l'utilise pour fuir un certain niveau de réalité (le monde des soucis et des bassesses quotidiennes) pour s'élever à un niveau plus élevé : elle n'est alors pas un simple moyen d'évasion, mais aussi un instrument permettant d'accéder à des vérités supérieures et d'appréhender la vie avec plus sagesse, car elle donne la force de « braver les coups du sort et les insensés jugements des hommes ».

En conclusion, Rousseau pense que l'imagination conditionne notre bonheur ou notre malheur selon le type de représentation du monde que l'on produit par son usage. Elle devrait nous permettre d'appréhender l'existence avec plus de hauteur et de sagesse, et faire ainsi notre bonheur ; mais la plupart des hommes en font un mauvais usage et elle devient alors un pouvoir d'illusion et de malheur. Dans le premier cas, il faut se fier à elle, mais pas dans le second.

35 ANALYSE DE LA QUESTION DE RÉFLEXION PHILOSOPHIQUE

1. a. **La parole** : l'expression orale, l'usage vocal du langage.
Peut-elle : est-il possible que... (possibilité) / est-il légitime que... (légitimité).
Un instrument de domination : un moyen d'imposer sa supériorité et d'exercer un pouvoir sur les autres.

b. **Qu'est-ce que** : en quoi consiste le fait de..., comment peut-on définir..., quel sens donner à l'expression...
« Bien parler » : bien manier le langage (habileté technique) / utiliser la parole à bon escient (justesse de l'usage).

c. **L'imagination** : la faculté de former des images d'objets réels (imagination reproductrice) ou irréels (imagination créatrice).
Peut-elle : est-il possible que... (possibilité) / a-t-elle le droit de... (légitimité).
Jouer un rôle : avoir une fonction dans..., contribuer à...
La construction de la connaissance : l'élaboration du savoir, la recherche de la vérité (dans les sciences et la philosophie).

d. **L'homme** : l'être humain en général.
N'est que... : se réduit-il à, peut-il être défini seulement comme... (Sous-entendu : l'homme est un animal, mais est-il tout à fait comme les autres ?).
Un animal comme les autres : un animal (être vivant doué de mouvement et de sensibilité) semblable aux autres, sans caractéristique exceptionnelle qui le différencierait des autres animaux.

2. a. La parole peut-elle être un moyen d'affirmer sa supériorité et d'exercer un pouvoir sur les autres ? De quelle manière, par quels moyens ?
S'agit-il d'une fatalité ? La parole vise-t-elle toujours à s'imposer et à dominer, ou bien peut-elle être un outil pour instaurer une relation égalitaire, voire une force de libération ? Et quel en est l'usage le plus légitime ?

b. Quel sens faut-il donner à l'expression « bien parler » ?
S'agit-il seulement de maîtriser les techniques de l'éloquence et de savoir être persuasif en toutes circonstances ? Ou bien faut-il aussi savoir parler de façon juste, en tenant compte du vrai et du bien ? Bien parler, est-ce avant tout une affaire d'habileté technique, ou de justesse de la parole ?

c. L'imagination peut-elle intervenir dans l'élaboration du savoir, ou doit-elle être proscrite ?
Faut-il que la connaissance soit uniquement fondée sur la raison ? Ou bien est-il légitime, voire nécessaire, que l'imagination joue aussi un rôle ?
Et, si oui, lequel, et selon quelles modalités ?

d. Peut-on définir l'être humain comme une espèce animale parmi d'autres ?
L'homme a-t-il des caractéristiques qui font de lui une exception par rapport aux autres animaux, voire qui l'élèvent totalement au-dessus du règne animal ?
Et si l'homme n'est pas un animal comme les autres, faut-il en déduire qu'il est leur maître et qu'il a tous les droits vis-à-vis d'eux ?

36 PLAN ET RÉDACTION DE LA QUESTION DE RÉFLEXION PHILOSOPHIQUE

1. Les deux étapes de l'introduction de la question de réflexion philosophique sont l'introduction du sujet (1re étape) et la formulation de la problématique (2e étape).

2. Si la découverte d'une réalité jusqu'alors inconnue est toujours cause d'étonnement et de remise en question, cela n'est jamais aussi vrai que dans la rencontre d'une culture étrangère. En effet, la prise de conscience que d'autres manières de vivre et de penser sont possibles ne peut qu'ébranler profondément notre conception antérieure de ce que signifie « être humain », comme l'ont montré à la Renaissance les réactions provoquées par la découverte du Nouveau Monde. On peut dès lors s'interroger sur les raisons et sur les implications de ce fait. Pourquoi cette rencontre de l'altérité rend-elle problématique notre définition de l'humanité ? Est-ce le signe que l'unité du genre humain ne va pas de soi, et que notre conception de l'homme est modelée par notre culture ? Et faut-il en conclure que la rencontre de l'autre ne peut que déboucher sur la violence et l'incompréhension ? Qu'est-ce qu'« être humain », finalement ?
La découverte d'une culture très différente de la sienne est d'abord un choc en raison de la tendance spontanée à l'ethnocentrisme. Cette attitude consistant à « répudier purement et simplement les formes culturelles qui sont les plus éloignées de celles auxquelles nous nous identifions » (Claude Lévi-Strauss, *Race et Histoire*, 1952) est en effet la plus répandue au cours de l'Histoire. Elle peut aller jusqu'à mettre en cause l'égalité de nature entre les hommes, comme l'illustre la controverse de Valladolid (1550), où fut débattue la question de savoir s'il était légitime de coloniser par la force les « barbares » du Nouveau

Monde. La pleine appartenance de l'autre au genre humain fait donc problème, notamment parce que certains de ses comportements sont souvent jugés « inhumains », c'est-à-dire indignes d'un homme sur le plan moral. Même un auteur comme Jean de Léry, pourtant souvent favorable aux Indiens, souligne ainsi dans son *Histoire d'un voyage en terre du Brésil* (1578) la cruauté de leurs pratiques envers les prisonniers de guerre, qu'ils torturent, tuent et mangent. Ainsi, aussi bien sur un plan philosophique que sur un plan moral, la confrontation à l'altérité interroge notre définition de ce qui est « humain » et de ce qui ne l'est pas, et témoigne que nos critères de jugement sont en grande partie déterminés par notre culture d'origine.

Mais, d'un autre côté, la domination et l'incompréhension ne sont pas des fatalités. L'exemple même des témoignages et récits de voyage comme ceux de Jean de Léry et Bartholomé de Las Casas au XVIe siècle, puis de l'ethnologie à partir du XIXe siècle, montre que la rencontre de l'autre peut aussi déboucher sur une volonté d'ouverture et de compréhension et sur une reconnaissance de leur pleine humanité. Le même Jean de Léry qui parle de la « cruauté des sauvages » fait ainsi des efforts pour apprendre leur langue et loue leur hospitalité, laquelle contraste pour lui avec l'hypocrisie de « ceux de par deçà » (les Européens). Ce dernier point montre par ailleurs que la découverte d'une autre culture peut conduire à mettre la sienne à distance et à porter sur elle un regard critique qui repère ses défauts et sa propre part d'inhumanité. Le texte de Voltaire, où Candide prend conscience de la cruauté du colonialisme et de la contradiction entre les valeurs proclamées par l'Église catholique et la réalité des pratiques esclavagistes, en est ainsi un parfait exemple. Par le décentrement du regard qu'elle induit, la rencontre de l'altérité peut donc libérer l'esprit de ses préjugés hérités, l'amenant à conclure avec Montaigne que « chacun appelle barbarie ce qui n'est pas de son usage » (Essais, 1590).

En conclusion, nous pouvons donc dire que la découverte d'une autre culture transforme l'idée d'« être humain » en problème à la fois sur le plan de la définition (qu'est-ce qu'un homme ?) et sur le plan moral (qu'est-ce « se comporter humainement » ?), en raison du fait que cette idée est à l'origine culturellement déterminée. Mais ce problème n'est pas insurmontable et peut trouver une solution dans l'ouverture à l'autre et le dépassement des croyances héritées. Finalement, ce qui définit le mieux « l'être humain » à tous points de vue, c'est sans doute l'usage de cette faculté universelle qu'est la raison pour aller au-delà des préjugés et reconnaître les devoirs qui nous incombent en vertu de notre commune appartenance au genre humain.

TABLE DES MATIÈRES

Imprimé en Italie par «La Tipografica Varese Srl» Varese